人民共和國文化與文學叢書

五　編

李　怡　主編

第 **12** 冊

新世紀文學論稿
——文學現場（下）

孟　繁　華　著

花木蘭文化事業有限公司

國家圖書館出版品預行編目資料

新世紀文學論稿——文學現場（下）／孟繁華 著 — 初版 — 新
北市：花木蘭文化事業有限公司，2017〔民106〕
目 2+160 面；19×26 公分
（人民共和國文化與文學叢書 五編；第12冊）
ISBN 978-986-485-083-9（精裝）
1. 中國文學 2. 中國小説 3. 文學評論
820.8   106013285

ISBN-978-986-485-083-9

9 789864 850839

人民共和國文化與文學叢書
五　編　第十二冊　　　　　ISBN：978-986-485-083-9

新世紀文學論稿——文學現場（下）

作　者　孟繁華
主　編　李　怡
企　劃　北京師範大學民國歷史文化與文學研究中心
　　　　四川大學現代中國文化與文學研究中心
總 編 輯　杜潔祥
副總編輯　楊嘉樂
編　輯　許郁翎、王　筑　美術編輯　陳逸婷
印　刷　普羅文化出版廣告事業
出　版　花木蘭文化事業有限公司
社　長　高小娟
聯絡地址　235 新北市中和區中安街七二號十三樓
　　　　　電話：02-2923-1455／傳眞：02-2923-1452
網　址　http://www.huamulan.tw 信箱 hml810518@gmail.com
初　版　2017 年 9 月
全書字數　300551 字
定　價　五編30冊（精裝）台幣56,000元

新世紀文學論稿
——文學現場(下)

孟繁華 著

目次

批判性與文學精神的重建
——2011 年中篇小說現場片段

　　摘要：中篇小說是這個時代高端藝術的代表性文體。2011 年，這個文體在保持其較高藝術性的同時，表現出新的傾向是其批判性的強化。批判性是百年來中國文學最突出的特徵，並形成了一個綿延不絕的傳統。這個傳統在2011 年重新突出出來，不是作家刻意表現的姿態，而是現實生活方向感和價值觀的偏離所致。本文在大量的作品中，著重概括分析了其中的「江湖黑幕」、「都市生活」、「世風世相」和多樣性的寫作。這雖然只是 2011 年中篇小說現場的片段，但在這樣的傾向中，我們看到了中篇小說作家重回批判性和重建文學精神的努力，這一傾向顯然帶來了我們期待已久的好消息。

關鍵詞：2011 年中篇小說；批判性；文學精神；江湖黑幕；都市生活；世風世相

　　在當下的語境中，不被質疑的領域幾乎不存在。因此文學遭遇怎樣的詬病並不重要，重要的是我們在不斷發展變化的文學中看到了什麼。就 2011 年的中篇小說而言，給我們留下深刻印象的，應該是批判性與文學精神的重建。這裡著重分析的「江湖黑幕」、「都市生活」、「世風世相」和「人間萬象」，其所指都具有鮮明的批判性。這個批判性不是作家的姿態，而是現實生活方向

感和價值觀的偏離所致。文學的批判不見得能夠改變現實,但是,文學所持有的立場,將會緩慢地作用於社會,在一定程度上起到社會矯正器的作用,這也是文學在今天讓我們深感欣慰的所在。

一、「江湖」的黑幕與傳說

余一鳴的中篇小說《入流》〔註1〕發表後好評如潮。小說構建了一個江湖王國,這個王國裏的人物、場景、規則等是我們完全不熟悉的。但是,這個陌生的世界不是金庸小說中虛構的江湖,也不是網絡的虛擬世界。余一鳴構建的這個江湖王國具有「仿真性」,或者說,他想像和虛構的基礎、前提是真實的生活。具體地說,小說中的每一處細節,幾乎都是生活的摹寫,都有堅實的生活依據;但小說整體看來,卻在大地與雲端之間——那是一個距我們如此遙遠、不能企及的生活或世界。

《入流》構建的是一個江湖王國,這個王國有自己的「潛規則」,有不做宣告的「秩序」和等級關係。有規則、秩序和等級,就有顛覆規則、秩序和等級的存在。在顛覆與反顛覆的爭鬥中,人物的性格、命運被呈現出來。在《入流》中,白臉鄭守志、船隊老大陳栓錢和月香、三弟陳三寶、大大和小小、官吏沈宏偉等眾多人物命運,被余一鳴信手拈來舉重若輕地表達出來。這些人物命運的歸宿中,隱含了余一鳴宿命論或因果報應的世界觀。這個世界觀決定了他塑造人物性格的方式和歸宿的處理。當然,這只是理論闡釋余一鳴的一個方面。事實上,小說在具體寫作中、特別是一些具體細節的處理,並不完全在觀念的統攝中。在這部小說裏,我們感受鮮明的是人的欲望的橫衝直撞,欲望是每個人物避之不及揮之不去的幽靈。這個欲望的幽靈看不見摸不著又無處不在,它在每個人的身體、血液和思想中,它支配著每個人的行為方式和情感方式。

現代性的過程也可以理解為欲望的釋放過程。1978 年以前的中國,是欲望被抑制、控制的時代,欲望在革命的狂歡中得到宣泄,革命的高蹈和道德化轉移了人們對身體和物質欲望的關注或嚮往。1978 年以後,控制欲望的閘門被打開,沒有人想到,欲望之流是如此的洶涌,它一瀉千里不可阻擋。這個欲望就是資本原始積累和身體狂歡不計後果的集中表現。小說中也寫到了

〔註 1〕 余一鳴:《入流》,《人民文學》2011 年第 2 期。

親情、友情和愛情。比如大大與小小的姐妹情誼、栓錢與三寶的兄弟情義、栓錢與月香的夫妻情分等，都有感人之處。但是，爲了男人姐妹可以互相算計，爲了利益兄弟可以反目，爲了身體欲望夫妻可以徒有名分。情在欲望面前紛紛落敗。金錢和利益是永恒的信念，在這條大江上，鄭總、羅總、栓錢、三寶無不爲一個「錢」字在奔波和爭鬥不止，他們絞盡腦汁機關算盡，最後的目的都是爲了讓自己的利益在江湖上最大化。因此，金錢是貫穿小說始終的一個幽靈。

另一方面是人物關係的幽靈化：白臉鄭守志是所有人的幽靈。無論是羅總、栓錢、三寶，無一不在他的掌控之中。小說中的江湖從某種意義上說是白臉建構並強化的。在他看來「長江上的道理攥在強人手裏」，而他，就是長江上的強人。當他決意幹掉羅總的時候，他精心設計了一場賭局，羅總犯了賭場大忌因小失大，在這場賭局中徹底陷落並淡出江湖；栓錢做了固城船隊的老大，鄭守志自然也成了栓錢的幽靈。小說中的人物關係是一個循環的幽靈化關係：小小與栓錢、沈宏偉與小小、三寶與沈宏偉、栓錢與三寶等等。這種互爲幽靈的關係扯不斷理還亂，欲說還休欲罷不能。其間難以名狀的「糾結」狀態和嚴密的結構，是我們閱讀經驗中感受最爲強烈的，這構成了小說魅力的一部分。

特別值得我們注意的，還有余一鳴的寫實功力。他對場景的描述、氣氛的烘託，讓人如臨其境置身其間，人物性格也在場景的描述中凸顯出來。隨便舉個例子：沈宏偉催債來到了三寶的船上。沈宏偉爲了占小小的便宜挪用了公款借給了三寶，沈宏偉和小小犯案三寶現場捉姦，沈宏偉催債便低三下四舉步維艱。這時的三寶不僅羞辱沈宏偉，還沒有底線地羞辱妻子小小。但是，三個人的關係和性格，在遇到江匪白臉時得到了更充分的展示：

> 小白臉將電筒光下移了一些，小小睜開眼，小白臉看清了她的眉眼，說，天哪，平日我只愛向上游的空船，船上有眞金白銀，至少打沙的錢給我留著。今天我本來也懶得上你們這向下流的重船，勞動和回報不成正比，沒想到這船上有寶物，有眞正的美女。小白臉用手電筒上下照著小小，說，是來船上走親戚的？與那位是倆口子？小小不說話，蹲著的沈宏偉說，我和她不是。小白臉說，那麼說，你應該是老闆娘？爲我們長江裏的男人掙臉哪，爲我們長江添風景哪。小白臉用電筒晃晃陳三寶，陳三寶不說是也不說不是。小

白臉說，奇怪了，這麼大一個美人兒，沒人認領。黑暗中立即爆發出笑聲。

小小說，我誰的女人也不是，我的男人死的死了，殘的殘了，都不是男人了，你要是個男人，就在這甲板上你把我幹了，讓我看看這世界上究竟有沒有男人！

甲板上呼哨陡起，小白臉的手下一齊叫好。

就在這時，一個黑影一俯身摸出一把寒光閃閃的板斧向小白臉撲去。小白臉只一閃，就有一杆鐵篙向那黑影腦袋上砸去，黑影晃了晃，倒了下去，板斧在甲板上發出尖利的金屬響聲，一幫人立即衝上去拳打腳踢。

小白臉用電筒照了一下那人，是沈宏偉，已經不省人事了。

在這個場景中，小白臉的陰狠、小小的剛烈和無所顧忌、三寶的猥瑣以及沈宏偉的捨身救美，和盤托出淋漓盡致。這就是掌控小說和塑造人物的功力。僅此一點，余一鳴就是孤篇橫絕。還有一點我們感受明顯的，是余一鳴對本土傳統文學的學習。在他的小說中，有《水滸傳》梁山好漢的味道、有《說唐》中瓦崗寨的氣息。這個印象，筆者在評論他 2010 年發表的《不二》時就感受到了。這些筆法在《入流》中有進一步的發揮。比如小說對白臉編織毛衣的描寫，他的淡定從容和作家的欲擒故縱，都恰到好處，使小說的節奏張弛有致，別有光景。

尤鳳偉的《相望江湖》〔註2〕，既不是余一鳴建構的「江湖王國」也不是莊子的「相濡以沫，不如相忘於江湖」的江湖。相望不是相忘。一字之差韻味全然不同。小說寫的是印刷廠老總李長吉年關打理的各種俗務，以及由此牽引出的「前世今生」。這些俗事勾勒出了當下生活的無邊欲望、變化莫測以及絕處逢生的險象和機緣。社會一如江湖，五行八作各色人等一應俱全。這是小說在外部構建的「江湖」世界。但這個江湖是不值得「相望」的，它的功能只是作為李長吉揮之難去的那個「相望」的比照而存在的。小說要表達的那個「相望」，是一個單姓的女導遊，名曰單春。李長吉年前去杭州打理一個大客戶，事畢要返程時，東道一再挽留，讓他看看西湖新添的幾個景點。第二天李長吉在大堂見到了導遊小單，只見得：

〔註 2〕 尤鳳偉：《相望江湖》，《收穫》2011 年第 2 期。

小單面容姣好，身材窈窕。也算見過世面的李長吉眼前驀地一亮，他覺得她漂亮，又不止於漂亮，身上有一種既艷且媚的氣韻，常說的攝人魂魄的那種。他記起有人對各地方旅遊看點的概括：北京看牆頭，西安看墳頭……杭州看丫頭。杭州女孩果然名不虛傳。那瞬間李長吉的心跳兀地亂了節奏，體溫突然有些上升，為了掩飾「好男人」不當有的凡此種種，趕緊從口袋裏摸出一張名片遞給小單，小單看了看，笑笑說句幸會了李總。

握了下手，李總就將自己交給了小單。

讀到這裡，餘下的很容易給我們留下艷體想像——一個外出的男人，一個美艷的女導遊。但是，事情沒有沿著我們的想像展開。李長吉與單春，發乎情止乎禮，他們建立了一種難以言說的關係。「好男人」李長吉沒有越雷池一步，但心靈的雷池已經越出，這個越出也僅是「相望」而已。一面之緣，李長吉規勸單春戒了毒，單春也因對「李哥」的好感或信任，她信守了承諾。若有所失的李長吉出於同情、出於憐憫都不重要，重要的是他答應了單春孩子丫丫電話裏「爸爸」的喊叫。這個「爸爸」安撫了單春和丫丫母女的心。如果只是李長吉和單春的故事，無非也是一個小資產階級或膚淺白領的俯就故事。但有了這個丫丫和李長吉與丫丫的關係，這個故事變得沉重和悠遠。單春和李長吉的關係反倒成為一個潛隱的背景。於是，這個「相望」就意味深長了。不知為什麼，讀《相望江湖》一直想到《蒹葭》。《蒹葭》是追求意中人不能如願的詠歎調，被王國維譽為「最得風人深致」。賞鑒派說此篇則多有會心之言。如陸化熙：「通詩反覆詠歎，無非想像其人所在而形容得見之難耳。一篇俱就水說，故以蒹葭二句為敘秋水盛時景色，而蕭索淒涼，增人感傷之意，亦恍然見矣，兼可想秦人悲歌意氣。『所謂』二字有味，正是意中之人難向人說，懸虛說個『一方』，政照下求之不得。若果有一定之方，即是人跡可至，何以上下求之而皆不可得哉。會得此意，則連水亦是借話。」如果是這樣的話，我們是否也可以說，尤鳳偉的「江湖」也是借話，「相望」才是所詠之詞。

二、都市生活：紅塵中的迷亂

都市文學是近年來談論比較熱烈的話題。但在我看來，當代中國的都市文學仍然在建構中。這裡有兩個方面的原因：一是新中國成立初期的五六十

年代，我們一直存在著一個「反城市的現代性」。反對資產階級的香風毒霧，主要是指城市的「資產階級」生活方式，因此，從五十年代初期批判蕭也牧的《我們夫婦之間》，到話劇《霓虹燈下的哨兵》《千萬不要忘記》等，反映的都是這一意識形態，也就是對城市生活的警覺和防範。在這樣的政治文化背景下，都市文學的生長幾乎是不可能的；第二，都市文學從某種意義上說是「貴族文學」，沒有貴族，就沒有文學史上的都市文學。不僅西方如此，中國依然如此。「新感覺派」、張愛玲的小說以及曹禺的《日出》、白先勇的《永遠的尹雪艷》等，都是通過「貴族」或「資產階級」生活來反映都市生活的；雖然老舍開創了表現北京平民生活的小說，並在今天仍然有回響，比如劉恒的《貧嘴張大民的幸福生活》，但對當今的都市生活來說，已經不具有典型性。因此，如何建構起當下中國的都市文化經驗一如同建構穩定的鄉土文化經驗一樣，都市文學才能夠真正的繁榮發達。儘管如此，我們還是看到了作家對都市生活頑強的表達——這是艱難探尋和建構中國都市文學經驗的一部分。

　　讀徯晗的《誓言》〔註3〕，給人一種窒息的感覺。這種窒息感不是來自關於夫妻、婚變、情人、通姦等當下生活或文學中屢見不鮮又興致昂然的講述。這些場景或關係，從法國浪漫派一直到今天，都是小說樂此不疲的內容和話題，這些話題和內容還要講述下去，我們也相信不同時代的作家一定會有新奇的感覺和想像令讀者震驚。但《誓言》中的窒息感是來自一種母子關係。母子關係我們也見得多了，這種人間大愛或最無私最感人的關係也是作家經常書寫的對象。《誓言》不同的是，這裡的母愛是一種由愛及恨的「變形記」，是匪夷所思但又切實發生了的故事。

　　事情緣起於鄭文濤與許尤佳的婚變。這場婚變與我們司空見慣的婚變沒什麼大的差別，要離婚總可以找到理由。但婚變後的許尤佳在心理上逐漸發生了變化，這個變化當然與她後來的情感經歷有關，男人可憎的面目不斷誘發和強化了她的仇怨感。在離婚時鄭文濤有一個誓言：一定等兒子考上大學他再結婚。那時兒子還小——

　　　　現在，她開始感到憂懼。他們約定的期限即將屆滿，那時，對方將無需再信守那個承諾。兒子奔赴自己的前程，父親奔赴自己的幸福。自然，坦蕩，天經地義。可是她呢？

〔註 3〕 徯晗：《誓言》，《北京文學》2011 年第 8 期。

　　她即將滿48歲。作爲醫生，她清楚地知道自己已進入更年期：
她的月經變得紊亂，脾氣更加易怒，情緒常陷入某種莫可名狀的焦慮
與煩躁之中。她身上的皮膚開始乾燥起皺，乳房也在悄悄萎縮──她
的乳房曾經是她的驕傲。現在，它們正在變小，失去彈性與光澤。這
些是看得見的。看不見的呢？卵巢在萎縮，失去功能。她將失去女性
的性徵，逐漸變爲中性。

　　如果說這些卑微的想法還是自我感覺的話，那麼，許尤佳有了一些情感
經歷之後，她的自我感覺被證實了：

　　那些條件好又離異的男人，好不容易才從一個黃臉婆那裏掙出
一個自由身，又怎麼會再陷入另一個黃臉婆的圈圈呢？她已經年過
四十，是一個十足的黃臉婆。她不再對自己的再婚抱有奢望。

　　於是──

　　她打定主意不再結婚。她的注意力又開始重新回到鄭文濤與秦
小慧身上，是他們毀了她的生活，毀了她的幸福。她原以爲她已經
忘掉了對他們的仇恨，其實不，它一直就在那裏，在她的心裏。她
只是把它暫時鎖了起來。現在她又想起它來了，於是把它重新取出
來，翻看，把玩，像翻閱一本內容熟悉的日記。每讀到那些刻骨銘
心的章節，她都會忍不住血流加快，內心悸動。

　　世界上所有關係中，大概母子關係是最爲堅固難以撼動的。魏微在她的小
說《家道》中曾有一段關於母子情感關係的深刻議論：「母子可能是世界上最奇
怪的一種男女關係，那是一種可以致命的關係，深究起來，這關係的悠遠深重
是能叫人窒息的；相比之下，父女之間遠不及這等情誼，夫妻就更別提了。」

　　但是，許尤佳爲了報復前夫鄭文濤，她和兒子的關係也發生了難以想像
的變異，她爲了阻止鄭文濤兌現誓言，阻止鄭文濤再婚，也爲了將兒子留在
身邊，竟然在兒子考大學的關鍵時刻在兒子的飲食中做了手腳：第一年是讓
兒子臨考前夜不能寐，昏昏然地考砸了；第二年復考時許尤佳竟然給兒子的
豆漿裏放了大量安定。這是小說最易引起爭議的細節：一個母親眞的會這樣
嗎？這可能嗎？

　　小說不是現實的複製或摹寫，小說有自己的邏輯。許尤佳因職稱問題心
有不甘，丈夫意外住院結識了年輕護士秦小慧。許尤佳在秦小慧面前的跋扈
和沒有教養的表現，引發了鄭文濤離婚的念頭。無論鄭文濤離婚的理由是否

成立——這已經不重要。離婚後的許尤佳經歷了更多的失敗，一個徹底失敗的女人如何變本加厲不擇手段心毒手狠，起碼在小說中是合理的。小說就是用極端化的方式寫出人物的性格和命運，這一點筆者想徯晗是做到了。許尤佳是不可思議的，小說就是要寫出不可思議和出人意料的人物、場景、心理和命運。無論多麼離奇，只要符合小說人物的性格邏輯，就是小說的勝利。

還需要指出的是，徯晗也並不是仇怨滿腔地看待世道人心。兒子鄭小濤對母親的感情，被徯晗處理得感人至深——一個受到巨大傷害的孩子，不是以怨報怨，而是忍著傷痛、懷著巨大的愛意走向了遠方，但他心裏放不下的還是母親。《誓言》是一部與現實生活特別是情感生活關係密切的小說，它片面又深刻地表達了當下生活的某些方面，但它又是一部有鮮明浪漫主義氣質的小說——也唯有用如此誇張的筆法，許尤佳才如此深刻地傷害了自己和小說中所有的人，當然，她也在我們的心理上留下了巨大的傷痛，這種給人巨大痛感的小說在當下很難讀到了。

關仁山是當下最活躍、最勤奮的作家之一。在我們看來，關仁山的價值還不在於他的活躍和勤奮，而是他對當下中國鄉村變革——具體地說是對冀東平原鄉村變革的持久關注和表達。因此可以說，關仁山的創作是與當下中國鄉村生活關係最為密切的、切近的創作。自「現實主義衝擊波」以來，關仁山的小說創作基本集中在長篇上，中、短篇小說寫得不多。現在要議論的這篇《根》〔註4〕是一部短篇小說，而且題材也有了變化。

小說的內容並不複雜：女員工任紅莉和老闆張海龍發生了一夜情——但這不是男人好色女人要錢的爛俗故事。老闆張海龍不僅已婚，而且連續生了三個女兒。重男輕女、一心要留下「根兒」的張海龍懷疑自己的老婆再也不能生兒子了，於是，他看中了女員工任紅莉，希望她能給自己帶來好運——為自己生一個兒子。任紅莉也是已婚女人，她對丈夫和自己生活的評價是：他「人老實、厚道，沒有宏偉的理想，性格發悶，不善表達。他目光迷茫，聽說落魄的人都是這樣目光。跟這種男人生活在一起，非常踏實。就算他知道自己女人有了外遇，他也不會用這種以牙還牙的方式。他非常愛我，我在他心中的地位，誰也無法動搖。我脾氣暴躁，他就磨出一副好耐性。為了維持家庭的和諧，他在很多方面知道怎樣討好我，即便有不同意見，他也從來不跟我當面衝突。其實，他一點不窩囊，不自卑，嘴巴笨，心裏有數，甚至

〔註4〕關仁山：《根》，《北京文學》2011年第11期。

還極爲敏感。我不用操心家裏的瑣碎事。生活清貧，寒酸，忙亂，但也有別樣的清靜、單純。」但是任紅莉畢竟還是出軌了。任紅莉的出軌最根本的原因還是利益的問題，而不是做一個代孕母親。張海龍多次說服和誘惑後，任紅莉終於想通了：「換個角度看問題，一種更爲廣闊的眞實出現在我的視野。刹那間，我想通了，如今人活著，並不只有道德一個標準吧？並不是違背道德的人都是壞人。我心裏儲滿了世俗和輕狂。我和闖志的愛情變得那樣脆弱、輕薄。我們的生存面臨困境了，牟利是前提，人們現在無處不在地相互掠奪與賺錢。賺錢的方式，是否卑鄙可恥，這另當別論了。他沒有本事，我怎能袖手旁觀？從那一天開始，恐懼從我的心底消失了。這一時期，我特別討厭以任何道德尺度來衡量自己的思想和行爲。可是，有另外一種誘惑吸引著我。資本像個傳說，雖然隱約，卻風一樣無處不在。一種致命的、喪失理智的誘惑，突然向我襲來了。我似乎抓住了救命稻草，我要給張海龍生個孩子。」

　　任紅莉終於爲張海龍生了孩子。不明就裏的丈夫、婆婆的高興可想而知；張海龍的興奮可想而知。任紅莉也得到了她想得到的東西，似乎一切都圓滿。但是，面對兒子、丈夫、張海龍以及張海龍的老婆，難以理清的糾結和不安的內心，在驚恐、自責、幻想等各種心理因素的壓迫左右下，任紅莉終於不堪重負成了精神病人。關仁山的這篇小說要呈現的就是任紅莉怎樣從一個健康的人成爲一個精神病人的。蘇珊・桑塔格有一本重要的著作——《疾病的隱喻》，收錄了兩篇重要的論文：《作爲隱喻的疾病》及《艾滋病及其隱喻》。桑塔格在這部著作中反思批判了諸如結核病、艾滋病、癌症等疾病，如何在社會的演繹中一步步隱喻化的。這個隱喻化就是「僅僅是身體的一種病」如何轉換成了一種社會道德批判和政治壓迫的過程。桑塔格關注的並不是身體疾病本身，而是附著在疾病上的隱喻。所謂疾病的隱喻，就是疾病之外的具有某種象徵意義的社會壓力。疾病屬於生理，而隱喻歸屬於社會意義。在桑塔格看來，疾病給人帶來生理、心理的痛苦之外，還有一種更爲可怕的痛苦，那就是關於疾病的意義的闡釋以及由此導致的對於疾病和死亡的態度。

　　任紅莉的疾病與桑塔格所說的隱喻構成了關係，或者說，任紅莉的疾病是違背社會道德的直接後果。值得注意的是，這個隱秘事件導致的病患並不是緣於社會政治和道德批判的壓力，而恰恰是來自任紅莉個人內心的壓力。在這個意義上說，任紅莉是一個良心未泯、有恥辱心、負罪感的女人。任紅莉代人生子並非主動自願，作爲一個女人，她投身社會的那一刻，她的身體

也同時被男性所關注，因此，從某種意義上說，對女性身體的爭奪是歷史發展的一部分。

《根》中描述的故事雖然沒有公開爭奪女性的情節，但暗中的爭奪從一開始就上演並越演越烈。值得注意的是，男人與女人的故事歷來如此，受傷害的永遠是女人。但話又說回來，假如任紅莉對物質世界沒有超出個人能力的強烈欲望，假如這裡沒有交換關係，任紅莉會成爲一個精神病人嗎？

關仁山在《根》中講述的故事對當下生活而言當然也是一個隱喻——欲望是當下生活的主角，欲望在推動著生活的發展，這個發展不計後果但沒有方向，因此，欲望如果沒有邊界的話就非常危險。任紅莉儘管在周醫生的治療下解除或緩解了病情，但我們也知道，這是一個樂觀或缺乏說服力的結尾——如果這些病人通過一場談話就可以如此輕易地解除病患的話，那麼，我們何妨也鋌而走險一次？如是看來《根》結尾的處理確實簡單了些。從另一方面看，一直書寫鄉村中國的關仁山，能選擇這一題材，顯然也是對自己的挑戰。

三、世風世相中的價值觀

多年來，吳君一直關注普通人的日常生活，並在普通人的尋常日子裏發現世道人心。或者說在日常生活中，是什麼樣的價值觀支配著這個時代，支配了普通人的行爲方式和情感方式。《幸福地圖》〔註 5〕中水田村阿吉的父親在外打工工傷亡故，爲了一筆賠償金，王家老少雞飛狗跳，從阿公到三弟兄、三姉娌明爭暗鬥蜚短流長。小說的敘事從一個一直被忽略的留守兒童阿吉的視角展開，這個不被關注的孩子所看到的世間冷暖，是如此的醜惡，伯伯、伯母們猥瑣的生活和交往情景不堪入目。縣長、村長和村民，一起構成了王家生活情景的整體背景：

> 「是啊，村裏人不知多羨慕王屋呢。這回看明白了，工傷還是沒有死人合算，沒拖累，幾十萬。還了債，蓋房子，討老婆，供孩子上學全齊了。」

> 另個說「也不是全都這樣，是王屋人有頭腦，大事情不亂陣腳。假使有一個不配合都騙不來這麼多賠償費，也不會這樣圓滿啊，現在王屋每個人都有份，那女人也無話可說，還把名聲洗乾淨了。換

〔註 5〕吳君：《幸福地圖》，《十月》2011 年第 2 期。

了別人家你試試，除了犯傻，啥事也搞不清。」

　　「是啊，現在王屋每個都能分上錢了，真是圓滿。」阿吉聽見
兩個人一邊說一邊愉快地撕扯著豬肉。

　　　　另個說「那也要感謝我們村，從來沒這麼心齊過。」
這些對話將「時代病」表達得不能再充分，這就是水田村人的日常生活、內
心嚮往和精神歸屬。那個憎恨「俗氣」的阿叔曾是阿吉的全部寄託所在，她
甚至愛上了自己的阿叔。但是，就是這個「憎恨」俗氣的阿叔，同樣是為了
錢，變成了阿吉的新爸爸。當新婚的母親和阿叔回到水田村並給她買回了「一
件粉紅色的小風衣」，另隻袖子還沒等穿上的阿吉「便流了淚，下雨般，止不
住」。吳君憤懣地抨擊了當下的價值觀「拜金教」無處不在深入人心，難道這
就是這個時代「幸福的地圖」嗎？不屑的恰恰是一個冷眼旁觀的孩子，世道
的險處只有她一目了然。那個自命不凡的阿叔的虛假面紗，在阿吉的淚水中
現出了原形。

　　徐虹的小說創作，很長一個時期迷戀於「青春講述」，這個「青春」當然與
個人經歷有關，因此也有自敘傳性質。這篇《逃亡者 2》〔註6〕，在某種意義上
表達了徐虹小說「由內向外」的轉型。這個概括不一定準確，筆者的意思是說，
徐虹由痴迷於青春講述開始轉向關注外部社會、關注自我以外的世界。這類小
說當然也有原型：一個家庭闖入了一個「他者」，這個「他者」既是家庭生活的
窺視者，也是參與者。小唐來到了武家別墅：「小唐看主人像是在演電影，垂下
頭，簡直氣憤。他生自己的氣──有錢人什麼都有，房子，錢，女人。還有幸
福，還有愛，還有看得見和看不見的奢侈，他們居然都一箭雙雕地掌握在手裏。
這個世界真是媽的不公平的很！」但是，武家別墅裏終有不能掩藏的秘密──
老夫少妻表面的幸福甜蜜，終被種種難以言說的時代病導致的悲劇所替代，而
致命的絕殺竟是這個外來的「他者」小唐與女主人小月的私通。最後別墅人去
樓空，所有的人都成了「逃亡者」。小說要表達的，是徐虹對今天價值觀的批判。
她說：「改革開放三十年的超速發展，那些被束縛的筋骨得以舒展，但是，也使
得中國的都市文明在自我重構和外來影響中消化不良、變形和夾生。舊的價值
體系不復存在，新的價值體系尚未健全，這一個道德空氣稀薄的狀態中的人們
難免迷失和窒息。這一切作用於現代都市人的個案之中，都使我們病態，不健

〔註 6〕 徐虹：《逃亡者 2》，《芒種》2011 年第 8 期。

全，沒有心靈歸屬，幸福指數不高──掙錢和不掙錢、結婚和不結婚、美麗與不美麗，怎麼樣都不能快樂。我們已經找不到心靈居所，我們逐漸失去安穩的能力，我們從一個地方逃往另一個地方，又從另一個地方再跳轉到新的地方。每一個都不是我們要尋找的所在。我們的心靈，正在成為可憐的失魂落魄的逃亡者和流浪者。」（《中篇小說選刊》2011 年增刊第三期）心無所繫沒有皈依是今天最嚴重的時代病。小說沒有能力救治，但小說卻有義務呈現。徐虹呈現的就是人的心靈的兵荒馬亂。

　　胡學文是今天鄉村中國生活的重要講述者，也是幾年來底層寫作重要的作家。《隱匿者》〔註 7〕也可以看做是書寫底層生活的小說。但不同的是，胡學文改變了過去過於注重底層苦難的情感立場和講述方式。批評界對「底層寫作」的詬病，也大多緣於這一題材過度的「苦難敘述」或「悲情敘述」。當然，胡學文的變化更應該看做是他對生活認識的結果，批評界的看法是否起了作用也未可知。無論如何，這個變化讓我們看到了另一個胡學文。《隱匿者》的故事一波三折非常複雜：三叔開著三輪車在皮城建材市場受雇拉貨，返程時有人想搭車。途中三叔停車在路邊不遠處小便，一輛大車把三叔的三輪車撞翻，將搭車人撞死──

> 　　等交警趕到並詢問那個和車一樣面目全非的死者是三叔什麼人時，三叔說是自己侄子。三叔說他起初並不是有意撒謊，他嚇壞了，不知那句話是怎麼滑出嘴的。他意識到，想改口，卻不敢張嘴。怕交警說他欺騙，怕他也得擔責任──畢竟，他拉了那個人並收了他的錢。交警並沒有懷疑，又問了些別的情況，三叔都回答上了。
>
> 　　後來的事，三叔說根本由不得他。他就像一隻風輪，不轉都不行。現在，一切都處理完了。車老闆賠三叔一輛新車，給了白荷二十萬。

故事從這裡開始，范秋的命運也從這裡開始改變──他是一個已經「死亡」的人，他的「骨灰」已經被帶到老家埋葬。他與妻子白荷躲到皮城，只能是皮城的一個隱形人。但事情遠沒有結束：老鄉趙青偶然發現了這個秘密，不斷地向范秋借錢勒索，范秋怕事情敗露只能忍氣吞聲委曲求全。趙青對范秋的隱忍得寸進尺變本加厲，忍無可忍的范秋只能對趙青訴諸於武力，並以趙

──────────────

〔註 7〕　胡學文：《隱匿者》，《十月》2011 年第 4 期。

青的方式還治其人之身。趙青反倒身懷恐懼舉家逃避。爲了改變命運，范秋踏上了尋找眞正死者的漫漫長途。途中遇到瘋子拿刀砍人，他勇敢地將瘋子制服，卻無法去領取「見義勇爲獎」；他冒充楊苗失蹤的丈夫去安慰她的公公婆婆；以爲找到了眞正的死者，但是，想要歸還那20萬塊錢時，卻發現楊苗的丈夫已經回來……車禍使那個「莫名」的遇難者眞的不存在了，但20萬賠償金讓范秋這個眞實的主體成了「隱匿者」。「隱匿者」改變了所有的社會關係──夫妻、父女、叔侄、個人與社會、生者與死者等等。這僅僅是三叔偶然的口誤嗎？當然不是。三叔下意識的撒謊從一個方面表達了當下的社會風氣和世道人心。因此，與其說胡學文機敏地講述了一個荒誕不經的故事，毋寧說他敏銳地感受到了當下社會的道德和精神危機。

四、人間萬象與小說的多樣性

　　邵麗的《劉萬福案件》〔註8〕，是以一個掛職作家的視角講述的故事。故事的主體是劉萬福的今生今世，是一個普通農民的生存狀況和不幸遭遇；另一條線索是縣委書記、經濟學家對當下中國、特別是中國基層發展的言論和看法。小說內部結構極其複雜，猶如當下中國的社會生活，剪不斷理還亂。劉萬福一生經歷了三次生死劫：童年時得了腸炎、青年時代當礦工時遭遇的礦難以及後來的殺人案件。三次劫難都「大難不死」。因此劉萬福對共產黨感激不盡，他發自肺腑的話是「三生三死念黨恩」。

　　小說在劉萬福糟糕的命運上展開。礦難情節寫得一波三折驚心動魄，礦工的堅忍和危難中的眞情催人淚下又忍俊不禁。班長閻濤過人的膽識和處亂不驚的風範，與礦工兄弟生死與共的情義，給人留下了深刻的印象。但是，一條「瞞報重大礦難偷運尸體」的信息，以及「美國總統奧巴馬就西弗吉尼亞州礦難發表聲明」的對比，使小說在不經意處起了波瀾：「人與人之間的不平等體現在生上，既無可否認又無法改變。如果還體現在死上，那就只有令人扼腕可惜了。同樣是煤礦工人，有人死得那麼有尊嚴，他們的名字像英雄一樣被惦記和懷念。有人只是死成小數點後面的一個數字，只是活在統計年鑒裏。」當然，小說不只是表達了作家批判的姿態，重要的是，她還在人性的複雜性上用足了工夫。劉七是一個鄉間無賴，與劉萬福家有「世仇」。劉萬

───────────────

〔註 8〕 邵麗：《劉萬福案件》，《人民文學》2011 年第 12 期。

福與劉七的仇怨緣於劉七對劉萬福妻女的欺辱，在忍無可忍的情況下，劉萬福手刃劉七和一個同夥同仇。「劉萬福相信黨和政府的有關政策，立即去派出所投案自首了。法庭根據他犯罪的性質和投案自首的情節，判了他死緩。」後來又改為「無期徒刑」。「劉萬福案件」只是一個個案，或者說只是這個故事的「外殼」。作家真正要表達的，是一個經濟學家和縣委書記如何面對複雜多變的基層中國的現實，如何講真話、敢擔當的問題。但是，對這些問題的處理，比處理「劉萬福們」遇到的問題還要複雜得多。周書記因為講了真話，終於從「先驅」成了「先烈」。他明升暗降為政協副主席。那麼，究竟是誰不需要講真話的幹部呢。

我們驚異於邵麗對「底層生活」的熟悉和理解。劉萬福們生存在極其艱難的環境中，這個艱難不只是大環境的問題，同時也有鄰里鄉親間的問題，有這個階層自身存在的問題。它的複雜性只用同情或悲憫無濟於事。另一方面，「底層」有底層的生活方式，即便在礦難最危急的時刻，他們也沒有忘記開最「葷」的玩笑以緩解驚險和緊張。因此，底層書寫只用眼淚和無邊的苦難來表達顯然是太簡單了。在這個意義上，邵麗有了一定程度的超越。

楊小凡的很多小說是寫建築工地的，他對農民工生活的熟悉程度令人驚訝。但這篇《歡樂》〔註9〕寫的是醫院生活——說是醫院生活也不準確，應該說是以一個農民的視角看到或經歷的醫院生活：賈歡樂的母親因食道癌住進了醫院。賈歡樂是個孝子，該打點的打點，該找人找人。但手術還是失敗了——

> 他想，娘的手術肯定是出了事故，出了事故難道就這樣算了嗎？錢多花了不說，娘可是受大罪了。更讓他想不通的是，張青也收了他兩千元的紅包，收人錢財替人消災，收了錢了，手術咋還這樣不上心呢！這不太不拿俺農村人當人了？想來想去，他覺得自己不能就這樣當冤頭鱉，他也得鬧。鬧了，至少醫療費可以少點，也出了心裏的這口惡氣。但他又想，如果鬧了，衛方會不會受影響，是他安排人手術的，自己不能做那種過河拆橋不憑良心的事啊。至於張青，他已拿定主意，他覺得你收了我的錢，反而把俺娘的手術做失敗了，讓俺娘受這麼大的罪，告你，俺也是心安理得。

於是賈歡樂用他的方式同院方展開了「鬥爭」。賈歡樂同醫院的關係中

〔註 9〕楊小凡：《歡樂》，《十月》2011 年第 3 期。

間，有一個關鍵性的人物——衛主任（即衛方）。衛主任本來也是醫生，因醫療事故被調離了醫療崗位當了院辦主任。給歡樂娘做手術的外科主任張青與衛主任是同學，這時兩人明爭暗鬥地在競爭一個副院長的職位。衛主任認為整治或打擊張青的機會來了。在衛主任的授意下，歡樂領人鬧了起來。結果張青被停職，歡樂不僅得到了全部醫療費賠償，而且還留在醫院太平間當上了臨時工。但這並沒有給歡樂帶來高興——他「心裏其實很難受，他覺得自己落井下石，把張青搞撤職了，是趁機敲詐的小人，這是昧良心的事。簽過字後，他心堵得像有一座山，心口疼」。但歡樂畢竟還是留在了醫院看太平間。然後，剛提為副院長的衛方讓他租下了一個院子並裝修好，然後他看到了一個月內宋院長與五個不同的女人來到這裡，衛副院長也帶女人來過；他還看到了賣女尸配陰婚、拐賣嬰兒，自己也作為「知情人」被紀委帶走交待問題，最後他看到的是院長、副院長被紀委帶走。當歡樂被放回來後，醫院黨委研究，因歡樂抓賊受傷有功，可以轉為正式工。但這時的歡樂卻拒絕了即刻能夠實現的夢想，他決心回到鄉下的老家務農。醫院是城裏的一部分，也是社會的一部分。但在醫院裏歡樂看到和經歷的，不是醜惡的就是心驚膽戰的。城裏給他帶來的遠不是美好。當然，這也可以理解為城市對一個「他者」的拒絕。歡樂的「猖狂出逃」，也從一個方面表達了「現代」的都市並非適合所有的人，都市化進程也不是給所有的人都帶來福音。但是，現代性是一條不歸路，賈歡樂夫婦真的能夠回到過去嗎？

東君的小說超凡脫俗卓爾不群。經過多種實驗或嘗試，東君似乎篤定了自己的文學信念，他要寫「沒有意義」的「無用」小說。他說：「優秀的作家還是博爾赫斯所說的『某種不知道的東西的記錄員。他們不僅僅可以從『無中生有』，還可以從『有中生無』。以莊子的哲學觀視之『無意義』便等同於『無用』。如果說『無用』的小說是一株水仙，那麼『有用』的小說就是一株洋蔥。事實上，水仙和洋蔥都同屬於蔥科植物，但我們不能指望水仙變成實用主義的洋蔥。達里奧寫過這樣一個小故事：創世之初，玫瑰作為被造之物受到天上陽光愛撫的同時，魔鬼也來到了她身旁，並且認為玫瑰雖然美麗，卻不實用。玫瑰聽了有些羞愧，她開始祈求上帝，把她變得有用。上帝答應了她，於是，這世間就有了第一株捲心菜。捲心菜是實用的，與生活息息相關的，但我必須承認，在我內心的某處，我與捲心菜很難達成妥協。」（見東君博客）此前他的《阿拙仙傳》《黑白業》《子虛先生在烏有鄉》《風月談》《聽

洪素手彈琴》等小說已經具有了這種風範。今年他發表的《出塵記》〔註 10〕
進一步彰顯了東君的文學主張或觀念。小說的題記是《聖經》中的話：

　　　使徒彼德問耶穌：弟兄得罪我，饒恕他七次夠不夠？

　　　耶穌回答：不是七次，是七十七次。

　　從題記理解，這似乎是一部規勸人寬容或寬恕的小說，是一部有強烈的
宗教情懷或意識的小說。如果是這樣的話，它好像有悖於東君的文學主張和
觀念，小說又回到了「意義」和「有用」。事實上，小說的有用無用很難涇渭
分明非此即彼。關鍵是作家對小說有怎樣的理解。「無用」的小說在解構「有
用」小說這一點上，已經有了意義和功能，儘管它不是捲心菜的功能。

　　小說開篇於一場即將上演的血腥廝殺，是世代仇家的廝殺。在刀出鞘箭
在弦之際，一身仙氣的竹庵先生登場了，他化解了這場廝殺以及血腥的後
果。這個人就是「我外公」高逸民。外公應該是一個名士，但外公沒有名士
的架子，「外公出身書香門第，寫得一手好字，早些年，村上的農戶倘若買
了新籮筐，就會請外公號籮（在籮筐上寫上戶主的名字），他從未擺過臭文
人的清高架子，無論替人家寫訃告還是號籮，用的都是一副家傳的陳墨。村
上有些人家碰上土地買賣或兄弟分家的事，也都是請外公出面寫文書。他們
說，別人寫的字再粗再大，也不如先生公管用。先生公的字值錢，可以長久」。
重要的是外公每天的事情就是「抄族譜」，他兢兢業業一絲不苟。這個貌似
「無用」的「工作」，歷練了外公與眾不同的性格和為人處事的方式。但外
公畢竟生活在人間，在人間就有人間的煩惱，那個只比「我」大四歲的舅舅
和「我」，使外公嘗盡了俗世生活的瑣屑、無聊和麻煩。他的「出塵」之路
是如此的漫長和遙遠。我們驚異於東君的文字趣味，他的講述方式和語言修
辭，常常讓筆者想起「二周」先生。這倒不是因為他們是浙江同鄉，而是那
一招一式所致。

　　這只是 2011 年中篇小說現場的片段。在這些片段中，我們看到了中篇小
說作家重回批判性和重建文學精神的努力，這一傾向顯然帶來了我們期待已
久的好消息。

　　　　　　　　　　　　　　　　　原文刊於《當代文壇》，2012 年第 1 期

〔註 10〕東君：《出塵記》，《花城》2011 年第 8 期。

沒有潮流的文學年代
——2012 年長篇小說現場片段

　　2012 年最為重要的文學事件，是莫言獲諾獎。無論坊間怎樣議論，莫言的獲獎都意義重大。文學革命終結之後，那種石破天驚的小說不復存在。即便是西方強勢文學國家，也難再創作出引起普遍關注的作品。因此，將 2012 年的諾獎頒給莫言就在情理之中。如果是這樣的話，2012 年的長篇小說亦無驚人之作。議論較多的劉震雲的《我不是潘金蓮》毀譽參半，這雖然是一部與當下生活關係密切且敏感的上訪題材，但因寫得過於「聰明」而失於輕佻，李雪蓮畢竟不是劉躍進。李雪蓮的上訪乃至最後的結局，幾乎就是一個看客眼中的輕喜劇。對荒誕生活的批判在戲劇化的表達中幾近淹沒；李佩甫《生命冊》是他「平原三部曲」的收官之作，這部潛心五年創作的小說，將半個世紀中國的巨變以及個人的心靈軌跡，書寫得讓人驚心動魄。特別是蟲嫂這個形象，讓我們看到了百年中國巨變中未變的某些方面。她讓我們深感沉重和絕望；丁捷的《依偎》貌似一篇浪漫青春的愛情小說，畫家欒小天與歌手安芬的偶然邂逅逐漸演變為一場愛情之旅。但意外的結局卻將全篇解構——那是兩個素未平生的人因一場車禍，在肉體即將死亡時靈魂發生的交流。小說將懸疑、心理分析、科幻等元素在小說中展開，通篇寫得浪漫、神秘又淒美；胡學文的《紅月亮》是鄉村中國的情感故事，夏多妮的情感經歷一波三折，毛安謊言成性最終釀成苦果；嚴歌苓的《補玉山居》，將各色人等聚集在一個鄉村客棧中，城裏人複雜隱秘的情感關係在《補玉山居》萬花紛呈；鄧賢的《父親的一九四二》，再現了七十年前的那場戰爭，小說中遠征軍學生兵

英雄主義在今天恍如隔世；趙小趙的《我的曇華林》寫的是文革題材，70 後沒有文革記憶，但其想像的場景和氣氛竟讓人如臨其境感同身受。蔣勁松與米娜的情愛故事雖然簡單卻也動人。2012 年長篇小說最大的特徵，是潮流的消退，那種集中書寫某一題材的現象已不復存在。下面評論的幾部作品，在題材上各行其是證實了這一判斷並非虛妄。

一、《真情歲月》：鄉土中國的未竟道路

從身份的意義上說，袁志學先生還是個農民，是一個業餘作家。這時我們會講出許多關於農民、業餘作家如何不容易、如何艱難坎坷話。但這些話沒有價值，這裡隱含的同情甚至憐憫，與一個作家的創作沒有關係，只要評價一個作家的創作，其標準和尺度都是一樣的，這和評價一個大人和一個孩子不同；另一方面，身份在文化研究的意義上有等級的意味，或者說，一個農民、一個業餘作家還不是「作家」，這裡隱含著一個沒做宣告的設定——「承認的政治」，或者說作家是一個更高級的階層或群體，起碼袁志學現在還沒有進入這個階層或群體，還沒有獲得「承認」。但是這個設定是「政治不正確」，它有明顯的歧視嫌疑。如果我們認真的話，首先需要質疑的是，這個「等級」是誰構建的？這個「承認」是誰指認的？過去加上一個身份——比如「工人作家」、「農民作家」，那是意識形態的需要，那時作為修飾語的「工人」「農民」與當下的意義並不完全相同。因此，在我看來，評論《真情歲月》與我們評價其他作品的尺度沒有二致。

如果是這樣的話，我首先認為《真情歲月》是一部優秀的長篇小說。這部小說對堡子村前現代日常生活的描摹，對生活細節的生動講述，對堡子村艱難變革歷程的表達，特別是對那個漸行漸遠、變革後堡子村的難以名狀的感傷或留戀，顯示了袁志學對鄉村生活及其變革的真切理解和感知。當他將這些生活用小說的筆法表現出來的時候，他就是一個現實主義作家。從底層成長起來的作家的處女作，大抵都有自敘傳性質，大抵是他們個人經歷的藝術概括或演繹。袁志學的《真情歲月》也大抵如此。小說從堡子村「清湯寡水的日子度日如年」的年代寫起，那個年代，村裏人「都眼角深陷，餓得皮包骨頭，他們期盼能將洋芋煮熟後飽飽吃上一頓那才是福分呢，如同進了天堂一般。」堡子村和所有的村莊一樣，雖然已經是七十年代，從互助組、合作社到人們公社，在這條道路上的探索已經 30 多年，但是，中國共產黨和廣

大農民在這條道路上並沒有找到他們希望找到的東西。堡子村「清湯寡水的日子」為這條道路作了形象的注釋，這為當代中國的鄉村變革提供了合理性的前提和依據。當然，堡子村不是中國發達地區的「華西村」或「韓村河」，這些村莊的變化因地緣優勢和強大的資本支持，可以在很短的時間內發生變化，從前現代進入現代的進程被大大縮短。但是堡子村不是這樣，作為一個邊緣的欠發達地區的村莊，它的變化是緩慢和漸進的。這個變化是從有了「新政策」開始的。堡子村有了電、有了第一臺電視機，陸續有人捏起了瓦，有人磨起了麵，村裏有了第一眼機井等等。但是真正改變堡子村生活面貌的，還是「農村電網改造」和「退耕還林」，這時堡子村家家戶戶都在自己家的水井裏下了一寸的水泵，將水用泵抽了上來，抽到了自個兒家的水缸內，結束了用轆轤弔吃水的歷史。這個變化當然是巨大的。但是，堡子村的歷史變革，應該說只是小說的背景，小說要處理的還是堡子村人的心理、精神狀態的巨大變化。小說通過陳家三兄弟陳大、陳二、陳三、王生輝、喬懷仁、海生、強子、順來、敏子、陳二家的四蛋兒、以及劉二喜和齊小鳳的不同命運，展示了堡子村從前現代進入現代的歷史過程。陳家兄弟、王生輝等這代人，無論物資生活還是精神面貌，事實都還處於「原生態」的狀態。那種生存狀態與周克芹的《許茂和他的女兒們》、古華的《爬滿青藤的木屋》等鄉村生活和人物的精神狀態沒有區別。但是，到了海生、強子這一代，堡子村才真正發生了革命性的改變。新一代在現代文明沐浴下，真正改寫了堡子村的文明史。最簡單的例子是劉二喜與齊小鳳的婚姻關係。劉二喜對齊小鳳沒有起碼的尊重，他對兩性關係的痴迷和混亂，與現代文明沒有任何關係。但是，到了敏子和順來這一代，他們的愛情關係應該是小說最為感人的段落。袁志學通過這樣的比較，已經形象地表達了堡子村翻天覆地的內在變化，表達了堡子村真正走上了現代文明之路。它與物質生活有關，但更與人的精神世界的改變有關。

另一方面，在具體的表現上，《真情歲月》還有可圈可點的方面，比如景物描寫。我們經常在小說中讀到這樣的段落：

> 黑黝黝的山川輪廓，籠在霧一般的水墨色裏，月兒雖然已經上
> 來，但像是誰用暗紅的畫筆輕細地勾勒出的一點孤線，如隻蚯蚓靜
> 靜地爬在這幅水墨色的景致中，不注意看根本發現不了它的存在，
> 整個堡子村集體在山上的忙活尚未平靜，點點凝重的黑色在一抹水

墨的輪廓中動彈……

　　就在豌豆角掛滿豆蔓，給人們炫耀它的快成熟的那份金黃色的
得意，藍瑩瑩的胡麻花微笑著彰顯它的振奮和熱烈，滿山充溢著花
和綠的香的六月六的這一天清晨，天是那樣藍，雲是那樣淡，白楊
綠柳靜靜地立著，空氣中飄浮著莊稼的清香，太陽下花草帶露、晶
瑩剔透。

　　現在的小說不大注意景物描寫，這是不對的。景物描寫不僅使小說的色
彩、節奏的處理發生變化，調節讀者的閱讀心理，同時也使小說的文學性得
以體現和強化。

　　再比如喬懷仁去世時有這樣一段文字：「村外的莊稼地裏多了一個掛滿白
色的新墳。絲絲涼風拂過，墳塋上的紙微微起動，似乎戴不動那沉重欲碎的
傷痛，代表不了那很久以來就抹在心頭的一縷哀怨，鳥兒在墳的上空飛去，
一聲鳴叫，似乎也在為離世的人傳著追隨未了的情。杯杯薄酒祭奠墳前，陣
陣哭聲回繞山谷，來世匆匆去時淡淡，人生似夢只在朝夕。」這裡既有景物、
場景描寫，也有對人生的萬端感慨。語言顯然借助了明清白話小說的筆法。
但是，在袁志學這裡，這些景物描寫又大多出現在章節的開頭，這使小說又
缺乏變化，有一種格式化或不斷重複的感覺。這個問題只要稍加處理很容易
做到。

　　還值得提及的，是袁志學對鄉村中國現代性的直覺感受。這就是，現代
性是一把雙刃劍，它帶來的新的景觀和氣象。但是，現代性的問題也如影隨
形不期而至。小說最後有這樣一段敘述：

　　海生和強子視野中的堡子村：他和強子爬上了厚厚的土城牆，
守望這一片村子，海生的心久久不能平靜。小時的那段夢依然那樣
清麗，然而就在倏忽間順來整個家庭中的那一張張面容都已經離自
己遠去了，那沒有前牆的院落靜靜地留在村子裏，在一片紅牆新瓦
的房舍中顯得孤寂和冷漠，牆頭屋頂的荒草在冬風中瑟瑟抖動，訴
說著一段悲壯淒婉的生命歷程。

　　這是懷舊，但是，貧窮寂寥的過去為什麼還讓這些有過童年記憶的青年
懷念。這從一個方面證實了現代性不是萬能的，它可以創造新的物質和精神
生活，但是人的需要顯然還有超出這個承諾的許多東西。因此，小說也無意
識地表達了在當下的環境中，鄉村中國的未竟道路。

二、《我的唐山》：在歷史與虛構之間

　　近年來，北北的小說創作似乎正在轉型：她將關注當下生活、尤其是底層生活的目光投向了歷史。這部《我的唐山》就是她轉型後的重要作品。小說從光緒元年寫起（1875）寫到《馬關條約》簽訂的光緒二十一年（1895），這一年臺灣人民組成義軍，阻止日本人入臺但慘遭失敗。這段歷史是眞實的歷史。但小說不是歷史著作，而是以眞實的歷史作爲依託或依據，通過虛構的方式，呈現或表達這段歷史中人的情感、精神以及人與歷史、人與人之間的關係。在這個意義上可以說，這類小說既是歷史著作，又是藝術作品。《我的唐山》以陳浩年、陳浩月兄弟，曲普聖、曲普蓮兄妹，秦海庭、朱墨軒、丁範忠等人物爲中心，表達了作者對大陸移居民眾和臺灣的一腔深情，充分體現了臺灣和大陸休戚與共的歷史事實。

　　歷史小說最困難的不是如何講述歷史，歷史已經被結構進歷史著作中。只要熟讀幾部與小說相關的歷史著作，小說中的歷史事實將大體不謬。歷史小說最緊要處是虛構部分，比如人物，比如細節。這是考驗一個作家有怎樣的能力駕馭歷史小說。《我的唐山》恰恰在虛構部分顯示了北北的才華和能力，她抓住了這段歷史中人的顛沛和離散，抓住了人物命運的陰差陽錯悲歡離合，使一段我們不熟悉的歷史，因北北的藝術虛構形象地展現在我們面前，而人物的命運、生存和情感的苦難，更是令人感慨萬端唏噓不已。可以說，「情和義」是小說表達的基本主題。其間陳浩年、陳皓月和曲普蓮、曲普聖和陳浩年、丁範忠和蛾娘等的情意感人至深。小說中的陳浩年是梨園中人，因唱戲和朱墨軒的小妾曲普蓮一見鍾情。曲普蓮並非輕薄之人，她是爲哥哥和母親做了朱墨軒的小妾，但朱墨軒性無能，其景況可想而知。糟糕的是兩人第一次夜裏約會陳浩年便走錯了地方。私情敗露曲普蓮誤以爲是陳浩年告密，便道出實情。縣令朱墨軒大怒，誤將陳浩年的弟弟陳浩月帶回衙門。陳浩月和曲普蓮到臺灣後，陳浩年爲了尋找曲普蓮，也去了臺灣，到臺灣卻發現普蓮已爲弟媳。陳浩年爲情所累苦不堪言，曲普聖爲解脫陳浩年跳崖而亡，妻子秦海庭難產而死。這種極端化的人物塑造方法，給人留下了深刻的印象。陳浩年在臺灣再見到曲普蓮時，我們看到了這樣的情形：

　　　　陳浩年看到，曲普蓮眼裏也有淚光。她沒有變，臉還是那樣粉白，但瘦了，下巴尖出，不再圓嘟嘟的，眼眶因此顯大了，顯深了，顯幽遠了。「普蓮！」他仍叫著，伸出手，走到她跟前。曲普蓮卻驚

地一個轉身，鑽出人群，小跑起來。陳浩年也跑，追上她，張大雙臂攔住。他說：「普蓮，認不出了嗎？我是陳浩年啊，長興堂戲班子的那個……」

曲普蓮頭扭開，不看他。「你認錯人了，我不是普蓮！」

「你是普蓮，曲普蓮！」

「曲普蓮已經死了。」

「你……沒死，你就是曲普蓮……」

一架車在不遠處出現，是架牛車，曲普蓮一閃身又小跑起來，然後上了牛車。車子啟動，向鎮外馳去。

陳浩年把跋在腳上的爛鞋子踢掉，跟著車跑起來。

見到曲普蓮了，終於找到她了，他不能眼睜睜地再失去她。

對「情和義」的書寫，對一言九鼎、對承諾的看重價值連城重要無比。從某種意義上說，是北北對傳統文化的懷念和尊重。是試圖復活傳統文化的努力。這不止是北北個人的主觀意圖，同時更符合傳統文化的核心要義。傳統文化中的「禮義廉恥」今天不講了，今天講「八榮八恥」。但臺灣還講禮義廉恥。《我的唐山》要講的也是這個禮義廉恥。傳統文化的核心不止是艱深的經典文獻，它更蘊含在如此樸素的「禮義廉恥」中。

大陸與臺灣在民間的關係，與北方的闖關東、走西口有很大的相似性。在這個意義上《我的唐山》也有移民文學、遷徙文學、離散文學的意味。在民間的傳統觀念裏，「故土難離」、「父母在不遠遊」的觀念根深蒂固。因此「懷鄉」成為現代中國文學的一個基本母題或敘事原型。「懷鄉」或「還鄉」以及「鄉愁」，是現代中國以來文學常見的情感類型。《我的唐山》繼承了這一文學傳統並在題材上填補了當代小說創作的空白。如果是這樣的話，北北的貢獻功莫大焉。

三、《江入大荒流》：民間的「帝國」與江湖

2011 年 2 期的《人民文學》發表了余一鳴的中篇小說《入流》，發表後好評如潮。小說構建了一個江湖王國，這個王國裏的人物、場景、規則等是我們完全不熟悉的。但是，這個陌生的世界不是金庸小說中虛構的江湖，也不是網絡的虛擬世界。余一鳴構建的這個江湖王國具有「仿真性」，或者說，他

想像和虛構的基礎、前提是真實的生活。具體地說，小說中的每一處細節，幾乎都是生活的摹寫，都有堅實的生活依據；但小說整體看來，卻在大地與雲端之間——那是一個距我們如此遙遠、不能企及的生活或世界。

《入流》構建的是一個江湖王國，這個王國有自己的「潛規則」，有不做宣告的「秩序」和等級關係。有規則、秩序和等級，就有顛覆規則、秩序和等級的存在。在顛覆與反顛覆的爭鬥中，人物的性格、命運被呈現出來。長篇小說主要是寫人物命運的。在《入流》中，白臉鄭守志、船隊老大陳栓錢和月香、三弟陳三寶、大大和小小、官吏沈宏偉等眾多人物命運，被余一鳴信手拈來舉重若輕地表達出來。這些人物命運的歸宿中，隱含了余一鳴宿命論或因果報應的世界觀。這個世界觀決定了他塑造人物性格的方式和歸宿的處理。當然，這只是理論闡釋余一鳴的一個方面。事實上，小說在具體寫作中、特別是一些具體細節的處理，並不完全在觀念的統攝中。在這部小說裏，我感受鮮明的是人的欲望的橫衝直撞，欲望是每個人物避之不及揮之不去的幽靈。這個欲望的幽靈看不見摸不著又無處不在，它在每個人的身體、血液和思想中，它支配著每個人的行為方式和情感方式。

現代性的過程也可以理解為欲望的釋放過程。1978年以前的中國，是欲望被抑制、控制的時代，欲望在革命的狂歡中得到宣洩，革命的高蹈和道德化轉移了人們對身體和物質欲望的關注或嚮往。1978年以後，控制欲望的閘門被打開，沒有人想到，欲望之流是如此的洶湧，它一瀉千里不可阻擋。這個欲望就是資本原始積累和身體狂歡不計後果的集中表現。小說中也寫到了親情、友情和愛情。比如大大與小小的姐妹情誼、栓錢與三寶的兄弟情義、栓錢與月香的夫妻情分等，都有感人之處。但是，為了男人姐妹可以互相算計，為了利益兄弟可以反目，為了身體欲望夫妻可以徒有名分。情在欲望面前紛紛落敗。金錢和利益是永恒的信念，在這條大江上，鄭總、羅總、栓錢、三寶無不為一個「錢」字在奔波和爭鬥不止，他們絞盡腦汁機關算盡，最後的目的都是為了讓自己的利益在江湖上最大化。因此，金錢是貫穿在小說始終的一個幽靈。

另一方面是人物關係的幽靈化：白臉鄭守志是所有人的幽靈。無論是羅總、栓錢、三寶，無一不在他的掌控之中。小說中的江湖從某種意義上說是白臉建構並強化的。在他看來，「長江上的道理攥在強人手裏」的，而他，就是長江上的強人。當他決意幹掉羅總的時候，他精心設計了一場賭局，羅總

犯了賭場大忌因小失大,在這場賭局中徹底陷落並淡出江湖;栓錢做了固城船隊的老大,鄭守志自然也成了栓錢的幽靈。小說中的人物關係是一個循環的幽靈化關係:小小與栓錢、沈宏偉與小小、三寶與沈宏偉、栓錢與三寶等等。這種互為幽靈的關係扯不斷理還亂,欲說還休欲罷不能。其間難以名狀的「糾結」狀態和嚴密的結構,是我們閱讀經驗中感受最為強烈的,這構成了小說魅力的一部分。

特別值得我們注意的,還有余一鳴的寫實功力。他對場景的描述,氣氛的烘託,讓人如臨其境置身其間,人物性格也在場景的描述中凸顯出來。還有一點我感受明顯的,是余一鳴對本土傳統文學的學習。在他的小說中,有《水滸傳》梁山好漢的味道、有《說唐》中瓦崗寨的氣息。這個印象,我在評論他 2010 年發表的《不二》時就感受到了。這些筆法在《入流》中有進一步的發揮。比如小說對白臉編織毛衣的描寫,他的淡定從容和作家的欲擒故縱,都恰到好處,使小說的節奏張弛有致別有光景。

「山隨平野盡,江入大荒流」,這是李白《渡荊門送別》中的名句。是寫李白出蜀入楚時的心情:蜀地的峻嶺、連綿的群山隨著平原的出現不見了;江水洶涌奔流進入無邊無際的曠野。李白此時明朗的心境可想而知。理解小說《江入大荒流》,一定要知道上句「山隨平野盡」,這顯然是余一鳴的祝願和祈禱——但願那無邊的、幽靈般的欲望早日過去,讓所有的人們都能過上像「江入大荒流」一樣的日子。這樣的日子能夠到來嗎?它會到來嗎?讓我們和余一鳴一起祈禱祝願吧!

四、《安魂》:無邊的痛苦與想像的長虹

《安魂》是一部極端特殊的小說,它的特殊性幾乎沒有任何一部小說可以與它作比較。它是作家周大新在愛子周寧不幸去世整整四年之後出版的一部長篇小說。與其說它是一部小說,毋寧說它是一部父子靈魂對話的長篇散文或一部心靈的自敘傳。但它又確實是一部小說。它記敘了與兒子生前生活的能夠寫進小說的全部重要情節,記敘了與兒子一起同病魔鬥爭的整個過程。但是,作為一部啼血之作,小說的創作訴求,顯然不止是講述生離死別的「傷懷之作」。在我看來,它更是一部耐心講述的父子情感史,是一部父親懺悔錄,更是一部與愛子的誠懇對話集。

這是陰陽兩界的對話,它既是虛構的,也是真實的。說它虛構,是因為

兒子周寧已在天國，不存在與父親對話的可能；說它眞實，是因爲這些話不僅是父親的心聲，而且應該是父親在冥冥中與兒子無聲地千百次的述說。這個述說，首先是父親的懺悔錄。過去講「樹欲靜而風不止，子欲養而親不待」，說的是欲供養的雙親已經不在，逝者已矣，其情難忘。但在小說《安魂》中，卻是白髮人送黑髮人，這是人生的三大不幸——少年喪父，中年喪妻，老年喪子中最爲凄慘悲涼的事情。但是，身處悲慘境地的父親並不是顧影自憐哀歎自身命運多舛。他更多地是面對過去的深刻懺悔。小說中，我們讀到最多的句子大概就是「爸虧欠你太多了」，「對你表揚太少了」，「我後悔呀！」等等。他後悔第一次打了一個半歲的孩子，後悔不顧孩子意願，逼迫他讀研究生；後悔以個人意志終結了孩子的初戀……。天下的父親都有「望子成龍」的心理，這個心理不能用對或錯來判斷。父親期待孩子更有出息錯了嗎？當然不是。但是，父親的這種期待常常有不近人情的方面。比如，父親希望還能有一個高學歷，是因爲自己學歷不高，希望自己的願望能夠在孩子那裏獲得實現；比如，孩子喜歡自己處的女朋友，但父親卻用小說中對女性美的要求，拒絕了孩子的初戀。這種檢討刻骨銘心，對孩子的傷害是父親在懺悔中理解的。無論如何，我們還是被父親坦蕩的懺悔所感動——這不是所有的父親都能做到的，不是因爲能力，而是因爲意願。

第二點，小說的感人之處是對父子情感史的講述，它是重新走進父子心靈深處的精神之旅。對父子情感關係的重新審視和相互理解，是小說最動人的篇章之一。過去我們常說的一個詞叫「代溝」，有沒有這種東西，也許應該有。但是父子之間交流的不平等，更多不是代溝，而是身份和權力的不平等使然。父親作爲一個作家不懂愛情嗎？不懂愛情怎麼寫小說！但是，面對孩子愛情的時候，作家糊塗了。

生病後的周寧曾給前女友小怡打過電話，他說：當我突然得了重病，你說個實話，你會選擇離開我嗎？

她說，那怎麼可能？朋友遇到病災就拋棄，那還是朋友？同性朋友都能做到兩肋插刀，何況我們是在談對象？你又不是不知道我對你的感情，你是不是遇到了什麼難處？

你怎麼回答的？我不由自主地問。

我說有一點。

她咋說？

她說，需要我過去嗎？如果需要，我就過去。

他丈夫會讓她過來？

我也這樣問他了，兒子抬臉向天花板上看。

她咋回答的？

她說，他不讓我去我就同他離婚……

作家聽到這裡時，「心被猛地一刺」。這種感受是父子交流前不曾體會的。正是這樣的交流構成了父子的情感史。在這樣的交流中，兒子的聽話、孝敬、理智和隱忍的形象被刻畫出來。它使痛失愛子的情感越發走向了高潮。

還值得談論的是，小說是生者與死者的誠懇對話。作家周大新先生的為人為文，在文學界有口皆碑。即便是如此重大災難的降臨，在他承受了不能承受的生命之重之後，他依然堅強重新出現在我們面前，此刻，我們除了向大新先生表達我們由衷的同情之外，我們必須向他表達我們由衷的敬意。他將無邊的痛苦化作想像的長虹，他將這條長虹掛在了天國也掛在了人間。他撫慰了愛子周寧遠去的靈魂，也開啓了我們對於生命、生活、生死的思考。

五、《刺青》：時空結構與小說的可讀性

反恐，是當下國際社會的共同主題。無論社會制度和意識形態有多大差異，在反恐的問題上都可以達成共識，由此可見恐怖組織的反人類性特徵。我們通過其他渠道可以得到關於反恐的許多消息或信息，但還沒有讀過與這一題材相關的文學作品。因此，初十《刺青》的出版才格外引人矚目，儘管此前他已經出版過同類題材的長篇小說《攝氏零度》。可以肯定地說，這是當下文學創作的稀缺題材，因此，也可以說初十在這一領域的創作填補了當下文學題材方面的空白。

稀缺題材對創作者來說應該是「喜憂參半」，稀缺既是優勢也是困難：它的優勢在於因題材原因可以迅速佔有市場的制高點，它的「眼球效應」短時期是其他題材難以抗衡的；說它困難，是因為可供參照的資源幾乎沒有，一切都從零開始。這對作家的想像力和虛構能力是極大的考驗。作家初十有職業優勢，他是一位職業記者，而且是法制報的記者。他可以直接經歷或瞭解這一題材的第一手材料。這是他創作反恐小說的基礎。但是，小說畢竟是藝

術的領域，有了素材，如何結構成為文學作品是他面臨的另一個考驗。

　　小說寫的跌宕起伏一波三折，因此有很強的可讀性。在具體的寫法上，小說借鑒了凶殺、偵破、探案、懸疑等小說的多種方法。在這個意義上，《刺青》的可讀性與通俗性有很大的關係。應該說，大眾文學的重要元素《刺青》都具備，比如暴力、情慾、愛情、陰謀等。但是，《刺青》又並不是一部只「爭奪眼球」的大眾文學作品。這誠如批評家施戰軍所說：「《刺青》具有暢銷讀物和嚴肅小說的雙重品相」。它的嚴肅小說的特點，主要表現在人物的塑造方面。特別是警察賈尼克形象的塑造，顯示了初十具有的文學功力。這個質樸忠誠的警察，不僅在職業方面恪盡職守，而且在愛情方面也感人至深。他雖然最後犧牲在「7‧5」事件中，但他的未婚妻月柳毅然決然地在他的追悼會上披上了婚紗。一個中年男人被一個青年女性至死相戀，這個男人的魅力可見一斑。

　　另外值得注意的，是小說的內在結構。小說不是按照傳統的線性結構或時間結構展開的，而是以時空不斷變換的方式結構的。從新疆到內地海濱，從伊斯坦布爾到慕尼黑等，空間結構的大開大闔，使小說有了巨大的展開可能。而且其跳躍性也使小說絢麗繽紛五彩奪目。這種時空結構與小說題材恰如其分。因為恐怖活動不是出現在單一的地區或國家，它的巨大危害恰恰在於它的全球性。初十以藝術的直覺意識到這一點，因此在結構上的新意水到渠成。這一經驗是特別值得我們注意的。

六、《石光榮和他的兒女們》：從革命到日常生活

　　按當下流行的說法，石鍾山是一個「軍旅作家」。所謂「軍旅作家」是石鍾山的「身份」，與他的創作並沒有多少關係。但是我們得承認，從《激情燃燒的歲月》、《軍歌嘹亮》、《幸福像花兒一樣》、《玫瑰綻放的年代》等電視連續劇的播出，石鍾山成了一個「符號」。或者說，在重新講述父輩革命歷史的領域裏，石鍾山找到了一個得心應手的創作領地，打造了他個人的風格印記，也完成了一個作家自我形象的塑造。

　　現在，我們談論的石鍾山的長篇小說《石光榮和他的兒女們》，顯然是小說《父親進城》或電視連續劇《激情燃燒的歲月》的續篇。小說中的人物的前史都曾在這些作品中得到過書寫。不同的是，小說中的主角除了石光榮、褚琴之外，他們的「兒女們」石林、石晶、石海也都走向了前臺。因此，這部小說也可以說是一部石光榮的「家庭傳記」，是石光榮一家進入當下生活的

記錄和歷史。小說雖然「借勢」於石光榮的「紅色歷史」，但在具體表達上，「革命」已經成為背景悄然退去，日常生活成為小說的基本內容。這一結構，與社會歷史發展構成了同構對應關係。家庭矛盾、情感糾紛以及經濟社會的眾生相撲面而來，「革命」身份的優越性不復存在，經濟或資本的力量迅速地覆蓋了革命時期的激情與理想。這一切我們是如此的熟悉。小說開始於石海的「逃兵陰謀」，繼而牽扯出石家兩代人的情感糾葛。因此可以說，《石光榮和他的兒女們》注定是一齣「情感大戲」：從褚琴青年時代戀人夕楓的出現開始，小說進入高潮。夕楓就是當年的謝楓，一個非常「文藝」的青年。朝鮮戰場誤傳犧牲，實際是命懸一線死而復活。為了褚琴他一生未婚，為了不再打擾褚琴的生活他隱名改姓生活於默默無聞中。這樣的痴情男性在今天可謂鳳毛麟角。而對謝楓並未忘記的褚琴喜憂參半無可置否。可以肯定的是，褚琴在情感領域一直不曾忘記謝楓，否則就不能理解為什麼當謝楓出現並被證實後，褚琴不顧一切地走向了謝楓。當然，褚琴並不是要拋棄石光榮與謝楓重溫舊夢，褚琴的感情顯然一言難盡，無論過去的舊情還是謝楓當下的處境，褚琴的所有舉動都有可理解之處。一件演出的襯衫暴露了褚琴與謝楓的關係，於是家庭風波如期而至。當然，作為老一輩無產階級革命家一定恰到好處地處理了他們的感情糾葛，而且那裏不乏高尚與偉大。

但是，我不能不指出，這部小說畢竟還是一部大眾文學，或者說更具有電視劇的特徵。小說還僅僅停留在對人物表面或外部關係的描寫上，還僅僅停留在講述故事的層面。我可以舉出一個極端化的例子來比較，比如路翎的《財主的兒女們》，也是寫一個家族的傳記，寫一個家族的兒女們在革命時期道路的選擇。但這個選擇對那代青年來說並非是易事，他們的痛苦、矛盾以及迷茫和無助，真實地表達了面對大變動時代青年的思想和精神的艱難處境。這是大作品留給我們的文學遺產。但《石光榮和他的兒女們》更多地是在個人情感領域展開的，它的有限性也決定了它的思想深度。但是，小說最後悲劇性的處理，都不乏感人之處。那個叫做「丫頭」的褚琴，就這樣永遠地留在了讀者和觀眾的記憶中。如果是這樣的話，石鍾山的文學功績已經值得我們感佩了。

七、《傾斜至深處》：生活的變局與文化衝突

《傾斜至深處》的封底評論說：「這是作家彭名燕迄今為止寫得最棒的一

部小說」。我完全同意這個判斷。這部小說遠在主流或非主流的議論範疇之內，它書寫的人物於我們說來非常陌生，但書寫的內容我們卻耳熟能詳，這些家長里短雞零狗碎的日常生活，也就是我們的生活。當我們身置其間的時候完全渾然不覺，一旦彭名燕用小說的方式集中和盤托出的時候，它會讓我們震驚不已。在這個意義上可以說：生活是被小說家發現的。

那麼，彭名燕究竟發現了什麼、是什麼事物讓我們深感震驚？在我看來，重要的就在於彭名燕發現了生活的本質就是矛盾和衝突。小說的基本故事在一個家庭裏展開，這是一個特殊的家庭，男主人杰克是新加坡人，卻有二十多年的美國學習和工作經歷；女主人容容是中國人，也有很長的德國學習和工作經歷；而家裏的保姆除了菲律賓人就是印度尼西亞人，「一個家有五個國籍，四種信仰，等於聯合國，能吃到一鍋裏已經是奇跡」。這樣一個家庭構成，爲小說提供的可能性是完全可以想像的。小說的主要人物是岳母、女兒和女婿。矛盾當然也在這些人物中展開。有趣的是，一般家庭、特別傳統的中國家庭，矛盾主要集中在婆媳之間，婆媳是一對天敵，做兒子的處境可想而知。能處理好婆媳關係的人，應該是一個智力、能力都超長的女人，她應該有能力處理任何關係。而岳母和女婿的關係處理起來相對容易些。但是在《傾斜至深處》中，矛盾的雙方恰恰是在岳母和女婿之間。女婿杰克是一個出身平民、畢業於哈佛的知識精英。他對貴族生活不僅嚮往而且不遺餘力地追求，對物質消費和享受極端迷戀，貸款也買奔馳車，出門從來不坐經濟艙，沒錢透支也要坐頭等艙；幾十萬的信用卡瞬間就揮霍一空，冰櫃裏是兩百多瓶幾十年前收藏的法國名貴葡萄酒，並且要恒溫保存……。這個異國女婿在岳母看來，是「外表美觀，但靈魂千瘡百孔，這樣的男人能愛嗎？」矛盾和衝突由此埋下種子。

意料之中的是，家庭裏面沒有路線衝突或政治鬥爭。但日常生活的政治和鬥爭同樣會讓人筋疲力盡，同樣會耗盡對生活的熱情和欣賞的態度。但是，《傾斜至深處》又不是階級鬥爭和道德批判，不是60年代話劇《千萬不要忘記》中的丁爺爺和父親丁海寬與丁少純的矛盾。那裏的批判有階級救贖的微言大義。而《傾斜至深處》的岳母與女婿的關係，是文化觀念的衝突和矛盾。這種矛盾沒有對和錯，沒有誰更有道理，當然，也不可能誰來說服誰。這樣的矛盾和衝突是不可化解的。

因此，對於岳母白竹芳來說，她遭遇了與自己文化觀念截然不同的另一種文化。這位成就卓著的教育家，培育的學生有院士、部長、中央委員，社

會主義的文化觀念與她說來根深蒂固。因此，當她面對一個有極端化傾向的女婿的時候，她遇到了挑戰。這種挑戰是不同文明的挑戰。不能說白竹芳的觀念是錯誤的，我們只能說，她的觀念是過去的，儘管過去的也沒什麼不好。但是，事實上，無論白竹芳對女婿杰克有怎樣的不滿，都不能掩飾作家彭名燕對杰克的欣賞。無論是觀念還是生活方式。或者說，面對難以阻擋的新文明或新的生活變局，彭名燕雖然有些許猶疑，但總體上她是以開放的姿態和興奮的心情歡迎它的到來。

與崛起的網絡文學比較起來，傳統的長篇小說將越來越小眾化，同時在創作上也將越來越個人化。沒有潮流是正常的，它意在表明，作家是遵循個人對生活的感受和對小說的理解從事自己的工作。這應該是今後長篇小說創作的基本趨勢。

原文刊於《小說評論》，2013 年第 1 期

這是與我們有關的文學

——2012 年中篇小說現場片段

　　摘要：2012 年的中篇小說，仍是這個時代文學的高端成就。它在延續過去文學傳統的同時，也提供了我們不曾經驗的題材、情緒、人物和場景。對歷史的書寫，更多的是心靈體驗，這種體驗充滿了現實感；對現實的書寫，大多切中時弊，雖然不似黃鐘大呂卻也振聾發聵；鄉土中國漸行漸遠，啓蒙餘緒卻百年不絕；新文明正在建構，都市景觀萬花紛呈。但這是與我們有關的文學。2012 年的中篇小說，不僅在藝術上一直保持著高水平的生產，更重要的是，堅持這個文體創作的作家一直保持著對當下中國的關注和關懷，在這些作品中，我們可以如臨其境地形象感受和感知當下中國的生存狀況與心理環境。

關鍵詞：中篇小說；歷史與現實；青春期；啓蒙餘緒；新文明構建

　　2012 年，對於中國文學來說無疑是一個「利好」的年頭——莫言獲得了諾貝爾文學獎。在我看來，莫言獲獎對文學而言意義重大：首先，它終於了卻了我們揮之難去的諾獎情結，使我們找到了與世界文學對話、對接的欣然感覺；其次，西方強勢文學國家會在一定程度上客觀地認識中國文學，終結冷戰思維對中國文學的偏見；第三，在文學閱讀日益跌落的當下，文學——

尤其是小說，再次被讀者關注，再次燃起閱讀小說的熱情——哪怕是短暫的熱情對文學而言都將是幸事。至於莫言獲獎，是否真的實現了我們文化自信心或文學尊嚴感的建立，則另當別論。

2012 年的中篇小說，仍是這個時代文學的高端成就。它在延續過去文學傳統的同時，也提供了我們不曾經驗的題材、情緒、人物和場景。由此我可以自信地說，文學——沒有也不可能死亡。它「小眾化」的時代已然來臨，但它固有的魅力和意義依然如故。

一、歷史與現實：感傷和詠歎

林白的《長江為何如此遠》，可以看做是一部懷舊小說。幾十年後的大學同學聚會，引發了今紅對 80 年代大學生活的懷想。那是一個物質貧困百廢待興的年代，也是一個拘謹惶惑躍躍欲試的年代。不同身份和背景的青年聚集到大學校園開始了他們新的生活。對那個年代他們將用怎樣的心情懷想和對待，這是小說為我們提出和回答的問題。77、8 級的大學生，2012 年適逢畢業 30 週年。這是不同尋常的 30 年。他們經歷了「文革」、上山下鄉，畢業後親歷了改革開放的整個過程。30 年後，他們大多年過半百甚至退休乃至離去。那麼，如何講述這一代人 30 年的歷史顯然是一個難題。30 年可以講述出不同的歷史，林白選取了心靈史的角度，30 年的心靈體驗或許更為真實。

小說開篇就是一個疑問或不解：「『為什麼長江在那麼遠？』」今紅問。「她來到黃岡赤壁，沒有看到蘇東坡詞裏的『驚濤拍岸卷起千堆雪』，岩石下面是一片平坡，紅黃的泥土間窩著幾攤草，有一些樹，瘦而矮，稍遠處有一排平房，牆上似乎還刷著標語。」蘇東坡的一曲《念奴嬌·赤壁懷古》，使赤壁名滿天下。但是歷史是講述者的歷史，從講述者那裏聽來的歷史大都不可期待兌現。因此，當今紅來到黃岡赤壁時沒有看到東坡詞裏的壯觀景象就不足為奇了。今紅的同學林南下的解釋是：「因為長江已經多次改道了呀！」可見那個時代的青年無論有怎樣的經歷，畢竟還是年輕。但這個發問卻使小說充滿了歷史感，並為小說的收束埋下了伏筆。我驚歎林白對歷史語境和時代氛圍的還原能力。小說中出現的《沙家浜》《朝霞》、十六開本的《文藝報》以及《光榮與夢想》和《宇宙之謎》，就是那個時代我們曾經的讀物，而《解放》《山本五十六》《啊，海軍》以及《年輕的朋友來相會》《三套車》《山楂樹》《懷念戰友》等，也是我們那個時代觀看的影片和高唱的歌曲。如饑似渴的

學習氣氛有馬克思恩格斯研究小組，有《共產黨宣言》《反杜林論》《路易波拿巴的霧月十八日》《德意志意識形態》的討論，以及《資本論》研究小組，當然也有毛澤東思想研究小組。這些內容幾乎就是那個時代大學生活的全部內容。青春時節固然美好，但30年時過境遷再相聚的情形早已不似當年，篝火晚會再熱烈也是青春不再流水落花。但是，無論如何30年都是一個值得紀念的時刻。

林白用近乎感傷的筆調書寫了當年與當下。與為何如此遠的長江相比，個人的歷史實在微不足道，那「驚濤拍岸卷起千堆雪」的壯麗之景也許只存在於詩人誇張的抒發中，大江東去中的個人只是一掠而過而已。小說舉重若輕卻有萬千氣象。

邵麗在2011年曾有《掛職筆記》、《劉萬福案件》等作品發表。這些作品表達了她對這個變幻、動蕩、轉型時代社會生活關注和參與的熱情，它的現實感──如她的長篇小說《我的生活質量》。但《糖果兒》這篇小說與她此前的作品是如此的不同，她從外部世界轉向了自己的內心生活，這是一篇溫潤如玉蒼茫如海的小說。小說以「我」與女兒麼麼的情感關係為主線，旁溢出「我」與敬川、蘇天明與金地以及麼麼、姥爺姥姥、父親母親等的愛情和婚姻生活。不同的愛情是不同時代文化和情感生活的寫照，在小說中既是一種檢視也是一種比較。只有在比較中才能看清楚自己的愛情和婚姻。我與敬川的愛情和婚姻是作家講述的主體。這個時代的愛情和婚姻大概都乏善可陳，因此，當「我」回憶起與敬川的婚姻生活時竟是如此的失落：「我們長達十幾年不在一個城市生活，我們每天早晚都按約定時間通電話，所涉及的話題總是身體，鍛鍊，少喝酒。有時候我們也表達愛情，感情豐沛，話說著說著就柔軟起來。他幾乎常常說他很愛我很想我，可當我一個人待在家裏為一桶礦泉水放不到機器上而哭泣的時候，他在什麼地方呢？有一次他晚上回來，發現我們家的十六支燈泡只剩下一隻了，癡症了半天，說，這日子過的！我也常常說我愛他，可過了這幾十年，我為他洗過幾次襪子呢？有一次我告訴他他有白頭髮了，他吃驚地瞪著我說，已經白了好幾年了，你才發現？」其實多數婚姻大抵如此，英雄救美的時代過去了。這是一個莫名忙碌的時代，居家過日子的夫妻誰都難以做到戀愛時代的恩愛或體貼。比起上一輩人的愛情，比如在麼麼眼裏：「姥姥姥爺的婚姻，美滿但不美麗，典型的老式婚姻，就那樣被人一撮合就搬在一起過日子了，充其量是志同道合，愛情是談不上

的。但與爺爺奶奶的婚姻比起來，他們算是過得好的了。人家說她爺爺和奶奶一起生了五個兒女，爺爺到死都沒有正眼看過奶奶一眼。」他們也是過了一輩子。但是，敬川「出事」後「我」所經歷的人間暖意和善意，使小說洋溢著一股春天般的溪流。而且，小說畢竟還是講述了一種聖潔的情感的存在，這就是「我」與女兒麼麼的沒有條件的愛，或許只有這種愛才稱得上大愛無疆刻骨銘心。比照了這些情感生活後「我」終於釋然：當女兒的孩子要出生時，「我」堅持要給孩子取一個小名——「糖果兒」。

　　糖果兒——

　　我們永遠不能準確地預知自己的將來，但對過去的日子總該知足吧！難道我們握在手裏的生命，還不夠甜嗎？

　　我祖母那樣活，是甜的。

　　我母親另一種活，是甜的。

　　我這樣活，是甜的。

　　我女兒以她的方式活，也是甜的。

　　這甜的生活，如果不把它叫做糖果兒，怎麼配得上它？

　　這就是小說題目「糖果兒」的由來。這似乎是一曲漫長的詠歎調，優雅而繁複。在結構上它似乎應該是一個長篇的結構，作為中篇小說在敘事節奏上略顯局促。

二、青春期：現實的隱憂和想像的微光

　　2011年底，鄧一光出版了小說集《深圳在北緯 22°27'～22°52'》。這部作品集書寫的人群或對象，基本是深圳的平民階層。平民就是普通民眾，他們不是這座城市的主導階層，但他們是主體階層。只有這個階層的存在與精神狀況，才本質地反映或表達了真實的深圳。過去我們也閱讀過很多表達深圳底層生活的作品，比如「打工文學」等，這一文學現象和命名本身，隱含了明確的階級意識和屬性。但在當下的語境中，那種簡單的民粹主義已經很難闡釋今天生活的全部複雜性。因此，在我看來，當鄧一光在表達深圳平民存在與精神狀況的時候，他不是講述這個階層無邊的苦難或淚水，不只是悲憫或同情。在他看似貌不驚人的講述中，恰恰極端化地呈現出了這個階層的存在與精神狀況。2012年鄧一光發表的中篇小說《你可以讓百合生長》，延續了

他對深圳底層生活的創作路線。不同的是,他將目光投向了青少年教育領域。深圳百合中學有一個十四歲的女學生蘭小柯。她的家庭環境極端惡劣:一個是「不斷復吸因此老在去戒毒所路上的父親」,一個是「總在鼓勵自己日復一日說大話卻缺乏基本生存技能因此不斷丟掉工作的母親」,一個是「每天提出一百個天才問題卻找不到衛生間因此總是拉在褲子上的智障哥哥」。惡劣的家庭環境和無愛的心理環境,使蘭小柯成了一個問題少年。這樣的學生顯然是學校面對的一個難題。但是,蘭小柯偶然的機會結識了百合中學合唱團指揮——編外教師左漸將之後,事情有了轉機:左漸將用理解、尊重和愛的方式改變了蘭小柯,他讓蘭小柯參加了百合合唱團;發現了蘭大寶的音樂天賦,讓他做了合唱團的領唱。在參加勃拉姆斯音樂節比賽時,左漸將因心臟病昏倒,是蘭小柯替代左漸將指揮並獲得了巨大的成功。當然這個結局並不重要,重要的是左漸將用他的方式徹底改變了蘭小柯,使一個叛逆的問題少年轉變爲一個有愛、陽光的學生。她對父親、母親和智障的哥哥不再怨恨,而是深懷愛意的理解。

鄧一光是一個深懷理想主義情懷的作家,他塑造出左漸將這樣的理想人物並不出人所料。在我看來,當理想主義一統天下的時代,理想主義應該死亡;當理想主義被當做怪物、毫無理想可言的時代,理想主義必須復活並光大。沒有理想的人不值得談論,沒有理想的民族沒有未來。在這樣的意義上,雖然《你可以讓百合生長》並不是鄧一光最好的小說,但在今天的小說創作格局中,它是一部昭示或點燃理想和愛的小說,因此它才格外重要並值得我們珍視。

余一鳴《憤怒的小鳥》一改他《不二》、《放下》、《入流》等書寫江湖和民間的風格與題材,轉向了他從業的教育領域。教育問題已經引起了全民的關注,教育黑洞、腐敗、制度等,成了最受詬病的問題之一。但是,當下教育最大的癥結或病竈究竟在哪裏,當下的孩子爲什麼逃學、厭學乃至離家出走,他們究竟對什麼更感興趣,怎樣因勢利導使孩子走向學習的正確途徑,這些問題顯然不是作家有能力或義務全部回答的。但是,關注了這個領域的問題,就是作家參與公共事務的一種方式。《憤怒的小鳥》是另外一個「江湖」——虛擬的江湖。小說一開始就是學校常見的場景:教師憤怒的喊叫,學生我行我素翻牆而過。這個名曰金聖木的學生是網絡遊戲王國的幫主,他將帶領他的部下應約去一家賓館赴宴並會見長老 3 號及屬下,商討幫內事務。有

趣的是，邀請者在現實生活中是一個廳級巡視員，但在遊戲王國他必須聽命於一個只有十五歲的中學生。虛擬王國以另外一種方式實現了現實生活中不能實現的權力關係，這對一個十五歲的少年來說得到了極大的滿足。他在現實中因受挫而產生的憤怒、不滿、怨恨等，在這種關係中得到了釋放或緩解。但沒有人能想到，就在這個江湖王國躊躇滿志觥籌交錯之時：

> 包廂門被人推開，來者是一中年漢子，他指著金聖木破口大罵，兔崽子，真的是你，老子今天饒不了你。
>
> 長老 3 號問金聖木，他是誰？
>
> 宿敵。
>
> 宿敵是網絡用語，是指天生的冤家對頭。幫主說完，放下杯子，轉身進了衛生間。
>
> 三位精英立即衝上去扭住了來人的雙臂，他嘴裏還是罵罵咧咧，精英 11 毫不猶豫地給了他一個耳光，這人太讓幫主沒面子了。
>
> 金聖木出來，說聲對不起，直接朝門外走去，那人被按住動彈不得，眼睜睜地看著他昂然走出門外，金聖木留給他一個背影，肩胛骨高低聳動，大概正得意地笑哩。

作為金聖木爸爸的金森林此時的光景可想而知。然後小說進入了家庭場景。父親金森林雖然受到了羞辱，但金聖木在家學習期間有特權，就是不許有人打擾更不要說體罰。這與金森林對金聖木望子成龍的期待有關，金聖木是全市奧數冠軍，光宗耀祖指日可待。但是，這個偶然得到的冠軍並沒有為金聖木帶來好運，初中之後奧數冠軍再也沒有垂青他。但在遊戲的江湖王國裏金聖木如魚得水，數月之間便成為幫主，他可以呼風喚雨擁者無數。與此相反的是金森林的命運，這個建築公司的老闆淪落為連襟鄭守財的司機。家庭的敗落使金聖木連一臺自己的電腦都不能擁有。為了得到一臺 iPad 電腦，金聖木約手下一起奪取表妹 iPad 電腦時將其誤殺。令人震驚的是，三個孩子竟毫無懼怕之心，只是草草掩埋了表妹鄭婷婷，興致盎然地玩起了電腦。遊戲的巨大吸引力和江湖幫主的幻覺，使這些孩子冷若冰霜毫無人性。後因與網上宿敵大戰，洗白了長老 3 號的金幣而東窗事發。此時更名為金渺渺的金聖木，竟然還不覺得自己犯了罪，更聳人聽聞的是，某網絡公司居然登門高薪聘請這個刑事和網絡犯罪的「天才」。小說深刻地揭示了新媒體尤其是網絡

與青少年的關係,「憤怒的遊戲」遠不止是遊戲,它的後果也是我們未知的與魔共舞。生動的人物和多變的情節一直是余一鳴小說的特點,它複雜、豐富又好看。

三、啓蒙的餘緒與驚心的場景

劉慶邦是書寫鄉土中國的聖手。他也是一位多年來堅持中短篇小說創作的作家。不同的是,許多書寫鄉土中國的作家仍然固守於他們過去的鄉村經驗,而對當下中國鄉村的巨大變化沒有能力做出表達。而劉慶邦恰恰是密切關注當下中國鄉村變革現實的一位作家。《東風嫁》是寫鄉村姑娘米東風嫁人的故事,婚喪嫁娶是鄉土小說常見的題材或場景,這些場景最典型也最集中地反映了鄉土中國的生活與文化。但是,米東風的嫁人卻不是我們慣常見到的媒妁之言父母之命,也不是鄉村新青年的自由戀愛。這與米東風的經歷有關。米東風進城後做了風塵女子,她用身體賺來的錢爲父母在家鄉蓋起了兩層的小樓,但父母總覺得女兒的營生不是正路,硬把她從城裏趕回了鄉下。父親米廷海不斷爲米東風尋找對象,但是,所有的青年聽說是有過「雞」的名聲的米東風,避之唯恐不及。米廷海只好一再降低標準,最後懇求村長介紹了一個名叫王新開的青年。王新開雖然人高馬大,但幹不成事,只會喝酒打牌,家境也十分困窘。但米東風到了這步光景也只好認命。重要的不是米東風嫁人的過程,而是米東風嫁人之後。

米東風嫁到王家後,確有洗心革面之意「她是帶著贖罪的心情接受到來的日子」的。但是,米東風的「小姐」經歷,成了王家公婆和丈夫虐待她的口實,她受盡了侮辱和踐踏,不僅每天戰戰兢兢看著公婆和丈夫的眼色,承擔了全部家務,甚至失去了人身自由。丈夫王新開動輒拳腳相加,米東風的日子可想而知。最後她萌生了逃跑的念頭。就在米東風絕望無助的時候,另一個在隱秘處的人物出現了,這就是王新開的弟弟王新會。王新會在家裏沒有地位,是家裏可有可無的人物。在他看來只有這個嫂子把他當人看。於是,在米東風最危難的時候他放走了米東風,自己懸梁自盡了。

這顯然是一齣慘烈的悲劇。令人震驚的是,從「五四」運動的啓蒙到改革開放的今天,鄉村中國某些角落的觀念沒有發生任何革命性的變化。對一個有過過錯女性的評價,仍然沒有超出道德化的範疇。他們不能理解,當他們用非人的方式對待米東風的時候,自己是一個怎樣的角色。因此「底層的

淪陷」在《東風嫁》中得到了遠非誇張的表達。劉慶邦的這一發現，使他對今日中國的鄉村生活、特別是精神狀況的表達，達到相當的深度。

陳應松多年堅持書寫底層的路線，使他成為這一領域的代表性作家。這一文學現象曾引起過廣泛討論。批評者認為這一現象有「同質化」趨向，而且其文學性也值得討論。大概 2004 年以來很長一段時間「底層寫作」的這一問題應該說是存在的。但必須指出的是，在這一領域展開小說創作的作家，他們關注底層人的生活和命運，在這裡尋找文學資源的努力是絕對應該得到支持的。因此，我一直關注並支持這一創作傾向和潮流。陳應松不僅多年來一直沒有分散他關注底層的目光，而且日漸深入和尖銳。這篇《無鼠之家》不僅仍然是他熟悉的鄉村生活，而且他將筆觸深入到了一個家庭的最隱秘處：闔國立是一個以賣「三步倒」鼠藥為生的農民，他因家有特效鼠藥，所以是一個「無鼠之家」。在燕家灣賣鼠藥時遇見了燕家大女兒燕桂蘭，並親自為自己的兒子提親。窮苦人家的燕桂蘭不日就自己去了野貓湖闔國立家，謊稱再買些鼠藥，實則實地查看闔國立家境及未來丈夫闔孝文究竟是一個怎樣的人。燕桂蘭對闔家及未來丈夫都很滿意，婚事就這樣定了下來。不久燕桂蘭被闔孝文用大紅轎子抬進了闔家。農家日子倒也尋常，但日子久了闔家發現燕桂蘭的肚子還是「沒有動靜」，這就驚動了闔家老少。事情出在十三年前的一個夏天：燕桂蘭的母親得了腦溢血，但闔家沒有人願意夜裏陪燕桂蘭去燕家灣，闔國立只好騎單車親自送燕桂蘭。這個路途不僅艱險，更重要的是闔國立知道了闔孝文沒有生育能力，他得了一種叫做「濃精症」的病，此前小說曾交代：

> 闔孝文生於七十年代初，是野貓肆虐最嚴重的時候，也是農藥使用最嚴重的時候，而且都是劇毒農藥，像樂果、甲胺磷、甲拌磷、對硫磷等。農藥因雨水大量地流入堰塘，加上闔國立等回鄉知青開始研製殺貓的毒藥，一些試驗器皿的洗刷和試驗尾水也流入堰塘，周圍一些人家的吃水都在此塘，因而那幾年幾家出生的伢子都有一股農藥味且愛躲門旮旯兒。直到後來一個縣裏來的駐隊幹部發現此水已不能飲用，便要求周圍住戶到野貓湖挑水食用。自闔孝文之後的他的兩個妹妹，才恢復了自然的花容月貌，身上也就有了蓮荷清香。

闔孝文的病顯然與他長期與農藥接觸有關。但事已至此，闔國立決不能

讓自己斷了後。他思來想去以及和燕桂蘭的單獨接觸，他決定「代兒出征」，燕桂蘭在家照顧母親幾個月的時間裏，閻國立經常在燕家灣過夜，燕桂蘭終於懷上了閻家的血肉。於是閻聖武終於出生了。這是一個不倫之戀的結果，更糟糕的是閻聖武出生後，閻國立仍長久地霸佔燕桂蘭，致使燕桂蘭多次墮胎流產，乃至得了宮頸癌而且已經晚期。絕望的燕桂蘭終於道出了閻聖武是閻國立而不是閻孝文兒子的驚天秘密。閻家此時的生活秩序和心理環境可想而知。燕桂蘭最後悲慘地死去；閻孝文用磚頭砸死了閻國立然後逃之夭夭，是閻孝文的大妹妹報了案，磚頭上有閻孝文的指紋，結果已經不言自明。這顯然也是一齣悲劇，舊文化與新科技是這齣悲劇的合謀製造者：沒有傳宗接代的舊觀念，就不會有閻國立和燕桂蘭的不倫之戀；如果沒有化學農藥的長期毒害，閻孝文就不會得「濃精症」而失去生育能力並為父親閻國立提供機會。小說寫得觸目驚心又意味深長。

四、新文明的構建與都市景觀

荊永鳴一直以「外地人」的身份和姿態進行小說創作。他的《北京候鳥》、《大聲呼吸》、《白水羊頭葫蘆絲》等為他贏得了聲譽，他成了「外地人」寫作的代表性作家。這篇《北京鄰居》還是他「外地人」寫的北京故事，還是他以往外地人看北京的視角。實事求是地說，這些年「北京故事」或「北京往事」漸次退出了作家筆端，書寫北京的人與事已不多見，其間的緣由暫付之闕如。荊永鳴的「北京故事」與以往老舍等「京味小說」並不完全相同：老舍的「京味小說」是身置其間的講述，他就是老北京，因此，關於北京的四九城、風物風情、習俗俚語都耳熟能詳信手拈來。而荊永鳴則是外來視角，是通過觀察和認知來描摹北京的。但有一點相同的是，他們寫的都是平民的北京。這一點非常重要，今天的北京表面看早已不是平民的北京，它是政治、文化、商業精英和中產階級以及白領階層的北京。是這些人物在主導著北京的生活和趨向。因此，如果沒有北京平民生活的經驗，要想寫出北京平民的魂靈是不可能的。

荊永鳴多年「飄」在北京，他的生活經歷注定了他對當下北京的熟悉，在他的小飯館裏，五行八作三教九流都穿堂而過，他又是一個喜歡並善於結交朋友的人，這些條件為他的小說創作提供了豐富的資源，《北京鄰居》寫了眾多的小人物：房東劉大平、鄰居趙公安、八旗後裔海師傅、小女孩楠楠、

李大媽、馮老太太等，這些人物是北京胡同常見的人物，也都是小人物。他們和老舍的《四世同堂》《駱駝祥子》裏的人物身份大體相似。但是社會環境變了，這些人甚至與陳建功「轆轤把胡同」裏的人物也大不相同。荊永鳴在處理與這些人物關係的時候，幾乎用的是非寫實的手法，比如找房子租房子，找朋友牽線搭橋，比如與趙公安「抄電錶」時的衝突，海師傅的從中調停，小酒館裏的溫暖話語，小女孩楠楠和小朋友的對話等，小說充滿了北京的生活氣息。雖然「外地人」有自己生活的難處，雖然皇城北京人有先天的優越，但他們都是好人，都是善良的普通平民。最後，21 號院被拆遷了，無論北京人還是外地人，經歷的是一場同樣的苦痛。21 號院成了他們共同的念想。《北京鄰居》雖然寫的是當下，但渾然不覺間卻寫出了當下瞬息萬變轉眼即逝的歷史時間，這個變化之快實在是太驚人了。僅此一點，《北京鄰居》就不同凡響。

曉航的小說一直卓然不群，他堅持在虛構的領域展開他的想像他的《師兄透視鏡》《當魚水落花已成往事》《一張桌子的社會幾何原理》《斷橋記》《靈魂深處的大象》等，大都虛實相間亦真亦幻，他的小說融入了難以釐清的譜系和師承的諸多元素。這篇《蟬生》也是如此。趙小川在世界經濟第二次探底之際成了一個失業者，從躊躇滿志到無所事事只是一夜之間。居委會大媽動員他參加「扮靚城市」活動——

> 整個活動起因是這樣，由於經濟危機的衝擊，失業率不斷增高，整個城市的人都垂頭喪氣的，因此城市管理者別出心裁提出要搞這麼一項活動用以勵志。根據規定，活動的參與者要從一些對這個城市沒太多意見的志願者中遴選，被選中者要在一列很長的電瓶車上坐著，在城市中不停地遊逛，他們被要求每到一個人群聚集的地方，就對著城市裏龐大的人群大聲歡呼，表現出相當的快樂，不管對面的人們是否愛搭不理，他們也要對著污濁的空氣，喊出人生最美麗的口號：這是多麼美好的生活啊！作為回報，參與者會獲得一份免費午餐，是那種含有一葷一素的盒飯，如果他們在某一天表現得格外出色，還會得到一份具有獎勵色彩的西紅柿雞蛋湯。

這個荒誕的活動將趙小川引向了生活的縱深處，於是他進入了桂小佳、老刁、馮關、於臣等人的生活和故事。桂小佳是一位大提琴家，樂團解散後為了謀生做了收債公司專業收債員，趙小川被琴聲吸引結識了桂小佳；青年

馮關爲做一種智慧作曲系統軟件借了高利貸，銀根收緊時合作人逃跑了，債務都落在他身上。債主雇了收債公司，桂小佳就是這妝案子的承辦人；馮關還不起債務並患了一種「蟬蛻人」的病，這種病人「一輩子能活別人幾輩子」，「軀體與精神可能在某處停滯，卻在另一處前進」。如果找不到另一個城市的馮關，大提琴家桂小佳「恐怕永遠要白等下去了」；趙小川顯然喜歡桂小佳，但他知道桂小佳與馮關的關係遠不是討債和負債的關係，依然決定幫助桂小佳。最後，馮關終於「清醒」並重新創業還清債務，並爲桂小佳成立了室內小型樂團。趙小川則依然去參加他的「扮靚城市」活動，依然「兩袖清風」地過著日子。他只能一廂情願地想：「再等等吧，生活總會好起來的，那些屬於自己的美好的日子總會到來的……」小說雖然不乏荒誕，但其間揮灑著鮮明的浪漫主義氣息，經濟緊縮並沒有讓所有的人萬念俱灰，善和愛依然在人間流淌。曉航曾說過：「我一直以爲文學是一個特別私人的愛好，雖然不至於像情人那樣隱秘，但它至少不應該在世俗生活中常常被提起，更別說去獲取什麼可觀的現實利益。我參與這種『私人』的『星際旅行』的一個主要願望，就是通過非凡的努力，到達那種神的光輝可以照耀我的地方。因爲理想的存在，我越是在現實中沉浸，就越是反對那種庸俗的現實主義。它使雞毛蒜皮無限擴大，並以微笑的面容扼殺了文學應有的想像力。在我的觀念中，文學的任務應該是這樣：它必須創造一個迥異於庸常經驗的嶄新世界，並努力探索形而上層面的解決之道。」（見《小說選刊》2004年第5期）。曉航說這番話已近十年，他仍堅守諾言實屬鳳毛麟角。

　　楊小凡也是堅持底層寫作的行家裏手，他的建築工地和醫院故事在圈內被不斷談論。這篇《大米的耳朵》是寫兩個男女青年進城打工遭遇的故事：大米是一個本分而有主見的女孩子，進城後一直在一家酒店打工，而且深受主管和客人的喜歡；耳朵是大米同村的男朋友，爲人厚道性格倔強。失去工作後本想找一個地方過夜，卻被警察懷疑盜竊作案連同尋找自己的大米一起被帶到了警察局。被盤問無數遍之後，警察雖然一無所獲但仍在無休止地折磨耳朵和大米。這時，大米曾在包廂服務過的警察隊長郝春解了他們的圍。離開警察局的大米讓耳朵到酒店工作，耳朵做了傳菜員。其間保安劉深圳和警察郝春隊長都曾向大米表達過愛意，劉深圳愛大米應該是真實的；而郝春幾經努力終於將大米騙上了他的車，雖然沒有過份，但還是少不了親熱擁抱，就在大米下車的那一刻，耳朵將郝春摟抱大米的情形看得一清二楚。大米決

心將身體先獻給耳朵，如果是這樣，郝隊長就不會糾纏自己了，大米於是將自己獻給了耳朵。但是城裏的麻煩防不勝防，躲過一遭還有另一遭：常來酒店吃飯的胥經理看好了大米，他要大米到他的公司上班被大米婉言謝絕。事實上胥經理也並不是多麼青睞大米，只是他隱約感到大米瞭解的事情太多了。事實也的確如此，她親眼目睹了胥經理和一些高官的交往和交易。果然，胥經理被抓走，就有人找到了大米：「大米跟在她後面，心裏一陣打鼓，不知道發生了什麼事。到了門口，汪經理對大米說『這是紀委的人，要找你瞭解一點事。你去吧，千萬可要實話實說啊。』大米一下子楞了。她想說句什麼話，但張了張嘴，不知道說什麼。接著，就被一個女人拉上了車。」就在大米被找談話的當天晚上，大米後來調任工作的材料庫被人放了火，耳朵發現後拼命去救大米——他不知道此時大米並不在材料庫裏，但耳朵卻被嚴重燒傷。大米只希望耳朵能夠好起來，此時，

> 大米的心卻回到了他們的家——龍灣。之所以叫龍灣，是那條不太大的龍河在這裡拐個了彎，河的上游有五條支流，像龍的五爪，溝溝坎坎；一灣灣一汪汪的水，蕩漾迴旋，水波閃閃；河坡堤岸長著各種果樹和莊稼，野草、野雞、野鴨、野狗不時飛來跑去……

《大米的耳朵》是一篇具有「反現代的現代性」小說。城市的不堪、齷齪、罪惡等，與外來的「他者」格格不入，城市的一切都是反人性的。在這篇小說裏我們幾乎看不到城市任何與人性相關的哪怕是微茫的曙光。這與大米和耳朵的遭遇有關，當然也與楊小凡對城市現代性的理解有關。在我看來，以都市文明為核心的新文明在構建的過程中，與都市相關的關鍵詞大概就是欲望和惡，如果是這樣的話，那麼，楊小凡在略帶誇張的敘事中，卻也讓我們更深刻地理解和認識了今天的都市文明。

吳君的《富蘭克恩》還是深圳的故事。這個故事吳君是受到現實生活啟發創作的。她曾自述說：「幾年前東莞發生了一場火災。記得南方某著名媒體的報導中饒有意味的一筆：本可以逃生的客人被女店長攔住，為了保護老闆的財產，她竟置客人性命於不顧，跪地哭求不要毀壞物品，導致自救的時間被拖延，結果十死九傷，包括客人和服務員。」多年之後她還在想：「那個跪在地上的店長，曾經花樣年華。我常常想到她的身影，那是怎樣的一個鞠躬盡瘁，怎樣的死而後已。她在天國還好嗎？她的死有價值嗎？甚至，她來自哪裏？有著什麼樣的名字？」（見吳君《富蘭克恩》創作談：《忠誠與讒媚》，

載《中篇小說選刊》2012年6期）。這是吳君創作《富蘭克恩》的緣起。小說設定了潘彩虹和老闆莊漢文、丈夫張國堅以及員工陳祥、阿奇之間的關係。這些關係其實並不複雜，潘彩虹在一家酒店打工，從端盤子一直做到經理，她最大的願望就是接兒子和丈夫來深圳，全家人一起過日子，這是一個女人最為簡單和樸實的想法。但在實現這個目標的過程中，潘彩虹付出了難以想像的代價，酒店的生意幾乎一半都是她拉來的。於是，當丈夫張國堅和兒子來到深圳之後，問題出現了：丈夫隱約發現了潘彩虹的不正常——潘彩虹與丈夫親熱時眼前兩次突然浮現過老闆莊漢文的形象。不僅如此，潘彩虹的作為也遭遇了其他員工的詬病或不滿，阿奇和陳祥都說她是 flunkey，富蘭克恩——穿制服的狗。阿奇還用一種極端殘酷的方式報復了潘彩虹。潘彩虹並不是一個有權有勢為富不仁、作惡多端的人，為什麼她的境遇如此糟糕，丈夫、老闆、同事都對他排斥、厭惡和不滿？小說在極為平實的講述中呈現出的潘彩虹是一個雖然辛苦、也愛家庭的女人，但她同時也是一個左右逢源、欲望深重、不擇手段的女人，為了達到目的不計代價和後果。這樣的人物在吳君過去的深圳故事裏還沒有出現過，生活的複雜性並沒有、也不會在已有的概念或理論中得到全部揭示或釐清。這就是生活永遠大於所有的想像。但是，小說中有些人物的處理還是顯得簡單了些，比如老闆莊漢文，他因有錢可以和屬下任何女員工發生關係，但是他的心理層面幾乎沒有得到任何揭示，他與女性的關係似乎僅僅停留在發生關係的瞬間，這不大符合人物性格。

2012年的中篇小說，不僅在藝術上一直保持著高水平的生產，更重要的是，堅持這個文體創作的作家一直保持著對當下中國的關注和關懷，在這些作品中，我們可以如臨其境地形象感受和感知當下中國的生存狀況和心理環境。正因為如此，這些作品與我們有關。

原文刊於《當代文壇》，2013年第1期

大變動的時代與短篇小說的面孔
——2012 年短篇小說現場

　　在消費文化無處不在的時代，電視熒屏是沒完沒了的電視連續劇，網吧裏是變幻無窮的網絡遊戲，紙質媒體即便談論文學，也是五花八門的鴻篇巨製。短篇小說在這個時代幾乎成了可有可無的「遺老遺少」——作為一種點綴性的文體，有人閱讀也多半帶著欣賞「古董」的心態。但是值得注意的是，即便如此，短篇小說仍然蓬勃生長，它的存在似乎有些慘烈，它的頑強卻讓人怦然心動。在大變動的時代，短篇小說以它特有的敏銳和快捷，從不同的方面表達了這個大時代的變動，外部世界和世道人心在這個「末世文體」中萬象紛呈，格外醒目。2012 年的短篇小說就這樣和我們一起攜手走過。

一、「時代風雲」與邊緣經驗

　　短篇小說似乎與大歷史大場景很難建立關係，這與短篇小說的體式有關。即便現在的短篇小說也大都萬字以上，但記錄描摹「大」的事物或人物也總有難度。但魏微的《胡文青傳》寫的卻是大歷史和「大人物」：家住舉人巷的胡文青，少年時代「就被算命的驚為天人，說：『有鴻鵠之志，逢亂世，必成事……』」果然「文革」時期成了造反派，風光無限。時過境遷「文革」結束了，胡文青成了清算對象。但他就是不道歉，任憑試圖保護他的人踏破門檻。他不是堅持當年的錯誤，他說他「不是堅持，內心裏早已否定了；但是我不想說出來，我就讓它爛在心裏；爛下去，它會成為養料的；另外還有一個尊嚴問題，它不是面子，我現在還有什麼面子可言？早放下了；但尊嚴——比方說你愛過一個人，愛過一些事物，後來知道愛錯了，最鄭重的方式

是記在心裏。你不能一張嘴就跟人說，對不起，我錯了。這個太輕佻了，對人對己都不尊重，而且沒有意義……」對已經道歉的那些人，他的看法是「要麼一開始就是胡鬧，自始至終，他從來沒相信過什麼，就是跟著瞎起哄；要麼他當初相信過，但犯的是小錯誤。那些真正殺了人的是不會道歉的，也許他們正在哭訴自己受到的傷害呢，那些輕易道歉的，嘴一抹，下次遇上事兒，照犯不誤！所以道歉沒什麼用」。蟄伏過後，胡文青遠走高飛下海做了生意發了大財，那些曾經議論譴責他的人一改往日面目，艷羨妒忌一覽無餘，胡文青卻依然故我，泰然處之。晚年退出江湖淡定從容、心靜如水。小說用萬字篇幅寫了「文革」和改革開放兩個大時代，寫了胡文青處亂不驚的一生，也寫了世道人心和眾生相。魏微駕馭小說和理解人物、在縱深處演繹時代風雲變幻的能力由此可見一斑。

時代風雲不僅是歷史的風雲際會，當下生活的細微變化同樣反映著時代的巨變。「進城去」當年也許是一個口號，今天卻早已風起雲涌。但是，城市真的是天堂嗎？邵麗的《北去的河》，是一篇在「空間」展開的小說——從大別山鄉下到北京城，既是小說展開的空間場景，也是前現代與現代的隱喻。哥哥劉春生把女兒雪雁送到北京弟弟家裏，希望女兒從此離開鄉下生活在北京，弟弟秋生也說了，「跟他們三五年，給她在北京安排個工作，再找個婆家，等他們老了也去北京」。父親劉春生對女兒可謂用心良苦，弟弟秋生也絕無虛情假意。但是雪雁很快就打電話給家裏，和娘哭鬧說想家，要回家。父親劉春生為此專門跑了一趟北京見到了秋生和雪雁。但是，北京是劉春生想像的北京嗎？秋生的苦衷和雪雁的感受是劉春生能體會的嗎？劉春生在北京雖然喝了十五年的茅臺酒，吃了不曾吃過的酒店大餐，喝了不曾喝過的咖啡，但他回到大別山家裏的時候，他想的卻是「『家』並不是光指房子、床鋪和鍋竈，它是地土，是樹木，是水，是氣味兒」。因此，想像的「現代」並不適於所有的人，要超越自己熟悉的事物是多麼艱難。在短小的篇幅裏，邵麗寫出了轉型時代的心理難題。

與城鄉對比異曲同工的是香港與內地的變化。吳君的《皇后大道》雖然寫的還是底層小人物，但在結構上有了變化：兩個青年女性陳水英和阿慧是無話不談的朋友。阿慧後來嫁到了香港，多年後陳水英與阿慧丈夫馬智慧的弟弟馬智賢「拍拖」期間，有機會去香港見到了阿慧。阿慧的境遇是陳水英沒有想到的，她是家裏主要的經濟來源，時常清早到深圳買回豬肉包好餃子

一家一家地送，生活的窘迫從不同的細節傳遞出來，陳水英對香港的想像漸次跌落，曾怨恨過阿慧嫁人之後不理自己的陳水英在瞭解了阿慧的生存境遇之後，不僅慶幸自己沒有嫁到香港，而且也徹底釋然了對阿慧的誤會。小說先是寫出了水英母親對阿慧嫁到香港的艷羨，然後寫水英親眼看到的阿慧的生活。這個比較徹底顛覆了對資本主義想像的一廂情願。小說雖然「很主旋」，但在具體細節處理上仍可圈可點。

馬曉麗是軍隊作家。軍隊作家要履行自己的職責就一定要寫與軍隊相關的事。但是在和平時期，刀光劍影、血雨腥風的戰事早已成為過去，如何書寫今天的軍人或昨天的故事，是軍隊作家面臨的共同問題。近年來，馬曉麗一直在尋找突破這個難題的辦法。應該說馬曉麗的探索卓有成效——她在邊緣處發現了機會和靈感。《雲端》《殺豬的女兵》連同這篇《左耳》，既是軍隊獨特的題材，保有了革命傳統書寫的合法性，同時又將她的故事在符合文學規律的範疇內展開。《左耳》從一個意外發現的「人頭」說起，引起醫院一陣恐慌，起勢突兀，先聲奪人。其實「人頭」是醫生王主任為治療左耳研究用的，但他私自將標本帶出標本室就犯了紀律，違反紀律就要受到懲處。其間小說插入了老齊左耳受傷的經過，而副連長戰場上踏上地雷，為了老齊和戰友被炸得血肉橫飛犧牲了。王主任為推進左耳醫療不惜違反規定將「人頭」私自帶出規定位置，但他大大加快了研究進度，實現了內耳醫療的一次革命。小說寫了軍人的忠誠，也寫了戰友情同志愛，但它能如此感人，就在於它還是在人性的範疇內展開的，因此它就不僅僅是所謂的「軍旅文學」。

二、慌亂的都市與現代性後果

以都市文明為核心的現代新文明正在建構，這個過程中也出現了意想不到的後果。范小青的《今夜你去往何處》，寫的是城市生活隨處可見的亂象。小區停車是生活在城市的人經常遇到的問題，小說將車主亂停車位、雇人占車位、小區經理無處安身、夢中車被套牌等城市生活亂象集中在一個「空間」裏，生動地呈現了當下生活的無序和慌亂。城市化進程的加快使城市空間越來越狹小，汽車工業的飛速發展既是現代化的象徵，也帶來了意想不到的後果。生活變得越來越瑣屑，人心越來越浮躁。城市病在沒有休止地蔓延，一句「今夜你去往何處」問得人心驚膽戰、魂不守舍。由此看來，構建新文明的漫長道路，不由得你不生出望斷天涯路的慨歎。

　　如果說范小青的《今夜你去往何處》是外部世界的亂象，那麼，付秀瑩則在《那雪》中寫出了人的內部世界的亂象。付秀瑩的小說總是一如白水清風，楊柳拂岸，無論語言還是人物，輕描淡寫卻意味悠長。但這篇《那雪》則大不相同，雖然女主角那雪還是一覽無餘地月明風清，雖然那個名曰杜賽的男孩也唇紅齒白、朗如皓月，但那個中年男人孟世代就不同了。這也是一個文化人，有名氣有人脈，歷經滄桑，為人處世遊刃有餘。那雪雲裏霧裏就與他同處一室了。這樣的情緣無須說在明處，結果只是或遲或早而已。那雪終於離開孟世代而倒在了杜賽的懷裏。但突然一天杜賽卻莫名其妙地不辭而別，黃鶴一去不復返。那雪從一個小村莊到京城讀書，一直讀完研究生，身份改變了卻不能左右生活。夢裏懷鄉醒來一切如故。在荊歌的《南潯姑娘》那裏，還有一份終未散盡的人間暖意，但到了付秀瑩的《那雪》，無論年輕還是不年輕的男女情感卻如秋雨過後的天——「真的這樣涼下來了」。小說浸潤著一種欲說還休的無奈，這個時代只有企圖而難言情感，無論是方式還是風氣，就這樣水漫金山彌漫四方了。

　　裘山山的《大雨傾盆》也是一篇揭示城市世風世相的小說。大雨中茶館裏先後集聚了六個人：主角田青青、許林峰，方老師夫婦和來接他們的女兒小霓及朋友小雲。方老師夫婦是「媒人」，介紹田青青和許林峰相識。這一場尋常的生活場景卻在瞬間發生了「地震」：那個名曰小雲的人原來在夜總會見過許林峰，離開茶館後居然還發一條短信說：「我不認識你，你也不認識我。」許林峰當時就亂了方寸；結賬時，田青青的跋扈和趾高氣揚不經意間改變了最初「知識女性」的形象，「這世界是那麼不經洗，一沖刷，真相到處顯露」的主題，被揭示得纖毫畢現。小說如雨中閃電，在細微處照出世道人心，或許其間也看到了我們自己。這就是《大雨傾盆》的銳利。

　　都市的問題無處不在，但最重要的還是必須面對的日常生活。高樓大廈壯觀氣派，裏面氣息卻千差萬別。蔡東的一篇《往生》，讓城市外部的光鮮驟然暗淡。蔡東是一個文學新人，《往生》一出好評如潮，並獲得了首屆「柔石小說獎」短篇小說獎。這是一篇純粹的書寫日常生活的小說，不同的是，小說在生死之間展開，在公公和媳婦的相互關係中展開。一個是八十多歲的老年痴呆病人，一個是六十多歲伺候公爹的媳婦。長年累月與久病不愈的老人生活，其景況可想而知。蔡東以悲憫的情懷書寫了媳婦與公公共處的漫長歲月。文筆之細緻、細節之真實以及人面對生命絕境時的細微感受，讀來令人

慨歎不已。更重要的是，在漫長難挨的過程中，蔡東堅信人的善良、堅忍雖然不能改變生死，卻可以建立起人的意志和尊嚴的豐碑。她努力修復的這種社會缺失的道德倫理，使她的小說和觀念巍然矗立在滾滾紅塵中而分外醒目。

與蔡東的講述大致相同的是張楚的《老娘子》。老娘子也是年邁的老人，她們遇到的問題不是生老病死，卻比生死更爲嚴峻。張楚是近年來風頭正健的青年作家。他的小說遣詞用語極爲審慎，細微處見工夫，講述故事如行雲流水，人物在波瀾不驚中已然中流砥柱。這篇《老娘子》開篇平淡無奇：爲給剛出生的重孫子做衣裳和虎頭鞋，老姐倆聚到了一起，畫樣剪裁縫衣。這是老年人平和的日常生活。但是這平和的生活是如此的短暫，一股強大的異質力量從天而降——拆遷開始了。各種說辭、各種人物粉墨登場，但老娘子處亂不驚，依然爲重孫子納鞋縫衣。最後，鏟車來了——他們不知道，老娘子是見過陣勢的，她們過去有英武的歷史，鬼子漢奸都不在話下，鏟車算什麼呢？只見那——「蘇玉美緩緩坐進鏟斗裏。她那麼小，那麼瘦，坐在裏面，就像是鏟車隨便從哪裏鏟出了一個衰老的、皮膚皸裂的塑料娃娃。這個老塑料娃娃望了望眾人，然後，將老虎鞋放到離眼睛不到一寸遠的地方，舔了舔食指上亮閃閃的頂針，一針針地、一針針地繡起來。」《老娘子》在談笑間完成了歷史與當下的講述，不動聲色卻有千鈞之力：老娘子的生活破碎了，但老娘子的形象卻巍然聳立。

陳昌平的《斜塔》是一篇荒誕小說：老范和小蔡兩個小學同學要做一個「項目」，就是要盜渤縣始建於遼代的白塔底下的文物。兩人謀劃用挖洞的方法進入洞內。兩人挖了五十九天後終於挖到塔基，不料因塌方老范被埋在通道裏，被警方救出後進了班房。白塔因地下塌方成了斜塔。縣上領導突發奇想，花了三千多萬要將其打造成「中國第一斜塔」。一場雷雨之後斜塔倒塌，斜塔倒塌爲縣裏挖掘塔下文物提供了合理性，但沒想到的是，文物早已被盜。老范、小蔡被舊案重提，兩人只能亡命天涯。渤縣請來專家重修斜塔，縣委書記的兒子找來兩個冒名頂替的「老范」、「小蔡」，試圖壟斷斜塔的旅遊資源，這時老范和小蔡回渤縣了。《斜塔》是一篇荒誕小說，但它密切聯繫的是荒誕的社會現實。故事純屬虛構，卻入木三分地刻畫了這個時代生活的某些方面。

「青春期」成長，是都市生活重要的話題之一。下面兩篇小說都與這個話題相關：須一瓜的《國王的血》，看題目會以爲是一篇驚悚恐怖小說。小說在類型上與驚悚恐怖無關，但內在的人物關係或情感關係的確又與驚悚恐怖

有關。這是一場意外的交通事故，沒有駕照的小慶在一場酒會後開車送所有醉酒的同事時，釀成了一場惡性車禍，他不僅要負刑事責任，還要承擔巨額經濟賠償，被房貸壓得透不過氣的家庭雪上加霜。雖然有母親、奶奶的疼愛，不能改變的是父親製造的陰霾般的家庭氣氛，難以承受的小慶最後割腕自盡。這是一篇「逆向」的弒父小說，儘管死去的不是父親，但小慶的死亡從倫理的意義上殺死了父親。小慶精心培育的那株黑鬱金香在小慶死去時盛開怒放，以象徵和隱喻的方式祭奠了弱小和善。須一瓜的小說一向講求敘事技法，《國王的血》用交錯敘事營造的小說整體氛圍，一如下了千年的雨，亦如嚴冬緊縮的湖。

　　黃詠梅的《表弟》也是一齣慘烈的悲劇，表弟用十六年的時光就走完了自己的一生。按說，萬千寵愛在一身的表弟，本應有陽光幸福的青少年時代，然後「鯤鵬展翅九萬里」，但表弟只在這個世上存活過十六年。小說從表弟兩歲寫起，這個一直哭泣的孩子直到學習了跆拳道之後才與眼淚告別。後來表弟迷上了網遊，網遊徹底改變了表弟：「遊戲這個魔鬼終於把我們家的小公主也變成了一個魔鬼，他不怕疼痛不怕懲罰，對什麼都無所謂，烈士般大義凜然。實際上，表弟並非成為烈士，也並未修煉到了什麼忍德，骨子裏支撐他的，是遊戲裏那股子殺人不眨眼的冷血，是逃到河對岸與現實遙遙相厭的冷漠。太可怕了。你只要看到被收繳了電腦顯示屏後表弟看我們的那種目光，你就會知道，雷克薩的負能量壓倒了正能量，厭惡和冷漠是表弟射向我們的每顆子彈。」最後，表弟就死在網絡的輿論裏。一次上學乘車時，表弟因過於困倦沒有給老年人讓座位，被人拍攝後傳到網上，「裝睡哥」一時紅遍網絡，校長談話和各種輿論壓力，終於讓表弟崩潰跳樓身亡。表弟的冷漠與脆弱，就這樣悖謬地統一在他身上。小說用極端的方式講述了這個時代青少年普遍存在的問題，故事不免誇張，卻也是警世恒言。

三、鄉村中國：剩餘的故事

　　新華社報導：中國社會科學院 8 月 14 日在北京發佈《城市藍皮書：中國城市發展報告 NO.5》。藍皮書表示，中國城鎮化率首次突破 50%關口，城鎮常住人口超過了農村常住人口。藍皮書介紹，2011 年，中國城鎮人口達到 6.91億，城鎮化率達到了 51.27%。人口城鎮化率超過 50%，這是中國社會結構的一個歷史性變化，表明中國已經結束了以鄉村型社會為主體的時代，開始進

入到以城市型社會爲主體的新的城市時代。這則消息從一個方面表達了中國城鄉結構的巨大變化，同時也從一個方面表明了中國文明形態的轉型和變化。這一變化在文學作品中同樣有意想不到——卻是合理的反映。2012 年的短篇小說，逐漸隱去的鄉村生活只能成爲「剩餘的故事」。

盛可以的《捕魚者說》表面看不溫不火，款款道來。小說以一個被父親稱爲「背時鬼」的五歲女孩的視角來講述故事。故事倒也並不複雜：父親脾氣不好，罵女兒打老婆，與鄉親同行處得不好。他每天就是捕魚，但總也捕不到像樣的大魚；滿先先也捕魚，他每次都是滿載而歸，並不時送給「我」一條。但父親就是與滿先先過不去，背後總是咒罵他「無後」。但又經不起滿先先捕魚技能的誘惑，還是低下頭向人請教。最後因漁網被掛住下水摘網時，水草纏住了雙腳死去了。無望的母親嫁了別人，女孩寄養在滿先先家，滿先先爲人和善，與滿先先相處是女孩最快活的時光。一年過後嫁人的母親又生了兒子，養父同意女孩過去一起生活。在養父家日子倒也平常，但女孩還是「想湖水，想湖裏的魚。有很長一段時間，我都覺得滿先先隨時會過來接我」。小說通過一個女孩的口吻講述的經歷波瀾不驚，但其間流淌的那種晦暗中有溫潤、苦澀中有念想的繾綣憂傷，就像山間小溪叮咚作響直擊人心。孩子沒有虛飾的情感取向，從一個方面表達了她對世道人心的直觀感受和價值觀。《捕魚者說》無疑是一篇上乘之作。

鮑十的小說一直寫凡人小事。這篇《冼阿芳的事》講述的是一個五十一歲的城中村女人冼阿芳的故事。說是故事也勉爲其難，一個村裏的女人既無驚天偉業亦無雪月風花，講她的什麼呢？這就是小說的不同尋常之處。冼阿芳有三個子女，死了丈夫後仍然辛勤勞作，一兒一女讀了大學，小兒子也有了工作。但冼阿芳還是種菜賣菜。當責任田收歸了村裏，由村裏統籌使用，並成立了一個「股份合作經濟聯社」後，她改賣煤氣瓶，她要攢錢爲小兒子再造一個二層樓，她叮囑大女兒早點談戀愛，「趁著自己年紀輕，還能多選幾個，晚了你就沒得選了」。冼阿芳與子女關係並不是太好，原因就是她的嘮叨。嘮叨就是冼阿芳與子女相處的方式，她就是用嘮叨的方式表達她與子女的關係。一個勞作一輩子的鄉下女人，一生沒有要求，她只希望通過她的嘮叨讓子女有另外一種生活。冼阿芳是普天下勞苦母親的縮影，她只能用她的嘮叨表達她的寄託。這樣的母親，子女多年後才會知道多麼金貴和幸福。鮑十在最普通和最細微的日常生活中，發現了典型的「中國經驗」，雖然貌不驚人卻透徹無比。

王祥夫的《歸來》，寫的是一場意外的喪事把全家人聚到了一起。中國鄉村的婚喪嫁娶，集中體現和表達了鄉土中國的文化和習俗。王祥夫對鄉村生活的熟悉以及對經典場景的描摹，顯示了他細微和敏銳的觀察能力。超穩定的文化結構依然在偏遠的鄉村頑強地存活。這個場景中，外出討生活久不歸家的三小終於帶著老婆孩子「歸來」了，忙亂中大哥突然發現三小的一隻袖管是空的，三小的一隻胳膊沒有了。三小的媳婦說：「三小他咋能回來？錢也沒了，胳膊也沒了，什麼都沒了。」這是三小久不歸家的原因。小說用家裏的親情對比三小的遭遇，寫盡了打工者的辛酸苦痛。死去的母親、傷殘的弟弟，使《歸來》一腔離別情，滿紙辛酸淚。

董立勃的小說一向以平實見長，他總是不緊不慢從容道來。這篇《殺瓜》寫的是賣瓜人陳草的故事。在他的瓜鋪前這天來了四撥人：村委會主任王大強，買瓜後依然打了白條揚長而去；接著是一個饑渴難耐的人，吃了一個西瓜付了十塊錢，無意間丟了一百塊錢在瓜鋪；然後是幾個剛學開車的人撞翻了他的瓜鋪；最後來了一撥警察。陳草不要勞動所得之外的任何不義之財，他急於把錢還給丟錢的人。沒想到丟錢的人是個殺人逃犯，只因為得罪了村長，自己和女兒遭其報復，他怒不可遏地殺了村長全家。陳草沒有機會將錢還給逃犯，他用火柴燒了這一百塊錢。當村委會主任王大強又來拿瓜「招待領導」的時候，陳草要求王大強兌現他那五千多塊錢的白條並亮出了他那尺把長的瓜刀。這篇平行視角的小說意味深長，被欺壓的弱勢群體總會覺醒，無論哪種方式。王大強面對陳草的瓜刀將會怎樣？小說沒說，當然也沒必要再說了。我想不管怎樣，事情總要有個了結了。董立勃的厲害就在小說結尾處。

四、「知識階層」的眾生相

知識分子的形象一直不那麼偉岸，被改造多年仍舊習難改。但小說畢竟與意識形態不同，知識分子在社會上的合法性地位確立之後，他們的行為方式和內心的複雜性，仍是作家興致盎然的書寫對象。多年後，荊歌已然是江南老才俊的模樣，寫得一手古怪拙樸又不乏童趣的書法，並經常自鳴得意地曬在網上。近年來他的短篇小說不常見，但他不鳴則已出必有方。《南潯姑娘》是一篇「懺悔」之作：二十世紀八十年代的男青年，對女性有為非作歹之意無為非作歹之膽。於是見到「南潯姑娘」紀美芳的我和褚欣，或躍躍欲試或縮手縮腳。紀美芳陪伴他們度過了美好時光，美麗的南潯姑娘動了真感情，

她憑著自己的敏銳既不戳穿他們編織的「武警文工團」的謊言，又準確地找到了他們任教的學校。可憐的姑娘不知道，即便在那個陽光明媚的年代，殺機一樣暗藏。褚欣這個色魔和惡魔爲了不影響自己的幸福和前途，爲了避免南潯姑娘的糾纏，居然滅絕人性地殺害了紀美芳。警方通過紀美芳錢包裏的合影照片找到了褚欣並將其槍決。小說在一種輕快陽光的旋律中講述著那一時代的青春心理，但結局卻驟然翻江倒海。「時光匆匆，一切都迅速遠去。現如今，有朋自遠方來，我有時會陪他們去南潯。在小蓮莊喝喝茶，看看景。我早就不再年輕，已是年過半百之人。但小蓮莊的一石一水，一草一木，依然讓我有無限的憂傷。我明知春風中柔動著的只是垂柳，卻希望它是紀美芳的細腰；我明知假山旁呱呱的聲音只是烏鴉在叫喚，卻願意把它當做褚欣的歌聲。」美被摧毀就是悲劇，荊歌在虛構的故事中意在維護一個「美的烏托邦」，她一旦毀滅就永無歸期。

李浩是一個爲數不多的仍然堅持「先鋒文學」路線的作家，他的小說裏充滿了紊亂和荒誕的氣息。《烏有信使，和海邊書》也是一篇荒誕的小說：一群畫家和詩人在畫家村，生活混亂精神迷茫，經常聚集在失意者酒吧，酗酒，亂侃藝術，濫交女友，過著雲裏霧裏的生活。小說的場景不斷變換，猶如一齣實驗話劇，場景的凌亂是這些藝術家內心紊亂的另一表徵。而一直被強調的「我」在海邊等待的那本書，也一如等待的戈多一樣無限延宕。小說雖然寫的是藝術家，但也從一個方面映照出了今日的社會心理和生活。但是，當文學革命終結之後，李浩的道路還會堅持多久我們拭目以待。

近兩年石一楓連續發表了幾部深受好評的長篇小說，坊間閱讀議論的興致也頗高。今年石一楓發表了短篇小說《老人》，同樣顯示了他塑造人物的不凡功力。小說的環境是校園，人物也只有周老師、保姆劉芬芬和研究生覃栗。三個人物集聚在周老先生家裏，發生了一段難以說清的關係糾葛。周老先生雖然年過七旬，但仍心存對女性的躍躍欲試；保姆劉芬芬要保住自己的位置一定要和比自己年輕漂亮的覃栗較力；覃栗的青春和研究生身份雖然優越，但還要表現得更加搶眼。於是，爆發了「三個人的戰爭」。這場戰爭首先是心理暗戰，繼而轉換爲兩個女性的真刀真槍。小說通過書房、廚房以及各自的利益訴求，逼真地表達了三個不同年齡、身份、性別的人物性格和心理。特別是對知識分子的心理刻畫和描述，既趣味盎然又入木三分。周老先生的道貌岸然和卑微猥瑣躍然紙上。

　　林那北的《校醫常寶家》，是一篇揭示人的窺視心理的小說：校醫「杜醫生老婆常與一個男人親密出入，那男人不是杜醫生，但也住在杜醫生家裏；杜醫生老婆在家辦舞會，沒有請別人，在地動山搖的音樂聲中，杜醫生、杜醫生老婆、那個外來的男人，就他們三個人跳來跳去跳一個晚上或者一個周末……」這個情況發生在二十世紀八十年代末期，而且是一所中學裏。於是，書記華田爲了校園秩序開始處理這個事件。這是一件讓人興奮又必須按捺的事件。隱秘的事件與隱秘的內心在小說中跌宕起伏，三人的同時消失又使小說在結束時撲朔迷離。林那北對人物隱秘心理的揭示和處理，提供了一種新的經驗。

　　短篇小說處境艱難，但從事這個文體寫作的作家似乎不爲所動。2012 年短篇小說的豐產和不同的面孔，將這個變動不居的時代表達得有聲有色。短篇小說中的中國就這樣生動豐富地呈現在了我們面前。

　　　　　　　　　原文爲《中國短篇小說年度佳作（2012）》序言

新文明的建構與長篇小說的整體轉型
——2013 年長篇小說現場片段

　　鄉村文明的崩潰和以都市文明為核心的新文明的建構，是當下中國文化形態的基本特徵。在這個大變動的過程中，混雜、多樣、豐富和不確定性交織在一起。對於小說創作來說，這一狀況既為作家創作提供了可資選擇的多種可能，同時也帶來了對世事認知的困頓、迷茫和難以穿透的難題。因此，2013 年的長篇小說創作，沒有一個整體性可供我們概括——這仍然是一個沒有主潮的文學時代。但是，值得注意的是，這一年名家作品集中出版，不同的路數、不同的經驗和不同的講述方式，在證明中國作家長篇小說講述能力的同時，也逐漸形成了一個邊界清晰的文化共同體。這個文化共同體，是指在同一核心價值觀念的約束和引導下，持有共同的文化記憶、接受大致相同的文化理念、擁有共同的文化精神生活的相對穩定的社會群體。這個群體就是傳統文學寫作的接受者或讀者。這些讀者是不同作家的「粉絲」，而不同的讀者和「粉絲」，也是作家講述潛在的傾聽者。2013 年長篇小說一個突出的特點，是在整體結構上的轉型。或者說，過去以鄉土題材作為主流的創作情況開始發生變化。城市題材近年來在中、短篇領域非常搶眼，2013 年，逐漸在長篇小說中佔有較大的份額。另一方面，這一年名家作品的集中出版：比如賈平凹的《帶燈》、韓少功的《日夜書》、余華的《第七天》、蘇童的《黃雀記》、須一瓜的《白口罩》、陳希我的《移民》、紅柯的《喀拉布風暴》、邵麗的《我的生存質量》等。

一、不斷式微的鄉土文學

　　嚴格地說，賈平凹的《帶燈》、韓少功的《日夜書》，都不是傳統意義上的鄉土文學。它們是以鄉土文學為背景、表達不同人物情感世界和精神變遷的小說。《帶燈》被普遍認為是賈平凹帶給文壇的新收穫。小說從一個女鄉鎮幹部的視角關照了當下中國社會，通過帶燈與崇拜者的通信，表現了一個鄉村女性的精神和情感世界。小說以真實的人和事為基礎，具有很強的現實感和可讀性。特別是對帶燈形象的塑造，為讀者帶來了新的閱讀經驗。賈平凹對鄉村文明的崩潰深懷感傷，但在感傷中也寄予了他微茫的理想。小說不變的是賈平凹的文人情懷和趣味，「賈氏風格」一目了然。

　　韓少功是當代中國最具思想能力和最具文體實驗意識的作家之一。他的《日夜書》書寫的是他同代人──幾位 50 後知青的命運。這應該是一部最具時代氣息的小說。作品的核心是一代人性格、情感及價值觀的衝突。從知青到「後知青」官員、工人、民營企業家、藝術家、流亡者等各種不同的人物形象，雖然有共同的知青背景，卻有不同的選擇和命運。但一代人的日日夜夜，都不免荒誕並帶有悲劇意味。因此，這是 50 後一代的一曲輓歌。他們不斷地述說自己的知青歲月，是對沉重、無奈現實的一種應對方式。小說敘述上質樸平實，與韓少功以前作品相比，顯然多了親和性。

　　當下中國鄉村的「空心化」以及帶來的諸多問題，我們在各種信息裏已經耳熟能詳，這是我們正在經歷的現代性後果之一。這個後果還在變化中，它究竟會走向哪裏沒有人能夠預期。如果說這個籠而統之的判斷還過於抽象的話，那麼，我們卻在文學作品中經久不絕地聽到了它炸雷般的回響。凡一平新近出版的長篇小說《上嶺村的謀殺》，就是這樣的作品。

　　小說開篇就是主角韋三得的死。韋三得是弔在村口的榕樹上死的。但是，「韋三得的意外死亡，給了許多人意外的驚喜，尤其是那些肯定或懷疑妻女被韋三得姦淫的男人，他們真的太高興了。」小說描述的這個心理情形，發生在因韋三得死亡開設的宴會上，但沒有人提起韋三得，「大家心照不宣，或顧左右而言他。一切盡在不言中，一切盡在酒中，肉中。」看來韋三得是死有餘辜。那麼，韋三得究竟是一個什麼人，為什麼他的死會讓人拍手稱快彈冠相慶。小說開篇就是一個懸念，不由得你不急切地讀下去。韋三得是上嶺村的一個流氓無產者，他不外出打工，每日在村裏幽靈般地遊蕩。他覺得自己在上嶺村非常快活非常享受，因為村裏的青壯男人都外出打工了，留守的

女人們都很寂寞，他想睡哪個女人就可以睡哪個女人，被睡過的女人不但不忌恨他，而且還感激他甚至愛上了他。只因爲外出的男人們只有春節時在家半個月的時間裏，除了回來的那天晚上和走的頭天晚上和她們履行一下夫妻的義務，餘下的時間都化在賭桌和酒桌上了。韋三得在那些男人們離家之後，便與她們苟且，事後還教這些婦女識字，於是她們起碼能在匯款單上認識自己的名字。這些男人不在家時，有的婦女得了病，是韋三得把她們弄到醫院，村莊道路壞了，也是韋三得出面處理。有的老人挑水，韋三得見了，還會主動接過擔子。因此，在上嶺村的婦女眼裏，韋三得是好人。韋三得死後，還是女人暗地裏發短信給辦案人員，說他不是自殺，是他殺。

韋三得的確是他殺。他的惡劣行徑，上嶺村外出打工的男人幾乎盡人皆知。男人們離鄉背井拼死拼活，自己的老婆卻和韋三得不清不白。大學生黃康賢的父親被韋三得打殘，青梅竹馬的戀人唐艷也被韋三得姦污，這幾乎就是殺父辱妻。黃康賢怒從心頭起惡向膽邊生，頓生復仇之心。於是便與韋民先、韋民全兄弟，韋波，唐艷等人密謀，要處死韋三得。韋民全的妻子黃秀華與韋三得有染，韋波的祖宗遺骨被韋三得偷盜，幾個人都與韋三得有深仇大恨。黃康賢出的主意，在韋波家韋三得被灌了藥酒，唐艷用身體和毒品引誘了韋三得，韋民先兄弟二人下手，黃康賢清理現場，韋三得就這樣「自殺」了。

韋三得的情人蘇春葵從男人酒後中得知韋三得之死的眞相便報了案。但是面對民警的調查，上嶺村所有的人並不配合。大家都覺得韋三得的死是去掉了一個禍害。但蘇春葵卻不依不饒，她利用自己知曉的秘密要挾黃康賢滿足自己的性欲。黃康賢的父親黃寶央設計了一場蘇春葵跌落糞坑死亡的謀殺案，作爲警察的黃康賢利用職務之便，爲父親作案現場做了手腳。黃康賢最後不堪父子兩代殺人的壓力自殺了。

二、新文明視野下的城市生活

余華的《第七天》、蘇童的《黃雀記》、陳希我的《移民》等，也不是我們理解的「城市文學」，但是，這些作品與新文明的興起有直接關係。或者說，沒有多種文明元素集中在當下城市，這些小說是不可能完成的。如上所述，如果沒有這個大變動過程中的混雜、多樣、豐富和不確定性交織在一起的現實，這些作品就是無源之水無本之木。

余華的《第七天》發表後，褒貶不一。這部小說通過一個魂靈的講述，

表達了作家對現實的態度。小說中有很多非正常死亡的現象，有很多社會新聞的熱點，比如強拆事件、貧富差距，社會不公，警民對峙、道德價值淪喪等。與現實的切近關係是作品的一大特點。余華也說，這是他「距離現實最近的一次寫作」，作家應該關注現實，這是百年中國文學的傳統。但如何面對和書寫現實，也是所有作家面對的共同難題。如果說在其他信息裏可以實現和完成的現實報告，文學就應另闢蹊徑。作家應該堅持其他形式難以或不能完成的方式從事自己的創作。但是余華要寫出「一個國家的疼痛」的初衷並沒有錯。而且他以極端化的方式將一個時代的荒誕呈現出來，也是需要膽識的。

蘇童的《黃雀記》，延續了他的香椿樹街的故事。小說情節並不複雜，它講述的是一起上世紀 80 年代發生的青少年強姦案。小說有三章：保潤的春天、柳生的秋天、白小姐的夏天——三章的標題就是小說三個不同的敘事視角。同時，小說仍然是蘇童鍾情的「小人物」，講述的是保潤、柳生和小仙女之間的愛恨情仇。在三個被侮辱與被損害的人物背後，隱含了時代的流變。而小說的主題則是「罪與罰，自我救贖，絕望和希望。」蘇童不變的，是他一貫優雅從容的敘事姿態。

陳希我的《移民》，寫得是正在過程中的第三次「移民潮」。其中有「偷渡客」、技術移民、投資移民、「官二代」、外逃官員、老闆等。小說通過這些人物，揭示的是這些人為什麼要移民？作者在「後記」中說：這些年，中國有了可以誇耀的 GDP 了，中國人應該停止跑路的腳步，不料卻越跑越凶。跑北美，跑南美，跑歐洲，跑澳洲，還跑非洲，就連太平洋島國都跑。只要給身份，就跑；這一代不能跑成，也要跑香港生子，讓下一代跑成。中國人就是死活不願意把命運押在中國的土地上。非但沒錢人跑，有錢人也跑；非但不擁有這個國家的人跑，擁有這個國家的人也跑；中國人從中國賺錢，卻是為了付他國的「買路錢」；來不及轉移財富，就提著現金直接闖關。這是人類歷史上特殊奇觀。

須一瓜《白口罩》，以一場「疫情」作為背景，通過「白口罩」這一象徵之物，將社會眾生相、社會風氣、社會流弊以及在危機時刻各種人的心理，做了形象而深刻的描摹和檢討。異常疫情的出現，首先是人們的自我預防。但是由於信息的不確定，人們心理的恐慌可能比疫情更具危險性：它不僅加劇或放大了疫情的嚴重性，而且也引發了未作宣告的、潛伏已久的人與人之

間的不信任感和責任的缺失浮出了水面。另一方面，每個人在問題面前似乎都可以質問、推諉，而擔當本身卻成了一種被懸置的不明之物。如此看來，《白口罩》既是一種對社會缺乏信任的揭示，也隱含了她對人性詢喚的良苦用心。

邵麗的《我的生存質量》，酷似一部沉思錄。小說中不同的愛情是不同時代文化和情感生活的寫照，既是一種檢視也是一種比較。只有在比較中才能看清楚自己的愛情和婚姻，也才能看清楚這個時代，這也就是生命追問的「價值」之所在。「我」所經歷的世間之惡並沒有讓「我」充滿仇恨，而是深深的反思和自我救贖，它使得小說洋溢著一股中和剛正之氣。

在我們看來，2013 年最具城市文學意味的，是李蘭妮的《我因思愛成病——狗醫生周樂樂和病人李蘭妮》。這應該是一部非虛構小說。它是李蘭妮2008 年出版的《曠野無人》的續篇。《曠野無人》出版之後，在國內刮起了一陣不大不小的「李蘭妮旋風」——這部作品太重要了。記得次年吳麗艷發表了一篇《強大的內心與愛的偉力》的評論文章。文章說：李蘭妮的《曠野無人》，在形式上是一部「超文體」的文學作品，它的內容則是一次向死而生捍衛生命尊嚴的決絕宣言，是一部不堪回首的與死神自我決鬥的「精神的戰地日記」，是一個內心強大、大愛無疆的勇者與讀者坦誠無礙的交流，是一次在精神懸崖上的英武凱旋。它的光榮堪比任何獎章式的榮譽，因為沒有什麼能夠比敢於走過捍衛生命尊嚴漫長而殘酷的過程更值得感佩和尊重。我們難以想像抑鬱症患者的生理與精神苦痛，但我們知道，《曠野無人》『往日重現』的敘述，不是回憶一場難忘的音樂會，不是回憶一場朋友久別重逢的感人場景，它是李蘭妮再次重返精神黑洞，再次復述她曾無數次經歷的生命暗夜的痛苦之旅，她知道這個想法漫長並敢於訴諸實踐的勇氣，就足以使我們對她舉手加額並須仰視。作為一部作品，它文字的質樸、敘述的誠懇以及深懷驚恐並非淡定的誠實，是我們多年不曾見到的。因此我可以說，《曠野無人》無論對於憂鬱症患者還是普通讀者，都是一部開卷有益、值得閱讀的有價值的好作品。」〔註 1〕但是，實事求是地說，《曠野無人》的重要性並沒有得到應有的重視。在今天的文學環境下，任何一部作品無論多麼重要，都難再產生石破天驚的效應。這個時代的浮躁之氣可見一斑。

但是，浮躁的環境沒有影響李蘭妮繼續創作的熱情和堅定。五年過去之

〔註 1〕 吳麗艷：《強大的內心與愛的偉力——評李蘭妮的〈曠野無人〉》，載《文藝爭鳴》2009 年 12 期。

後，李蘭妮出版了這部《我因思愛成病──狗醫生周樂樂和病人李蘭妮》的著作。我們不必急於從文體上指認這究竟是一部怎樣的著作，它是散文抑或是小說都不重要。重要的是李蘭妮以常人難以想像的毅力長久地堅持：她完成的是一部苦難的抑鬱病史，是一部艱難的非虛構的精神自傳，當然更是一部用愛作良藥自我療治的試驗記錄。讀過這部大書，內心唯有感動與震撼。《曠野無人》雖然有治療、認知和其他事物的講述，但仍可以看作是一個人的獨白或自述；而《我因思愛成病》除了「認知」部分外，最主要的部分則是李蘭妮與小狗周樂樂的「對話」。周樂樂從出生月餘到七周歲，整整七年時間與「姐姐」李蘭妮和「哥哥」周教授生活在一起。七年的朝夕相處不僅沒有出現「七年之癢」，而且感情與日俱增。自國內養狗之風日盛以來，人與狗的感人故事愈演愈烈。但是，人與狗的感情是怎樣建立起來的則鮮有陳述。讀過《我因思愛成病》後我們才知道，與狗建立情感是需要付出代價的：對狗性的瞭解、理解，花時間陪狗、照顧狗，狗生病要醫治，狗絕食要勸誘進食，狗咬了人居然還要安撫狗等等。這確實需要耐心、愛意和不厭其煩。

但是，狗對主人的回報也是令人難以想像的。這個回報就是沒有條件的忠誠：「往常，我若心臟難受或胃痛，也會起來走動。每次悄悄走出臥室，樂樂都會立刻跟著出來。哪怕前一分鐘他還在床底下熟睡，甚至打著小呼嚕。不管我的腳步多麼輕，他都會醒來跟著我，陪我呆在同一個房間裏。我若在黑暗的客廳裏走動，他就趴在茶几下似睡非睡。我若躺在沙發上，他會跳上沙發，與我保持一段距離。抬頭看看我，掉過頭去，屁股尾巴對著我。左挪一下，右挪一下，踏實了，就不動了。我以為他睡著了，一起身，他立刻跟過來。不遠不近地守著，像高素質的保鏢，內緊外鬆。黑夜中，我不知道他的小腦瓜裏想什麼，有時去抱他，他會掙脫我的懷抱。就像初一的小男生不許女老師摸腦袋一樣，閃一邊去，悶頭守望。這種時候，我心裏會覺得溫暖。我會看著他的影子不出聲地笑。」〔註2〕這就是周樂樂為主人帶來的快樂。可以想像此時李蘭妮的幸福和滿足。動物與人的這種關係實在是太微妙了，它不是人與人之間的關愛或交流，動物沒有語言。但動物用它的行為彌補了人與人交往中的某些難以言說的不滿足，這樣的體會或許只有與動物長久、誠懇的交往中才能獲得。這就是動物為主人帶來的回報。

〔註2〕李蘭妮：《我因思愛成病》，人民文學出版社2013年版，第157頁。

《曠野無人》的發表，李蘭妮向世人告知了她的病情，也告知了她與疾病頑強、毫不妥協的抗爭；《我因思愛成病》則是她進一步向疾病抗爭的記錄和證詞。不同的是，她在偶遇狗醫生周樂樂的過程中，也沒有條件地施加了自己的善與愛。這個善與愛就是安德魯·所羅門說的「在憂鬱中成長的人，可以從痛苦經驗中培養精神世界的深度，這就是潘朵拉的盒子最底下那帶翅膀的東西。」〔註3〕李蘭妮培養出了潘朵拉盒子最底下那帶翅膀的東西，她試圖因此走出困惑已久的境地。作為文學作品，我們完全可以將《我因思愛成病》看成一個隱喻——那是我們這個時代共同的病症。治療這個病症或走出這樣的困境沒有別的良藥，它還要靠我們自己，那就是讓我們每個人都擁有發自內心的善與愛，捆綁心靈的繩索可能由此解脫。

三、青春、成長和情感演繹

紅柯的《喀拉布風暴》，是他西部書寫的一部分。西部生活經驗是紅柯創作的重要資源。他的西部小說大都寫得威武雄壯氣吞山河。但這部《喀拉布風暴》卻在闊大的西部背景下講述了動人心魄的愛情故事。幾個年輕人在經歷了生命的喀拉布風暴後，在愛情的瀚海中找到了心靈的歸宿。小說在紅柯的創作中應該佔有重要地位。

當下的青春文學是城市文學的一部分。青春的經歷、成長和情感，大都是在城市的環境中展開的。青年作家王萌萌的志願者長篇三部曲的發表，引起了各方面讀者的強烈反響。《大愛無聲》、《米九》、《愛如晨曦》三部曲，分別書寫了支教志願者、環保志願者和上海世博會志願者。這些志願者或深入大山深處，在與山村教師和孩子相處的過程中，不僅改變了孩子的心理和精神面貌，也使志願者自身的心靈發生了重要蛻變。沙默對貧困山區施加的大愛，也同樣得到了愛的報償；現代性進程最大的代價其中就有環境的惡化，如何保護環境、保護動物，已經成為時代不能漠視的重大命題。《米九》書寫了環保志願者救助流浪小動物，發展民間公益組織以及保護無人區野生動物的故事。《米九》不是一部主題先行的小說。它的文學性在人與動物之間、在對各種動物人格化的描寫中，不僅得到充分體現而且感人至深；《愛如晨曦》進一步表達了王萌萌的文學想像力。小說以一對中外志願者的跨國戀情為主

〔註3〕安德魯·所羅門《憂鬱·前言》，重慶出版社 2010 年版。

線，多側面地展示了上海世博會期間不同的人爲這場盛會的無私奉獻，也展示了他們因這場盛會度過的難忘經歷。他們內心將永存的溫潤和美好，表達了社會生活還有另一個方面的眞實存在。這些志願者從某種意義上說，也是王萌萌個人經歷和心理經歷的自述。在《大愛無聲》中，王萌萌借主人公沙默之口說「其實我們也和你們一樣有遠大的理想和崇高的目標。只不過我們不喜歡把這些天天掛在嘴邊，不喜歡鄭重其事和一本正經，不喜歡思想和行爲被限制，我們喜歡自由的生活。我們的目標不再是爲了世界革命揮灑熱血，而是更加符合社會的進步和時代的發展。我們關心世界和平和政治民主，重視環境、動物、資源、文化遺產的保護，渴望與全世界進行溝通和交流。我們也可以在關鍵的時刻衝向需要我們的地方，我們沒有垮掉，而是將你們的赤子情懷更好地發揚和傳承。」王萌萌是以正面的方式歌頌了當下青年志願者，這當然應該得到鼓勵和支持。在世風日下，「高富帥、白富美」「小時代」充斥日常生活和文化市場的時代，王萌萌以當代青年正確的思想面貌出現在讀者面前時，確實讓人有如沐春風之感。

如前所述，這是一個沒有文學青春的時代。王萌萌的志願者三部曲的出現，不僅重新接續了百年中國文學關注青春形象的傳統，並以全新的面貌，從一個方面樹立了當下中國青年的新形象。因此，我認爲，志願者三部曲除了它重要的社會價值外，它的文學價值也理應得到肯定。其中，改寫「失敗者」的青春形象，是王萌萌的一大貢獻，她重塑了當代青年健康、正面、生機勃勃的形象。中國現代文學史上，延安文學的重大貢獻和發現，就在於改寫了阿 Q、華老拴、祥林嫂、老通寶等愚昧、肮髒、窮苦、病態等中國傳統農民形象，重新塑造了大春哥、二黑哥等活潑、健康、樂觀的中國農民形象。王萌萌的創作當然不能同解放區文學改寫傳統農民形象的重大意義相比較，但這裡面顯然有文化的同一性；新時期以來，從高加林到現代派，從「被侮辱與被損害的女性」到「一地雞毛」的林震，他們的形象不斷地萎縮或矮化，這裡當然有其文學上的微言大義和合理性。但是，「失敗的青春」不是、也不應是青春的全部。英雄的青春、理想的青春，也是當代文學的另一個脈流。王萌萌接續了這個文學傳統並發展了它，這是應該得到肯定和支持的。這不僅是保有文學和文化多元性的前提，同時它也完全符合當下中國青年狀況的實際。從這個意義上說，王萌萌的創作被譽爲「21 世紀的青春之歌」，她當之無愧。

　　老羿是理論家、畫家和小說家。是文藝界的多面手。老羿過去的創作、特別是畫作，更鍾情於黃鐘大呂，更意屬正大、英武，有鮮明的理想主義和英雄主義氣質。比如他的《觀滄海》、《大漠那邊紅一角》等名作。可以明確地感知老羿知識背景和青春期的時代烙印。今天，理想主義和英雄主義已經漸行漸遠，實利主義和金錢拜物教已經成爲支配我們當下社會生活的基本價值觀，對一個民族來說，這是非常危險的。國家民族的強大不僅需要不斷攀升的 GDP，不僅需要豐富的物質生活保障，同時更需要正確的價值觀和不斷提升的文明的。這是一個國家民族能夠得到普遍尊重的前提。

　　《桃園遺事》一改老羿過去正大、英武的創作風格，而更多地突顯了婉約、悠遠、空靈、恬淡或靜穆的風格。小說以小丫童年或少年的成長爲基本線索，以眷戀和懷舊的筆觸書寫了前現代時期嶽麓山下的童年生活。在我看來，任何一個作家的創作本質上都是對童年記憶的書寫，後來的寫作，是成人後的閱歷和經驗照亮了童年生活，激活了童年記憶。《桃園遺事》可以看作是老羿的童年生活的自敘傳，是對早已逝去的童年生活的追憶和憑弔。這部小說的最大特點或值得注意的，不是老羿提供的故事，也不是小說書寫的人物。更重要的也許是老羿接續了一種逐漸消失的小說寫作風格，以及他在小說中營造了整體氛圍。看到這部小說，我們很容易想到沈從文的遺風流韻，似乎又看到了沈從文在《邊城》中對世風世情的描寫，看到了類似瀟瀟那樣如青山綠水般單純、天眞的笑臉和眼睛；似乎又看到了林海音在《城南舊事》中塑造的小英子形象，以及小英子眼中的北京城南生活。在老羿樸實無華的講述中，童年嶽麓山下展現出的是沒有任何虛飾和雕琢的原生態生活，就像是一幅波瀾不驚、風和日麗的長沙日常生活的風俗畫。長沙也是一座大城市，它是湖南省會城市。但是，在共和國建國之交的時代，長沙遠沒有今天這般喧囂和嘈雜，遠沒有今天這般紅塵滾滾欲望橫流。小丫被父母從衡陽送到桃園裏叔叔家讀小學，此後，小丫就在這個逐漸熟悉的環境裏開始了他童年的讀書生涯。他認識了喜歡的教美術的張老師、班主任許老師、以及小夥伴談三、史文玉等。和叔叔、嬸嬸以及老師同學的生活簡單而快樂。小說講述的是小丫從小學到升初中六年的童年生活。這六年童年時光是何等快樂！小丫也曾有過些許緊張和煩憂，比如看到美術老師帶來的男人女人圖片、比如成長期對女同學的排斥等。但是，無論是哪位老師，對同學都與人爲善，都有師長風範；夥伴之間的友誼親密而單純。童年更多的時光是瘋跑、玩耍。與

今天孩子的童年比較起來，小丫的童年幾乎是天堂。他們唱的歌、讀的課外讀物，都與理想主義和英雄主義有關。這也是多年之後的老羿一直懷有這樣情懷的重要來源。

如何評價現代與傳統的關係，是一件非常複雜的事情。當西方締造了「現代性」之後，回應西方的現代性的過程造就中國特有的現代性。中國的現代性最大的特點就是不確定性。我們一直在修正國家的思想路線，這是我們現代性不確定性的重要佐證。如何走向繁榮、健康、合理的中國道路，是我們一直探索的。改革開放是這一探求的有效方式。但是，文學要處理的可能不是這種宏大敘事。它要處理的還是社會發展與世道人心的關係。改革開放三十多年，我們取得的成就世人矚目，中國經驗正在被越來越多人所關注。但是，現代性是一把雙刃劍，我們在取得巨大成就的同時，也積累了越來越多的問題。最重要的問題，大概就是價值觀的問題。文學作品有義務爲社會提供正確的價值觀。在這個意義上可以說，一個作家在講述什麼，表明的是他在關注什麼和倡導什麼。老羿在年近七十的時候突然懷戀起自己的童年生活，也表明了他內心對當下某些事物的拒絕和批判。中小學生教育是當下中國問題最多的領域之一，來自社會的批評和不滿日益嚴重。如果用老羿童年時光和今天的孩子相比較，我們的教育的倒退一目了然。如果是這樣的話，《桃園遺事》就不能簡單看作是老羿在進入老年之後的懷舊之作。他是用一種委婉、溫和的方式，對當下某些現象的批判。另一方面，他也用自己的作品告知我們，現代的不一定就是好的，傳統也不一定就是壞的。前現代的生活簡單甚至貧瘠，但人的精神生活和內心世界卻是健康快樂的。面對漸行漸遠的過去，我們無能爲力將其挽回，但是，那只能想像難再經驗的過去其實並沒有消失，它存活在我們的記憶裏不能忘記，已經證明了它的價值及其合理的一面。我還要強調的是，作爲一部文學作品，老羿的講述方式與他書寫的內容是如此的和諧，他所接續的文學傳統，也有理由讓我們對他懷有敬意。

秋微不是一個專事小說創作的作家。有介紹說，「她不僅是主持人，還是作家、商人，而她主修的專業卻是音樂，會彈鋼琴和拉小提琴，作曲和填詞」等多種身份和技能。但她卻出版了十餘部出版物，並因其作品稱其爲「秋愛玲」。如是，秋微本身在她的圈子裏就已經成爲一個傳奇。因此，我是懷著極大的好奇心閱讀友人推薦的她新近的長篇小說《莫失莫忘》的。

小說的講述方式承襲的是《紅樓夢》的「賈語村言」：在一次採訪中，某

受訪者講述了一個十年聚合的情感故事，然後作者假託女主角林枝子之口敘述出來。進入故事的方式雖然耳熟能詳，卻也足見作者的良苦用心。故事在兩個敘事線索中展開：一是非典至今坊間流播的重大事件，非典流行、房地產、股市、印尼海嘯、汶川地震、北京奧運、「世界末日」等進入尋常百姓的日常生活；一是許祐倫與林枝子的十年間四次的分分合合。這種講述方式背後潛隱的動機，是欲將小說與「言情小說」脫開干係。因此才有了楊瀾的「秋微是一個張愛玲式的、擁有小女人縝密心思的女子，原來《莫失莫忘》竟不是言情小說，而是對十年大時代的紀念；而她要致敬的是張愛玲的《傾城之戀》，另一部遠比兒女情長更廣闊的小說」的評價。但事情大概遠非如此。事實上，「言情小說」與張愛玲小說並不是一個等級關係，它們只是一個類型關係。即便說《莫失莫忘》是言情小說，也不是在這個意義上看輕了《莫失莫忘》。要知道，要寫好言情小說是一件多麼困難的事情，尤其在只有欲望沒有情感的時代。

李鳳群是一位特別值得注意的青年作家，年輕的她就先後出版了《非城市愛情》《活著的理由》《背道而馳》《如是我愛》等長篇小說。特別是《大江邊》的出版，使這位青年作家讓人刮目相看。她對一個農民家族三代人命運的書寫，不僅體現了她的歷史感和敘述能力，更重要的是，她對農民面對的生存和精神難題的探究所達到的深度，為鄉土文學提供了新的經驗和視角。它獲得「紫金山文學獎」當之無愧。

現在我們討論的這部《顫抖》，是李鳳群新近出版的長篇小說。這部作品如果不是一部自敘傳的話，那麼，起碼它與作家的精神傳記有關。因此，《顫抖》可以看作是一部心靈史、精神成長史。所謂「顫抖」，就是控制不住的哆嗦，它是生理現象，更是一種精神現象，所謂心驚膽顫就是這個意思。而且顫抖也是抑鬱病人的一種表現形式之一。主人公的抑鬱症和「顫抖」，主要是來自她的童年記憶：我「戰戰兢兢地長大。我得說，有些人的不幸是可以避免的，有些人的不幸是自己親手製造的，我家庭的不幸則是無可奈何的，那是個不能完全自主的時空。」俗話說「家貧萬事哀」。每個家庭都有它的秘史。一個農民家庭三代同處一室，沒有矛盾是不可能的。但是，重要的是這個家庭不僅矛盾重重，更糟糕的是家裏陰霾密佈，從來沒有任何歡樂和愛。一個孩子生活在這樣的環境中，其身心感受可想而知。

家庭氣氛一般來說是由女主人掌控的。這與「女主內」無關，有關的是，

女主人如果是一個賢惠的妻子和慈祥的母親，家裏的氣氛大體是祥和的。但主人公的母親卻是一個心地扭曲、極不和善的女性。家裏的許多矛盾都與她有關。她不僅不善待公婆，而且極端厭惡自己的孩子。這是一件匪夷所思的事情，但它確實發生了。主人公童年陰霾的記憶和「顫抖」的後果，大都來源於母親的不善，她隨意斥責自己的孩子，讓孩子打探大人的談話。更重要的是，爺爺的死與母親有直接關係。這個秘密父親一直懷疑，二十年後真相才大白父親面前：是母親殺死了父親。懦弱的父親對這個秘密「認定了二十年，也忍耐了二十年，既沒有爆發也沒有原諒。」在一個充滿猜忌、怨恨的家庭裏，完成了孩子最初的心理培育。沒有愛的溫暖和教育。這是很多貧賤人家普遍存在的現象。渴望愛和關心，是每個孩子最正常不過的心理要求，但他們的存在和要求沒人理會。不信任、沒有安全感等，就這樣成為一個孩子童年記憶的全部。對母親心理、行為的袒露和描述，不是先鋒文學的「弒母」訴求，李鳳群是用寫實主義的方法，塑造一個性格鮮明、有真實感的母親形象。她過去是一個凶神，老年則是一個「乞憐」的形象。「乞憐」一詞就像狙擊手，對形象而言一槍斃命。

小說的另一條線索是「我」與一凡的關係。一凡這個人物有明顯的虛構性。他若隱若現，面目並不十分清晰。但作為現代青年，他讓主人公看到了另一個世界。他是一個善良溫暖、舉止得體、十分敬業的知識分子。他的存在像陽光一樣照耀著「我」。在鮮明的對比中，前現代的鄉村中國並不是田園牧歌，那裏更像一個無邊的泥淖，誰都會在那裏越陷越深；但是，作為現代知識分子的一凡，儘管多有理想化的色彩，但與前現代的昏暗比較起來，它終還給人以烏托邦式的指望。不幸的是，當「我」滿懷欣喜來到一凡的城市找他的時候，一凡不在了。「他可能出國了，也有人說他得了抑鬱症，回來家隱居去了」。這自然是一個晴天霹靂。「我」曾有過的與一凡見面的各種可能和想像都瞬間煙消雲散。對「我」而言，那僅存的一縷陽光消失了，這是「顫抖」又一次來臨的時刻。

如果一凡得的也是抑鬱症，那麼，這個不約而同的病症就具有了隱喻性質。它的普遍發生，示喻了「現代」精神生態的一個方面。因此，李鳳群在這裡也沒有盲目地歌頌「現代」，現代有它自己的問題，而且現代的問題是以另外一種方式造就了同一種後果：病患並沒有從我們的世界消失。《顫抖》深入到了中國社會生活的細部，它令人顫抖又難以迴避。應該說，這是一個年

輕的大勇者來自內心深處的自我告白。生活是如此的沉重和慘烈。窮苦人和弱勢群體甚至難以維護自己生存尊嚴的最後底線。當然，作家呈現「顫抖」是為拒絕生活中的顫抖，是為了「顫抖」不再發生。

　　這是 2013 年長篇小說創作現場的一部分。通過這掛一漏萬的閱讀分析，我們會清楚地看到長篇小說總體結構的變化：鄉土小說的式微和城市文學的興起已經是同構關係。可以預言的是，未來一段時間裏，這種狀況不會發生改變。

原文刊於《小說評論》，2014 年第 1 期

文學人物走過的歷史
——2013 年中篇小說現場片段

　　摘要：對 2013 年中篇小說的評論，這裡採用了另外一種方法：即通過同類文學人物的歷史比較，觀其發展變化。30 多年只是歷史的瞬間，特別是在當代中國，現代性仍在過程之中，不確定因素比歷史任何時期都更加凸顯。文學在一定程度上反映了生活，但文學終是虛構的領域。通過比較我們發現，無論是當代青年、農民還是知識分子形象，不僅人物性格日趨複雜，其命運也更加難以把握。這種現象使當代文學更加豐富和有聲有色的同時，也不免讓我們喜憂參半。但無論如何，可以肯定的是，中篇小說作爲這個時代文學的高端成就，確實代表了這個時代文學的最高水準。

關鍵詞：2013 年中篇小說；涂自強；姚高潮；史彥；吉蓮娜

　　考察當下文學，情不自禁想到的往往是同類的文學人物。比如，當「文革」結束之後，周克芹發表了《許茂和他的女兒們》、古華發表了《爬滿青藤的木屋》等。這兩部作品都留下了鮮明的人物形象，比如許茂和他的幾個女兒；比如潘青青和王木通。而這些人物同阿 Q、祥林嫂、華老栓、老通寶等，究竟發生了什麼變化，通過這些人物變化我們可以明確感知時代的變化。但是我們沒有看到變化：老許茂還像老通寶一樣愁苦，王木通還像阿 Q 一樣愚

昧無知。這種歷史的比較從一個方面反映了社會深層、特別是鄉土中國的問題所在。因此，這些文學人物也為 80 年代中國的改革開放無意識地提供另一種依據。現在，改革開放已經 30 多年，那麼我們在身份相同的人物身上又發現了什麼呢？30 多年只是歷史的瞬間，特別是在當代中國，現代性仍在過程之中，不確定因素比歷史任何時期都更加凸顯。因此，當我們做出比較的同時，也顯然隱含了我們內心深切的不安。現實是文學創作的依據，沒有生活依據的文學是不存在的；另一方面，文學畢竟是虛構的領域，它與生活的關係也不完全是鏡像關係。但是，通過身份相同人物變化的考察，我們還是會發現，無論是生活還是文學，都不盡在我們的把握和想像之中。

一、從高加林到涂自強

百年中國文學自《新青年》始，一直站立著一個「青春」的形象。這個「青春」是「吶喊」和「彷徨」，是站在地球邊放號的「天狗」；是面目一新的「大春哥」、「二黑哥」、「當紅軍的哥哥」；是猶疑不決的蔣純祖；是「組織部新來的年輕人」、是梁生寶、蕭長春，是林道靜和歐陽海；是「回答」、「致橡樹」和「一代人」，是高加林、孫少平，是返城的「知青」、平反的「右派」；是優雅的南珊、優越的李淮平；當然也是「你別無選擇」和「你不可改變我」的「頑主」。同時還有「一個人的戰爭」等等。90 年代以後，或者說自《一地雞毛》的林震出現之後，當代文學的青春形象逐漸隱退以致面目模糊。青春形象的退隱，是當下文學的被關注程度不斷跌落的重要原因之一，也是當下文學逐漸喪失活力和生機的佐證。也許正因為如此，方方的《涂自強的個人悲傷》〔註1〕發表以來，引起了強烈的反響，在近年來的小說創作中並不多見。「涂自強的個人悲傷」攪動了這麼多讀者的心、特別是青年讀者的心，重要的原因就是方方重新接續了百年中國文學關注青春形象的傳統，並以直面現實的勇氣，從一個方面表現了當下中國青年的遭遇和命運。

涂自強是一個窮苦的山裏人家的孩子。他考取了大學，但他沒有、也不知道「春風得意馬蹄疾，一朝看遍長安花」的心境。全村人拿出一些零散票子，勉強湊了涂自強的路費和學費，他告別了山村。從村長到鄉親都說：「念大學，出息了，當大官，讓村裏過上好日子，哪怕只是修條路。」「涂自強出

〔註1〕 方方：《涂自強的個人悲傷》，《十月》2013 年第 2 期。

發那天是個周五。父親早起看了天，說了一句，今兒天色好出門。屋外的天很亮，兩架大山聳著厚背，卻也遮擋不住一道道光明。陽光輕鬆地落在村路上，落得一地燦爛。山坡上的綠原本就深深淺淺，叫這光線一抹，彷彿把綠色照得升騰起來，空氣也似透著綠。」這一描述，透露出的是涂自強、父親以及全村的心情，涂自強就要踏上一條有著無限未來和期許的道路了。但是，走出村莊之後，涂自強必須經歷他雖有準備、但一定是充滿了無比艱辛的道路——他要提早出發，要步行去武漢，要沿途打工掙出學費。大學期間，涂自強在食堂打工，做家教，沒有放鬆一分鐘，不敢浪費一分錢。但即將考研時，家鄉因為修路挖了祖墳，父親一氣之下大病不起最終離世。畢業了，涂自強住在又髒又亂的城鄉交界處。然後是難找工作，被騙，欠薪；禍不單行的是家裏老屋塌了，母親傷了腿；出院後，跟隨涂自強來到武漢。母親去餐館洗碗，做家政，看倉庫，掃大街，和涂自強相依為命勉強度日。最後，涂自強積勞成疾，在醫院查出肺癌晚期。他只能把母親安置在蓮溪寺——

> 涂自強看著母親隱沒在院墻之後，他抬頭望望天空，好一個雲淡風輕的日子，這樣的日子怎麼適合離別呢？他黯然地走出蓮溪寺。沿墻行了幾步，腳步沉重得他覺得自己已然走不動路。便蹲在了墻根下，好久好久。他希望母親的聲音能飛過院墻，傳達到他的這裡。他跪下來，對著墻說，媽，不知道什麼時候才能再見。媽，我對不起你。

此時涂自強的淡定從容來自於絕望之後，這貌似平靜的訣別卻如驚雷滾地。涂自強從家鄉出發的時候是一個「陽光輕鬆地落在村路上，落得一地燦爛」的日子。此時的天空是一個「雲淡風輕的日子」。從一地燦爛到雲淡風輕，涂自強終於走完了自己年輕、疲憊又一事無成的一生。在回老家的路上，他永遠離開了這個世界。小說送走了涂自強後說：「這個人，這個叫涂自強的人，就這樣一步一步地走出這個世界的視線。此後，再也沒有人見到涂自強。他的消失甚至也沒被人注意到。這樣的一個人該有多麼的孤單。他生活的這個世道，根本不知他的在與不在。」

讀《涂自強的個人悲傷》，很容易想到1980年代路遙的《人生》。80年代是中國改革開放的初始時期，也是壓抑已久的中國青年最為躁動和躍躍欲試的時期。改革開放的時代環境使青年、特別是農村青年有機會通過傳媒和其他信息方式瞭解了城市生活，城市的燈紅酒綠和花枝招展總會輕易地調動農

村青年的想像。於是，他們紛紛逃離農村來到城市。城市與農村看似一步之遙卻間隔著不同的生活方式和傳統。高加林對農村的逃離和對農村戀人巧珍的拋棄，喻示了他對傳統文明的道別和奔向現代文明的決絕。但城市對「他者」的拒絕是高加林從來不曾想像的。路遙雖然很道德化地解釋了高加林失敗的原因，卻從一個方面表達了傳統中國青年邁進「現代」的艱難歷程。作家對「土地」或家園的理解，也從一個方面延續了現代中國作家的土地情結，或者說，只有農村和土地才是青年或人生的最後歸宿。但事實上，農村或土地，是只可想像而難以經驗的。90 年代以後，無數的高加林涌進了城市，他們會遇到高加林的問題，但不會全部返回農村。「現代性」有問題，但也有它不可阻擋的巨大魅力。另一方面，高加林雖然是個「失敗者」，但我們可以明確地感覺到高加林未作宣告的巨大「野心」。他雖然被取消其公職，被打發回農村，戀人黃亞萍也與其分手，被他拋棄的巧珍早已嫁人，他失去了一切，獨自回到農村，撲倒在家鄉的黃土地上。但是，我們總是覺得高加林身上有一股「氣」，這股氣相當混雜，既有草莽氣也有英雄氣，既有小農氣息也有當代青年的勃勃生機。因此，路遙在講述高加林這個人物的時候，他是懷著抑制不住的欣賞和激情的。高加林給人的感覺是總有一天會東山再起捲土重來。

　　但是涂自強不是這樣。涂自強一出場就是一個溫和謹慎的山村青年。這不只是涂自強個人性格使然，他更是一個時代青春面貌的表徵。這個時代，高加林的性格早已終結。高加林沒有讀過大學，但他有自己的目標和信念：他就是要進城，而且不只是做一個普通的市民，他就是要娶城裏的姑娘，爲了這些甚至不惜拋棄柔美多情的鄉下姑娘巧珍。高加林內心有一種不達目的不罷休的「狠勁」，這種性格在鄉村中國的人物形象塑造中多有出現。但是，到涂自強的時代，不要說高加林的「狠勁」，就是合理的自我期許和打算，已經顯得太過奢侈。比如《人生》中的高加林轟轟烈烈地談了兩場戀愛，他春風得意地領略了巧珍的溫柔多情和黃亞萍的熱烈奔放。但是，可憐的涂自強呢，那個感情很好的女同學採藥高考落榜了，分別時只是給涂自強留下一首詩：「不同的路／是給不同的腳走的／不同的腳／走的是不同的人生／從此我們就是／各自路上的行者／不必責怪命運／這只是我的個人悲傷。」涂自強甚至都沒來得及感傷就步行趕路去武漢了。對一個青年而言，還有什麼能比沒有愛情更讓人悲傷無望呢，但涂自強沒有。這不是作家方方的疏漏，只因爲涂自強沒有這個能力甚至權力。因此，小說中沒有愛情的涂自強只能更多

地將情感傾注於親情上。他對母親的愛和最後訣別，是小説最動人的段落之一。方方説：「涂自強並不抱怨家庭，只是覺得自己運氣不好，善良地認爲這只是『個人悲傷』。他非常努力，方向非常明確，理想也十分具體。」〔註2〕但結果卻是，一直在努力，從未得到過。其實，他拼命想得到的，也僅僅是能在城市有自己的家、讓父母過上安定的生活——這是有些人生來就擁有的東西。然而，最終夭折的不僅是理想，還有生命。

過去我們認爲，青春永遠是文學關注的對象，是因爲這不僅緣於年輕人決定著不同時期的社會心理，同時還意味著他們將無可質疑地佔領著未來。但是，從涂自強還是社會上的傳説到方方小説中的確認，我們不得不改變過去的看法：如果一個青年無論怎樣努力，都難以實現自己哪怕卑微的理想或願望，那麼，這個社會是大有問題的，生活在這個時代的青年是沒有希望的。從高加林時代開始，青年一直是「落敗」的形象——高加林的大起大落、現代派「我不相信」的失敗「反叛」一直到各路青春的「離經叛道」或「離家出走」，青春的「不規則」形狀決定了他們必須如此，如果不是這樣那就不是青春。他們是「失敗」的，同時也是英武的。但是，涂自強是多麼規矩的青年啊，他沒有抱怨、沒有反抗，他從來就沒想做一個英雄，他只想做一個普通人，命運還是不放過他直至將他逼死，這究竟是爲什麼！一個青年努力奮鬥卻永遠沒有成功的可能，扼制他的隱形之手究竟在哪裏，或者究竟是什麼力量將涂自強逼到了萬劫不復的境地。一個沒有青春的時代，就意味著是一個沒有未來的時代。

方方的創作一直與社會生活保持密切關係，一直關注底層人群的生活命運。她對權力與民眾、貧富差距等敏感的社會問題一直沒有放棄關注的目光。在當下的中國，這是有責任感作家的「別無選擇」。只因爲：那是「涂自強的個人悲傷」，卻是我們這個時代的巨大悲劇。〔註3〕

二、從陳奐生到姚高潮

80年代，著名作家高曉聲連續發表了《「漏斗戶」主》、《陳奐生上城》、

〔註2〕 蔣肖斌：《別讓沒有背景的年輕人質疑未來——訪〈涂自強的個人悲傷〉》，《中國青年報》2013年6月18日。

〔註3〕 本節曾以《從高加林到涂自強》爲題，發表在《光明日報》2013年9月3日。又見《芒種》2013年12期。

《陳奐生轉業》、《陳奐生包產》、《陳奐生出國》等「陳奐生系列」，成爲那個時代最重要的書寫農民的短篇小說大師。陳奐生也成爲新時期以來最有影響的文學人物之一。陳奐生的命運雖然都是被安排的，但在生機勃勃的 80年代，陳奐生還是以他的形象、生動，表達了那個時代的農民精神風貌和鄉村中國的「艷陽天」。陳奐生雖然承襲了阿Q的精神遺產和重負，但他正走在試圖擺脫這個傳統和重負的道路上。陳奐生的道路也喻示了中國農民的希望和未來。因此，無論是讀者還是批評界，對陳奐生這個文學人物的出現，都滿懷期待並由衷熱愛。特別是《陳奐生上城》，它的藝術成就至今仍被常常提起。高曉聲曾自述說：「我寫《陳奐生上城》，我的情緒輕快而又沉重，高興又慨歎。我輕快、我高興的是，我們的境況改善了，我們終於前進了；我沉重、我慨歎的是，無論是陳奐生們或我自己，都還沒有從因襲的重負中解脫出來。」〔註4〕後來，高曉聲以想像的方式，通過《陳奐生轉業》、《陳奐生包產》、《陳奐生出國》等篇章，完成了陳奐生精神和身份的轉變——他不再是「漏斗戶主」和「上城」時的陳奐生。高曉聲通過他的藝術實踐爲我們呈現了一個逐漸變化的當代中國新農民的形象。但是，中國現代性的全部複雜性並沒有掌握在小說家的手中。

三十多年過去之後，又有一個農民進城了，他是尤鳳偉《鴨舌帽》〔註5〕中的姚高潮。姚高潮因爲老婆通姦，進城來找姦夫的老婆李愛萍。他希望和李愛萍結成「聯盟」，成爲「一個戰壕裏的戰友」。這是姚高潮進城的緣由，這與「城鎮化」、「農民進城」都沒有關係，姚高潮在家有兩畝地一個魚塘，完全可以生活下去，但是生活的不確定性還是將姚高潮「逼進」了城裏。找不到李愛萍的姚高潮只好暫時安頓下來，李愛萍突然出其不意地打來電話願意幫助姚高潮，介紹他找自己的一個「好朋友好姊妹」到一家名叫「淮揚樓」的餐館打工。於是姚高潮便見到了一個名曰「李平」的女領班。姚高潮開始了他的城裏生活。通過姚高潮的經歷和視角，我們看到了不曾發現的城裏的另一種隱秘生活——餐館是城裏生活的另一個窗口，各色人等聚集在這裡表現了他們不同的目的和訴求。而在餐館打工的男女們，也毫不掩飾地實踐著

〔註4〕高曉聲：《且說陳奐生》，《人民文學》1980年第6期。
〔註5〕尤鳳偉：《鴨舌帽》，《北京文學》2014年第1期。（需要說明的是，這篇小說《北京文學》主編楊曉升先生囑我寫篇短評，我以爲發在今年的刊物上。後來得知連評論一起發在明年第一期《北京文學》。但這篇小說極有典型性，且也確實寫於2013年，因此在這裡評述也並非空穴來風）

他們生活的「潛規則」，那些快樂的「臨時夫妻」絲毫沒有初期「底層寫作」展現出來的淚水與苦難。他們早已遠離了陳奐生的天眞和簡單。他們的價值觀、愛情觀、婚姻觀等，五色雜陳極端混亂。這時，我們更關心的是主人公姚高潮的命運。初來城裏的姚高潮還是一個陳奐生，儘管他高中畢業，但衣著體相行爲舉止，還是一個三十年後的陳奐生。在「李平」等人的提攜下，姚高潮逐漸改變了自己。特別是一次試圖來報復鬧事的客人，用自己帶來的蒼蠅嫁禍餐館時，姚高潮突發奇想地將蒼蠅一口吞下說是「蔥花」，因其「挽狂瀾於既倒」而得到老總的賞識，做了餐館的「中層」——「清障隊」隊長。

小說在寫姚高潮城裏經歷的同時，也寫到外出打工卻耐不住寂寞的「薛姐」、替富人「頂包」卻失明的小宋以及餐館的諸多打工族的命運。進城的鄉下人都有一把辛酸淚苦難史，那裏有說不盡的滄海桑田迷茫人生。「鴨舌帽」在小說中只是一個隱喻，一頂帽子可以成爲改變一個人的身份符號，尤鳳偉的銳利目光就在於他看到了當下中國世風世相的同時，也舉重若輕地撕下了城市的虛假面紗。同時也將現代性的巨大魅惑無情地呈現出來——如果說陳奐生是因政策的變化不斷被動地安排了自己生活的話，那麼，姚高潮卻是主動地投入了城裏的生活。而這個三十年前的陳奐生未來的道路將會怎樣呢——「他看不到，他，在路上」。

更值得稱道的是小說的整體結構。如果說姚高潮的經歷確如開頭講述的那樣——姚高潮是李愛萍的朋友姊妹李平介紹到餐館打工的話，可以說小說就平淡無奇了。但奇就奇在這個「李平」和李愛萍是一個人。當姚高潮進城的時候，李愛萍正在處理離婚事宜，所謂的「不方便」是指這件事情。是化名李平的李愛萍暗中幫助了姚高潮，無論出於何種理由，這個整體構思使小說風生水起氣象萬千。這就是尤鳳偉的小說區別於眾多小說的地方，也是一個眞正小說家的能力和功力所在。

三、從莊之蝶到「倆博士」

莊之蝶是 90 年代初期的人物。莊之蝶一出，文壇大嘩。應該說莊之蝶是個得風氣之先的人物：賈平凹最早感受到了市場經濟對人文知識分子意味著什麼。可以說，這個階層自現代中國以來，雖然經歷了各種變故，包括他們的信念、立場、心態以及思想方式和情感方式，但從來沒有經歷過市場經濟大潮的衝擊。這個衝擊對當時中國人文知識分子來說，實在是太重大了。賈

平凹感知了生活變化對他們精神世界的改變，於是才有了莊之蝶。1990 年以來，長篇小說我們能記住幾個人物？但我們都記住了莊之蝶。更重要的是賈平凹對莊之蝶的態度，我們不能說賈平凹對他的主人公是欣賞的，他只是用小說的方式呈現了他。莊之蝶最後的命運說明了賈平凹的態度。在那個時代，迷惑、困頓的不止是賈平凹，我們都不是先知，都在困惑和迷惘中。也正是這個困惑迷惘成就了賈平凹的創作卻使那個時代的批評陷入了迷途。莊之蝶的精神破產，在 1993 年代成為一個象徵性的事件，也惟其如此，才使得賈平凹的創作充滿了歷史感──從古代士階層到現代知識分子，修身齊家治國平天下；為天地立心，為生民立命，為往聖繼絕學，為萬世開太平──這個文化信念或價值目標，一直沒有發生本質性的變化。因此，當市場經濟大潮出現之後，莊之蝶的最大困惑來自於他文化信念和價值目標的迷失，他發現自我存在的價值已經無法獲得自我確認──儘管他在社會生活中應有盡有。這是莊之蝶精神破產的根本原因，也是賈平凹用文學的方式對當代中國知識分子最深刻的洞見。

莊之蝶誕生至今整整二十年過去了。那麼，二十年後莊之蝶的同類們怎樣了呢？我們在計文君的《無家別》〔註6〕和楊曉升的《身不由己》〔註7〕中，大致可以瞭解他們的精神和生存狀況。計文君是近年來異軍突起的小說家。她的小說端莊典雅，舉手投足儀態萬方，有鮮明的中國古典文化氣息和氣質；另一方面，她也深受西方現代小說的影響，修辭敘事雲卷雲舒，吸收了現代小說的諸多技法和元素。近一個時期以來，她的小說多用古代詞牌命名。如《白頭吟》、《卷珠簾》以及《無家別》等。這些詞牌特有的含義賦予了小說鮮明的中國文化印記，既是象徵也是隱喻；但在情節和人物的構造上，又極具當下性。這是計文君小說的一大特徵。

《無家別》寫的是文學博士史彥無法安妥肉身和靈魂的故事。因個人生存和家鄉病中的父母，史彥決定「退一步海闊天空」，他從北京回到了家鄉鈞州。鈞州學院勉強可稱為三流大學，史彥屈就於這樣的學校心情可想而知，他經歷了一段心灰意冷的教書生涯。無論是師生、同事還是愛情、婚姻、家事，都被史彥處理得一塌糊塗。對人生、對學術不再報有任何希望和幻想的史彥，真真是無路可走無家可別了。勝敗是今天的價值觀判斷的。一個失敗

〔註 6〕 計文君：《無家別》，《中國作家》2013 年第 8 期。
〔註 7〕 楊曉升：《身不由己》，《芳草》2013 年第 5 期。

者——即便再有才華或抱負，也只能在古典主義的倫理中獲得贊美。在當今世界，他只能落荒而逃：

> 回花驛的路上，我不說話，季青也沒說話，車上的音響在放汪峰的《存在》，「多少人走著卻困在原地，多少人活著卻如同死去，多少人愛著卻好似分離，多少人笑著卻滿含淚滴……我該如何存在？……誰知道我們該去向何處？誰明白生命已變爲何物？……」在那詰天問地的男聲中，我的淚滾了下來。

> 我扭臉看窗外，模糊的淚眼中，是死寂的等待拆遷的村莊和荒蕪的沒有作物的田野，「……誰知道我們該夢歸何處？誰知道尊嚴已經淪爲何物？……我該如何存在……」

小說總體上還是落難公子遇佳人的古典敘事模式，結局則是現代文學常見的對主人公無奈的「放逐」。在這樣一個並不「先鋒」的結構和貌似「寫實」的敘事裏，計文君以「大寫意」和極端化的方式，道出了當今青年知識分子生存和精神的處境。莊之蝶的落敗，還只是精神層面的破產，現實生活裏，他還是一個應有盡有的名士：他是著名作家，是人大代表，是一個書畫店的後臺老闆，是一個擁有四個女人的男人。但是，今天的史彥可以說是一無所有窮途末路了。他的生存都沒了著落，哪裏還有資本談論天下或抱負。另一方面，史彥的紅顏知己季青，雖然無爹可拼，既無權力資本亦無金融資本，卻憑著精細的算計，甚至不惜以婚姻愛情作爲抵押，換取了她世俗世界的「成功」，只是，季青真的成功了嗎？她心無皈依和無處訴說的凄楚，在本質上與史彥有什麼不同嗎？

楊曉升的《身不由己》，從另一個方面表達了今天知識分子的尷尬處境：一個博士畢業生被綁架到股票上市的庸俗事務中，這是他沒有能力解決的事情又無法擺脫。他不僅陷入苦惱更陷入了麻煩。而「身不由己」更是一個隱喻——是當下知識分子共同的命運。在當下的環境中，沒有人尊重一個專業人才，所有的人都試圖從另外一個人身上尋找到爲己所用的資源。這就是今天的世道人心。小說內在結構嚴密，幾乎無懈可擊。一個「百無一用」的書生形象活脫脫展現在我們面前，他的無能、無辜、無助，使我們有機會再次見到了經濟壓迫下的現代儒生形象。因此，這是一篇非常生動的小說。關於知識分子的心靈史還會繼續書寫。人物無論是成功還是落敗，都密切聯繫著古代中國士階層和現代中國知識分子的價值觀和歷史命運。因此，這個領域

的文學創作，是最富於歷史感的。那裏既有並未斷裂的先賢傳統，亦有我們正在經歷的新的現實。

四、從女性主義到普遍人性

在「先鋒文學」、「新寫實」小說風潮正健的時代，「女性文學」及其概念被批評界提出，「女性文學」創作也風起雲涌。這是一個歧義紛呈的文學現象。但逐漸可以達成共識的是，80 年代以前的女作家的創作，僅限於風格學的意義。或者說，那時女性作家與男性作家的創作並沒有本質的區別，她們同樣是「社會運動」或「社會問題」的參與者或關注者。不同的是女性作家在語言風格上可能會獲得某種識別。從八九十年代之交開始，有性別特徵的、有「女性意識」的「女性文學」開始出現。這是一種爭議最多、也最具有衝擊力的文學現象。它所隱含或公開申明的立場是，對女性的歷史、現實處境和自身經驗作空前的處理和描寫，無論從觀點、態度、立場和語言方面，不僅顯示出與男性作家的區別，重要的是要體現出作為女性作家「獨立」的意識和話語方式。應該說，這是一種最具活力、最有膽魄的文學潮流。它所提供的閱讀經驗，已經超越了現代文學史上女性文學所試圖訴求的一切。但值得注意的是，「女性文學」雖然創造了自己的時代，這一命名或理論劃分的明確性，也從一個方面限制或「預設」了這一時代女性作家的創作衝動或可能。從另一方面來說，這一來自異域的文學啓蒙，在當代中國卻發生了意想不到的奇觀效果：「女性文學」逆向的性別歧視，不僅沒有爲女性文學在敘事上帶來革命性的變化，反而爲讀者提供了一種窺視女性隱秘心理的窗口，或者說，女性文學在沿襲了男性的性別歧視敘事策略之後，並沒有在表達策略上提供更新鮮的經驗。這就是女性文學的期待和話語實踐之間的矛盾。在中篇小說領域，林白的《子彈穿過蘋果》、《迴廊之椅》，陳染的《與往事乾杯》、《無處告別》等作品仍傳誦一時，代表了這個時期女性文學的最高水平。

現在，刻意標榜的女性文學已經落潮。更多的有思考和想像能力的女性作家，業已回到了面對普遍人性而不止是女性立場上的創作。遲子建的《晚安玫瑰》〔註8〕，在表現人性方面所做的努力格外引人矚目。

小說講述的是兩個女性——兩位芬芳帶刺的「玫瑰」的故事：一位是猶

〔註 8〕遲子建：《晚安玫瑰》，《人民文學》2013 年第 3 期。

太女人吉蓮娜，一位是報社校對員趙小娥。趙小娥來到這個世界上不僅偶然而且恥辱：她是母親在一個夜晚被人強姦偶然受孕的。趙小娥出生三年後，養父發現女兒不是自己的骨肉，而是妻子與強姦犯的孩子。趙小娥的母親從此被鄰里鄉親唾棄，在她十二歲時病死。趙小娥發誓要找到那個讓她們母女備受屈辱的男人復仇雪恥。她在哈爾濱終於意外地遇到了她的生父也是罪犯的穆師傅。這時，事情已經過去三十多年，超過了強姦罪法律追究的二十年最高年限，穆師傅不會再受到法律制裁。但趙小娥還是堅決地選擇了復仇。她精心策劃了復仇計劃並如意地實現了：穆師傅在真相面前投江自盡。

　　猶太房東吉蓮娜是個遺腹子，她出生於哈爾濱。吉蓮娜成人後，日軍侵略東北，與移居這裡的猶太人訂立計劃，企圖扶持他們在東北復國。吉蓮娜的商人繼父參與其中，為了討好日本人，竟然幫助一位日本軍官迷姦了吉蓮娜。對自己屈辱的經歷，吉蓮娜也選擇了復仇，她也精心策劃了復仇計劃，不露痕跡地毒死了繼父。日本戰敗後，強姦她的那個日本軍官剖腹自殺。不同的是，在六十多年的歲月裏，吉蓮娜一直在懺悔自己。她覺得自己不該有如此強烈的仇恨。當趙小娥復仇後，吉蓮娜「終於實言相告，她憂戚的不是自己，而是我。她說我逼死了父親，可從我的眼神中看不到懺悔，這很可怕。她說一個人不懂得懺悔，就看不到另一世界的曙光。我想起了齊德銘曾對我說過，我之所以吸引他，是因為我的眼底有一種絕望的東西，與他合拍。如果按吉蓮娜的說法，他也是看不到另一世界曙光的人。」「她說有愛的地方，就是故鄉；而有恨的地方，就是神賜予你的洗禮場。一個人只有消除了恨，才能觸摸到天使的翅膀，才能得到神的眷顧。她說半個多世紀下來，她的愛沒變，但她對繼父的恨，逐日消泯。」

　　《晚安玫瑰》因其故事的複雜敘述得格外漫長。也惟有在漫長的講述中我們才有可能體悟人性的複雜和東西文化的差異。吉蓮娜是另一種文化傳統哺育的女性，她內心縱有萬丈波瀾，行為舉止仍優雅從容，那是因為她在懺悔中看到了另一世界的曙光；趙小娥沒有這種文化資源，她精神失常恢復後，仍對過去的歷史深懷恐懼，她惟一的歸宿就是生命價值的虛無。《晚安玫瑰》對人性的發掘雖然建構在虛構的基礎上，但它確有直擊現實的意義和價值。在一個價值理性不斷旁落的時代，遲子建以極端和溫婉的方式踐行了新的文學想像。如果《晚安玫瑰》能夠引領當下文學另外一種走向，那將是文學的幸事。

2013 年的中篇小說，通過歷史的比較，我們還是發現了其中想像不到的巨大變化，現實的複雜性使文學仍多有憂患而少有歡娛。當然，這種比較還可以在許多範疇裏展開，比如 80 後作家如甫躍輝、文珍、蔡東、霍艷等「文學新勢力」的中篇作品等；另一方面，我們還可以在鄧一光的《如何走進歡樂谷》、余一鳴的《潮起潮落》、葛水平的《過光景》、馬曉麗的《催眠》、徐坤的《地球好身影》、徐虹的《暮色》、王秀梅的《父親的橋》、陳謙的《蓮露》、蔣峰的《手語者》等作品，看到中篇小說在藝術上的多樣性探討。如果是這樣的話，我們對當下中篇小說創作仍然可以懷有更多的期待。

原文刊於《當代文壇》，2014 年第 1 期

城市夢或「圍城」悖論

——2013 年短篇小說現場片段

　　加拿大作家愛麗絲・門羅獲得 2013 年諾貝爾文學獎，使短篇小說在短暫的時間裏成為一個吸引眼球的文體。或者說，在文學領域，只有長篇小說才是寵兒的觀念將逐漸發生改變。如果是這樣的話，那麼，門羅的獲獎無疑意義重大。現在我們要討論的是 2013 年的短篇小說。一年前，在《鄉村文明的變異與 50 後的境遇》的文章曾預言說：「考察當下的文學創作，作家關注的對象或焦點，正在從鄉村逐漸向都市轉移。這個結構性的變化不僅僅是文學創作空間的挪移，也並非是作家對鄉村人口向城市轉移的追蹤性『報導』而是中國的現代性——鄉村文明的潰敗和新文明的迅速崛起——帶來的必然結果。這一變化，使百年來作為主流文學的鄉村書寫遭遇了不曾經歷的挑戰。或者說，百年來中國文學的主要成就表現在鄉土文學方面。即便到了 21 世紀，鄉土文學在文學整體結構中仍然處於主流地位……但是，深入觀察文學的發展趨向，我們發現有一個巨大的文學潛流隆隆作響，已經浮出地表，那就是與都市相關的文學。當然，這一文學現象大規模涌現的時間還很短暫，它表現出的新的審美特徵和屬性還有待深入觀察。但是，這一現象的出現重要無比：它是對籠罩百年文壇的鄉村題材的一次有聲有色的突圍，也是對當下中國社會生活巨變的有力表現和回響。」〔註 1〕這個看法被 2013 年的短篇小說創作進一步證實。或者說，這一年短篇小說在題材方面儘管萬花紛呈，但城市文學在數量上佔有絕對優勢。我們知道，試圖全面評價一個年代的短篇小

〔註 1〕 孟繁華：《鄉村文明的變異與 50 後的境遇》，載《文藝研究》2012 年 6 期。

說幾乎是不可能的。因此，在評價這個年代短篇小說的時候，我們選擇了這一「主題化」的方式。

城市在當下作爲一個重要的講述對象，原因是城市不僅是一個巨大的生存空間，同時還是一個心理意義上的夢幻空間。另一方面，在各種現代化符號的掩映下，城市隱含的更多的不爲人知的人與事，也爲小說創作提供了巨大的虛構和想像空間。十年前的 2003 年，劉慶邦那篇宣言式的小說《到城裏去》的女主人公宋家銀，嫁給楊成方還只是爲了做「工人家屬」，在村裏，孩子都是喊爹、喊娘。而宋家銀堅持讓兒子閨女喊楊成方爸爸，喊她媽媽。只因爲她聽說城裏人喊父母都是喊爸爸媽媽，她要和城裏人的喊法接軌，還只是出於一種虛榮要求的話，那麼，到了「保姆在北京」系列，劉慶邦通過保姆的視角，發現了城市深處無數隱秘的存在。「保姆」不僅發現了城市的細胞——家庭生活的外表與眞相的差異，更重要的是發現了城市人心的「惡」。《後來者》〔註2〕中的祝藝青，與其他保姆的不同就在於她是一個大學畢業生。祝藝青大學畢業後不願在雙鴨山煤礦工作，因爲父親死在礦上。她要求母親通過親戚在北京給她找一份工作。於是祝藝青到了北京遠房親戚表舅家等待工作。表舅媽夏百合對突如其來的祝藝青本來就充滿警惕，爲了不至於讓小祝白吃白住，夏百合通過變相手段讓小祝做了保姆。這個關係一開始就充滿了緊張和危險——一個年輕的外來者進入家庭，一定會喚醒主婦五味雜陳的感覺。於是，矛盾開始發生：祝藝青刷碗時，她嫌祝藝青老是開著水龍頭，祝藝青擦完了地，她認爲祝藝青擦得不到位，不徹底，女兒曉靈中午回家要求吃方便麵的事，也被夏百合發現了。爲這件事，夏百合專門找祝藝青談了話，談得相當嚴肅：

> 夏百合問：你爲什麼還讓曉靈吃方便麵？祝藝青說：不是我讓曉靈妹妹吃，是她自己要吃的。夏百合說：她自己要吃，你是幹什麼的？我留你的主要目的是什麼？你知道不知道，一個高中生，老吃方便麵，是會缺乏營養的。方便麵裏面的防腐劑對孩子的身體也不利。要是讓你天天吃方便麵，你受得了嗎！在這個事情上，我認爲你是不負責任的，也是失職的。你說說吧，我聽聽你對這個問題的認識。祝藝青一時不知道對這個問題怎樣認識，她低下了頭，沒有說話。夏百合問：你爲什麼不說話，是不是有牴觸情緒？祝藝青

〔註 2〕 劉慶邦：《後來者》，載《十月》2013 年 5 期。

想起了媽媽，她的眼圈兒漸漸地紅了。

後來夏百合在祝藝青的筆記裏看到了說自己的壞話，於是便聯合過去的朋友、現在的飯店老闆白斯娥整治祝藝青。關鍵是這個陰謀冠冕堂皇：她們為祝藝青安排工作——祝藝青到飯店做了服務員，而整治祝藝青的兩個人一直沒在現場，而是餐廳經理胡麗華。胡麗華整治祝藝青，還要祝藝青要面帶笑容；夏百合和白斯娥交流整治祝藝青的情況，「她們一邊交流一邊樂，每次交流得都很得意。」最後，祝藝青離開了飯店「失蹤了」。但祝藝青沒有離開北京，「警察找到她時，她正在一處由居民樓地下室改成的小旅館裏睡覺。」這個結尾同樣意味深長：任何一個來到北京或大都市的「外來者」，他們踏上的都是一條不歸路，任憑城裏千難萬險，他們就是「不離不棄」。《後來者》寫的還是世道人心，還是城裏人的冷漠與荒寒。

儘管如此，還有試圖進城者綿延不絕前赴後繼。付秀瑩過去很長一段時間書寫她記憶中的鄉村，鄉村的錦繡年華風花雪月曾讓她迷戀不已。但近年來她的創作視野也逐漸轉移到了城市生活。這篇《曼啊曼》〔註3〕，題目就是慨歎。這一慨歎一言難盡欲說還休。小說的主角二曼是一個大學畢業生，當年她母親曾鼓勵二曼說：

> 好好念。念大學。到城裏吃香喝辣——看你小姨！在芳村，也不止是在芳村，在青草鎮，甚至整個大谷縣，有誰不知道翟小梨呢？在鄉下人眼裏，翟小梨簡直就是一面旗幟，是草窩裏飛出的金鳳凰。人們都知道，翟家的翟小梨，本事特別地大，特別地會念書。憑著手中的一支筆，一橫一豎，一撇一捺，楞是從芳村念到了大谷縣，從大谷縣念到了石家莊，從石家莊念到了北京城。北京城啊。老天爺！這麼多年了，芳村出過這麼厲害的人嗎？沒有。就連整個大谷縣，怕是也沒有這樣的能人吧。翟小梨一個嫩頭嫩臉的閨女家，更是不得了。這要是在早年間，那是女狀元。嚇！北京城，那是什麼地方？天子腳下！

這是鄉村對北京的想像。但是，農民大舉進城，城鎮化速度不斷加快的同時，也加劇了城市的就業壓力。應該說城市並沒有充分做好這方面的準備。小說雖然不是解決城市現實問題的領域，但通過《後來者》和《曼啊曼》我們發現，進城務工的已經不只是普通的農民工，而是外地的大學生也擠進了

〔註3〕付秀瑩：《曼啊曼》，載《芳草》2013年6期。

進城務工的隊伍。如果說祝藝青的「親戚」從外部施加壓力給祝藝青的話，那麼，翟小梨則經受了二曼一家——姐姐、父親等合力造成的壓力。她來自芳村，來自姐姐和父親的疼愛，面對姐姐的孩子進京務工她不能無動於衷。但是，翟小梨的能力畢竟有限，這讓她左右爲難。她既要應對來自家鄉姐姐、父親的壓力方式，又要想盡辦法動用有限的資源——她甚至想到了自己單位的領導，那個讓她無奈又不得不應酬的「老鞠」。這裡隱含著今天的權力關係或者某種「潛規則」的暗示，翟小梨的難處可想而知。因此，當北戴河的「系統高端論壇」結束的時候，小說最後一節是這樣的：

> 高鐵實在是方便極了。回到北京的時候，正是下班時分。街上人潮洶涌。一城的燈火，漸漸亮起來。這就是北京的夜了。

> 畢竟已經立秋了。比起前些天，風中更多了幾分涼爽。節氣不饒人。看來這話是對的。溽熱褪去，整個城市彷彿經過一場沐浴，顯得安靜清新。這麼多年了，小梨竟然是第一次，領略了北京的夜色。地鐵口，一個女孩子在叫賣鮮花。小梨挑了一束百合。乃建頂喜歡百合。乃建這傢夥！這些年，怎麼說呢，恐怕是，有好些地方，都委屈了他。旁邊是個賣玉米的，熱絡地張羅著生意。煮熟了的大玉米棒子，有白的，有黃的，有紫的，還有的黃白紫白相間。小梨挑了幾穗飽滿的。芳村人管啃玉米叫啃青，娘呢，有自己的叫法，叫做吹橫笛。是啊。這個季節，正是吹橫笛的時候。二曼見了，不知道是不是也喜歡。

> 有風吹過來。眞是不一樣了。這就是秋天的意思吧。行道樹依然是碧綠的，但綠得更見深沉了。那些樹，都比人高。卻被風吹得一回一回低下去，低下去。萬家燈火。小梨抬頭看天，夜空被燈光映著，有一點夢幻的抒情的意味。小梨看了半天，竟是一顆星也沒有看見。

付秀瑩寫得非常節制，翟小梨雖然經歷的是苦不堪言的心靈煎熬，但在落筆處卻不著一字。現代的都市生活自有它的魅力，從高鐵到萬家燈火以及沒有星星的夢幻都城。但字裏行間，關於城市的想像開始動搖了：她人在北京，還是情不自禁地想到了她的芳村還有母親。現代性就是如此怪異和不可理喻。但這條路卻是「君問歸期未有期」。

沒有進城的人千方百計要到城裏來，生活在城市的人卻別有一番滋味在

心頭。范小青的《夢幻快遞》〔註4〕中的郵遞員，每天做著同一種忙碌乏味的工作。但是「有時候我到了某一個小區的時候，會有一種做夢的感覺。爲什麼是做夢呢，因爲對這些小區太熟悉了，因爲這些小區太相像了，我每天進入不同的小區，但它們好像又都是同一個小區，無法區別，不僅夢裏會夢到它們，就是醒著的時候，也會把它們當成是夢境。」他甚至在小區遇見了去世三年的爺爺。城市生活的荒誕性和不可捉摸可見一斑；吳君的《夜空晴朗》〔註5〕，是一篇表達城裏人歸宿焦慮的小說。作爲女老闆的母親秋明爲女兒的婚姻著急。急於幫助患有抑鬱症的女兒挽留她的男朋友，但自己卻深深陷入「角色」。與其說她在爲女兒擔心，毋寧說她在表達自己潛意識裏歸宿難尋的焦慮。因此，她找來前夫本來是扮演「和睦家庭」挽留女兒男朋友的，但到最後他們的談話確是這樣的：

> 前夫突然伸出手，抱住女人，隨後，他又推開了她，鄭重地問，
> 願意和我一起回鄉下嗎。餵豬，種田，這些我都能做。說完這些，
> 秋明也嚇了一跳，自己何時會做這些了。她覺得在說夢話。離婚後，
> 兩個人第一次說了這麼多。

沒有人知道他們究竟是否回到鄉下，但把鄉下作爲安妥靈與肉的歸宿，在今天的城裏人看來也並非矯情。

更有意思的是「80 後」作家文珍的《到 Y 星去》〔註6〕。這是一部幻想從人間到天堂的故事。爲什麼要去 Y 星？小情侶張愛和許先「他們和在北京打拼的所有小情侶一樣，最大的困境就是住房問題。唯一和一般情侶不同的是，他們六年來搬了七次家。主要還是因爲租不起太貴的房子，所以盡可能找便宜的，變數遂和房價成反比，租房價格越低，房東反悔變卦的可能性越大，反正大不了賠一個月便宜租金。很多次，張愛跟著許先大包小包坐在搬家公司的卡車上時都咬著牙賭咒發誓：下次再和你這樣半夜搬家，我就回我的星球上去，不陪你玩了！」

這看似一篇荒誕不經的小說，但卻從一個方面表達了今天年輕人在生存的巨大壓力下的某種幻想。僅僅能夠維持生存的微薄收入，使他們不得不謹小愼微，爲了節省開支他們不停地搬家，還是在一個夜晚被房東趕出了租來

〔註4〕范小青：《夢幻快遞》，載《北京文學》2013 年 5 期。
〔註5〕吳君：《夜空晴朗》，載《中國作家》2013 年 6 期。
〔註6〕文珍：《到 Y 星去》，載《光明日報》2013 年 8 月 23 日。

的家門流落到青年旅館。夜晚，兩人面對天花板上的水漬痕跡，展開了他們對於 Y 星球「美好生活」的想像：

> 那繼續說咱 Y 星的事兒。一家發一套別墅，然後呢？具體條件怎樣？那自然是樓上樓下，電燈電話。別墅門口還有小花園，能養一隻巨大的拉布拉多，還能弄一狗屋，也帶電燈的，外邊一拉燈就亮了，冬天還能當暖氣使……

先鋒文學的時代早已過去，這種異想天開絕不是在文學形式上有所企圖。面對無物之陣，是因為他們年輕還有這份心情。如果不是這樣他們又能怎麼辦呢？但是他們畢竟生活在地球上，到 Y 星的幻覺滿足了他們苦中作樂的自我慰藉之後，他們還要回到地球的現實中：

> 明天你要上班，我還得找地方搬家呢。張愛裹著一條浴巾濕漉漉地出來說：……對了望京那家你到底覺得怎麼樣？三千五，小一居，97 年的房子，還算新吧。……對了，去看望京那房子的時候，你一定得確認有沒有空調，如果沒有，問問房價能不能少兩百，啊？

這是在北京打拼的一對大學生的生存狀況，現實生活的嚴酷性，使這些本該意氣風發揮斥方遒的年輕人，難以找到想像和描繪未來與希望的方式，或者說，他們已經沒有能力處理這樣的問題。

《曼啊曼》要進城，《後來者》進城受盡屈辱，《夢幻快遞》生活恍惚亦真亦幻，《夜空晴朗》歸宿難尋無所皈依，《到 Y 星去》不僅要逃離城市甚至要逃離地球。城市夢和「圍城」悖論，就這樣在 2013 年部分短篇小說中被完整地構建起來。現代性將所有的人都塑造成既無安全感亦無方向感的動物：沒有進城的想進城，進了城的覺得城市很奇怪，摸不著頭腦；然後是住在城裏久了的要到城外、到海邊、還有要到別的星球去的。雖然是小說，但卻從一個方面表達了當下城裏人心的不安、惶惑和迷茫的狀態。社會生活正在加速變化，某種變化尚未適應，另一變化已然到來。於是，沒有人知道自己究竟怎麼辦或要什麼。從眾、幻覺、異想天開五花八門無奇不有，就是今天心理生活的常見景觀。

在城市文學剛剛興起的時候，紅塵滾滾五光十色曾作為城市的表徵被熱情歌頌，在消費文化的汪洋大海，各色人等或折戟沉沙名利場，或醉生夢死溫柔鄉。這表面的喧囂只是城市生活的泡沫，在這些漂浮物的下面，還有更為嚴酷的不為人知的許多生活，特別是與人的精神、思想、心靈相關的生活。

於是我們看到，2013 年關於城市題材的短篇小說，在表現城市生活多樣性的同時，也不斷在向縱深發展。中國城市生活最深層的東西，正在不斷被打撈上來。它為更加深刻和生動的城市文學的產生，提供了新的基礎和可能，而這正是我們希望看到的。

原文為《中國短篇小說年度佳作（2013）》序言

無須命名的文學年代

——2014 年的長篇小說

　　命名是一種指認，也是方便討論問題的一種方式。文學史在某種意義上也可以說是不斷命名的歷史。但是，時間到了 2014 年，突然覺得這是一個無須命名的文學年代：面對這個文學年代無論你做出怎樣的命名，幾乎都是錯誤的；這是一個並不需要命名的年代。不僅讀文學的人越來越少，研究文學的人也一樣越來越少。如果是這樣的話，為什麼還要命名、命名還有什麼意義呢。當然，無須命名也是一種命名，它因為無須命名而區別於其他年代。

　　年代無須命名，但小說創作依舊。而且從某種意義上說，2014 年的長篇小說不僅數量多，而且整體水平相對較高。葉兆言的《馳向黑夜的女人》、嚴歌苓的《瑪納是座城》、劉慶邦的《黃泥地》、劉醒龍的《蟠虺》、寧肯的《三個三重奏》、張好好的《布爾津的光譜》、葉彌的《風流圖卷》、薛憶溈的《空巢》、紅柯的《薩吾爾登》、程鸝眉的《紅岸止》、雪漠的《野狐嶺》等，都是特別值得提及的上乘之作。這些作品探討的文學與生活的關係、作家對生活的態度等方面，都有新的經驗和發現。它們和下面逐一評論的作品同樣重要甚至還要優秀。只因不同的原因沒有單獨為它們做出評價。

一、鄉村文明崩潰的前史後傳

　　關仁山是一位長久關注當代鄉村生活變遷的作家，是一位努力與當下生活建立關係的作家，是一位關懷當下中國鄉村命運的作家。當下生活和與當下生活相關的文學創作，最大的特點就是它的不確定性，不確定性也意味著

某種不安全性。如果是這樣的話，這種創作就充滿了風險和挑戰。但也恰恰因為這種不確定性和不安全性，這種創作才充滿了魅力。關仁山的創作幾乎都與當下生活有關。我欣賞敢於和堅持書寫當下生活的作家作品。他的《天高地厚》、《白紙門》、《麥河》等長篇小說，在批評界和讀者那裏都有很好的評價。現在，關仁山又發表了他新創作的長篇小說《日頭》。《日頭》是關仁山講述的冀東平原日頭村近半個世紀的歷史與現實，小說對中國「史傳傳統」的自覺承傳，使《日頭》既是虛構的故事或傳奇，同時也是半個世紀鄉村中國變革的縮影。冀東平原的風土人情愛恨情仇，就這樣波瀾壯闊地展現在我們面前。重要的是，關仁山書寫了鄉村文明崩潰的過程和新文明建構的艱難。他的文化記憶和文學想像，為當下中國的鄉土文學提供了新的經驗和路向。如果說《天高地厚》《麥河》等小說，還對鄉村中國的當下狀況多持有樂觀主義，更多的還是歌頌的話，那麼《日頭》則更多地探究了當下中國鄉村文明崩潰的歷史過程和原因。

小說從文革發生開始，日頭村成立了造反組織，紅衛兵也進入了日頭村。「日頭村很多事說不清來龍去脈，只知道狀元槐、古鐘和魁星閣。」千年老槐樹上掛著古鐘，為金狀元修的魁星閣這三件東西是日頭村的象徵，也是日頭村的文化符號。但是，文革首先從燒魁星閣開始：「魁星閣著火了！火光簇簇，一片通明，血燕四處驚飛，整個天空好像塗滿了血。我和老槐樹一道，眼睜睜看著文廟的大火燒了起來。大火燒得凶，像跟文廟有仇似的。天亮時文廟全都燒塌了，只剩下半堵牆。紅衛兵排起長隊，向著殘垣斷壁鼓掌。黑五說：這是毛澤東思想的偉大勝利！讓我們歡呼吧！」小學校長金世鑫突然跪倒在地，「仰天長嘯：日頭村的文脈斷了，文脈呀！沒了文脈，我們和子孫後代都要成為野蠻人啊！」接著是批鬥金世鑫。這一切都是在造反司令權桑麻指使下完成的。金家和權家有世仇，這個世仇可以追溯至土改。故事講述者老辴頭追憶說：

我一下子想起了土改。權家和金家鬧出了人命。

我眼前浮現了那悲慘的一幕。村農會主席是腰裏硬他爹權均義，他派權桑麻他爹權老歪帶民兵到地主家去封鎖財產，叫做「封家」，貼上封條，嚴禁動用。我是民兵，權老歪也帶我去了。

我們路過金家的時候，權老歪瞅見了鄉紳金成功。權老歪站住了，歪著脖子說：金成功家有過雇工，他咋沒評上地主啊？有人說：

人家是鄉紳，有文化，受人敬重！權老歪劈頭就罵：啥雞巴鄉紳，就是大地主！把金家也給我封了！我心發軟，退了兩步。

權老歪瞪了我一眼，親手把金家封了。

隔了幾天，開展鬥爭地主。村裏農會召集開了鬥爭會。權老歪主動請戰，鬥爭金成功，強迫金成功主動交代剝削、壓迫農民的罪行。那一天，金成功被拉到狀元槐下，金成功不服，權老歪像虎狼一樣，把金成功扒光了衣裳，往他身上潑大糞。權老歪嗤嗤地笑，笑時捂著嘴巴。這笑聲像刀子一樣戳在我的心上，我腦子一懵，反應不過來。

權老歪踹了金成功一腳，金成功摔倒了，滿身臭糞。

權老歪逼迫金成功在大糞上爬，又一桶大糞潑上去，金成功被糞淹了，金成功在糞便上爬著，摔倒，趴著不動了，慘不忍睹。權老歪歪著腦袋狂笑著。正午時分，權均義和工作組過來了。權均義大罵權老歪：咱祖宗可沒幹過你這號瞎事啊！權老歪見權均義怒了，這才罷了手。我和二楞將臭哄哄金成功背到家裏。屋裏有一股難聞的臭糞味。金成功灰著臉，已剩了半口氣，夜裏就上吊自盡了。

後半夜，權老歪得了怪病，大叫一聲，吐血而亡。

唉，金家和權家的仇冤啥時了啊？

於是，權家與金家的爭鬥，成了日頭村一直未變的生活政治。「權桑麻掌權以後，視天啓大鐘、狀元槐和魁星閣為眼中釘。」權桑麻的這種仇怨，只因為日頭村的這三個文化符號與金家有關。因此，從土改一直到文革，權家一直沒有終止對金家的打擊和爭鬥。這幾個事件，集中表達了日頭村鄉村文明和倫理的崩潰過程。

這個過程當然不是始於關仁山，丁玲的《太陽照在桑乾河上》、周立波的《暴風驟雨》、趙樹理的《李家莊的變遷》等反映土改鬥爭的小說，都有詳盡的對地主鬥爭和訴諸暴力行為的描寫。比如對錢文貴的批鬥、對韓老六的批鬥，而李如珍則在批鬥中被活活打死。那個時代，只要把人命名為「地主」、「富農」，無論怎樣羞辱、折磨直至肉體消滅，都是合法的。而這些反映土改鬥爭的小說，都對這些暴力行為給與了熱情讚揚，這一立場在今天看來是需要討論的。從某種意義可以說，鄉村中國鄉紳制度的終結，也就是鄉村中國

文明崩潰的開始。《日頭》也寫到了日頭村的這些場景，從土改到文革。但是，關仁山不是在謳歌這些暴力和破壞行為，他在展現這些場景的時候，顯然是帶著強烈的反省和批判立場的。

小說中的兩個主要人物——金沐竈、權國金，他們都是當代鄉村青年。但是權國金，繼承了祖上仇怨心理，無論是戀愛還是日頭村的發展道路，一定要和金沐竈鬥爭。這既與家族盤根錯結的歷史淵源有關，同時也與父親權桑麻的灌輸有關。權桑麻曾說：「老二，你哥不在，爹跟你說幾句私密話。這麼多年來，你爹最大的貢獻是啥？不是搞了企業，不是掙到了多少個億的錢，而是替權家豎了一個敵人，就是金家。不管金沐灶救沒救過你的命，你都不能感情用事。因為，我們家族要強大，需要一個更強大的敵人。你懂這個道理嗎？」這就是權桑麻的鬥爭哲學。

但是，改變鄉村命運更強大的力量或許還不是權、金兩家的爭鬥。日頭村也終於在招商引資的潮流中辦起了工廠，權家掌控著工廠。老軫頭和金沐竈曾有這樣一段對話：

> 年輕人都進了企業，或是去外地打工，不管土地的事兒。只有年老的在地裏巴結，莊稼長成拉拉秧，只能混口飯吃。工業把土地弄髒了，河水泡渾了，長出的東西，都是髒的。我坐在地頭，一坐就是老半天，看著那些青草長出來，越長越高，埋了莊稼，埋了一塊地一塊地的莊稼，後來，莊稼地成了草地。他們不要莊稼了，不要糧食了。一想這些，我就哐哐地敲鐘，敲得漫不經心，隨意自如。

> 金沐竈也常常發呆。那天他和我並排坐在地頭。我掐了老煙葉，嘴唇舔了紙，給他包了一個喇叭筒煙捲。金沐竈默默吸了兩口，說：資本的威力太大了。我這個小鄉長沒招兒啊，沒人聽我的。我吸著喇叭煙說：你是鄉長，都沒人聽，那更沒人聽的這個敲鐘的！金沐竈說：軫叔，我當這個鄉長，這就是我想要的結果嗎？我想在工業化和現代農業發展上找到平衡點，但找不到。工業化太強大了，擋不住吧！

鄉村中國的發展並沒有完全掌控在想像或設計的路線圖上，在發展的同時我們也看到，發展起來的村莊逐漸實現了與城市的同質化，落後的村莊變成了「空心化」。這兩極化的村莊其文明的載體已不復存在；而對所有村莊進行共同教育的則是大眾傳媒——電視。電視是這個時代影響最為廣泛的教育家，電視的聲音和傳播的消息、價值觀早已深入千家萬戶。鄉村之外的滾滾

紅塵和雜陳五色早已被接受和嚮往。在這樣的文化和媒體環境中，鄉村文明不戰自敗，哪裏還有什麼鄉村文明的立足之地。鄉村再也不是令人羨慕的所在，很多鄉村，大可以用「荒涼衰敗」來形容。與此同時，「鄉村的倫理秩序也在發生異化。傳統的信任關係正被不公和不法所瓦解，勤儉持家的觀念被短視的消費文化所刺激，人與人的關係正在變得緊張而缺乏溫情。故鄉的淪陷，加劇了中國人自我身份認同的焦慮，也加劇了中國基層社會的秩序混亂。」（見《中國新聞週刊》總第540期特稿《深度中國·重建故鄉》，2012年3月29日。）這就是鄉村文明崩潰的前世今生。

在火苗的說服下，權國金把魁星閣又建了起來。但是在金沐竈看來：「這表面看是好事，細想想，這又不是什麼好事，也許是一個陷阱，是一個難以預料的災難。如果不在人心中建設魁星閣，浮華的建築當年震不住權桑麻，以後它照樣震不住權國金的。我對未來的魁星閣還是充滿憂慮啊！是什麼讓我這樣憂慮，它的深層原因到底是什麼呢？」作為鄉長的金沐竈顯然看到了鄉村中國文明的淪陷，但是他又能怎樣呢？

谷縣長批評權國金招商不利。權國金便夥同鄺老闆破壞耕地挖湖，為了動員村民拆遷，人們都被趕到簡易安置房裏去了。但是：

　　這嚴酷的一天，說來就來了。

　　一輛輛警車，警察趕來了。在拆遷現場拉開了警戒線，還出現了特警，特警們拿著盾牌，車裏備著催淚彈。

　　開場是權國金蠻有氣勢的講話：鄉親們，今天的日子應該記入日頭村的歷史。我們搞城鎮化，搞現代農業，就得大量轉移農民。必須不惜一切代價把農民轉移出去，別面看，我們沒離開燕子河，沒離開這塊地兒，其實，是質的變化，你們由農民變市民啦！這是大轉型時代，大夥都忍點痛苦，作出一點犧牲，也是給國家做了貢獻。我堅信，我們明天的日子會越來越紅火，我權國金，代表村委會謝謝大家啦！

　　他說著，鞠了躬，還掉了掉眼淚。

於是，「村口的石碑被挖了出來。蠍蠍揮舞大錘砸著，兩聲脆響，石碑斷裂了。」石碑是一個象徵性的事物，石碑的斷裂表明日頭村已不復存在。當鄉村文明的載體已經被徹底顛覆的時候，鄉村文明哪裏還有藏身之地。

　　權國金不止是日頭村獨特的人物。從某種意義上說，他是中國從土改經文革再到鄉村城鎮化改造過程中，形成的「特權農民」的一個典型。他不僅作風上專橫跋扈，而且個人品性上厚顏無恥，從個人生活，比如失去性功能後專門拍攝女人的腳，一直到後來的侵吞佔地款。鄉村文明的終結雖然是中國社會發展整體趨勢決定的，但是，在鄉村中國內部，即便沒有外力的推動，傳統鄉村文明也在權國金這類人物的踐踏下名存實亡了。

　　小說中的老槐樹流血、血燕、天啓鐘自鳴、敲鐘不響、狀元樹被燒大鐘滑落響了三天三夜、枯井冒黑水、紅嘴烏鴉的傳說等，都有《白紙門》的遺風流韻，也有《百年孤獨》的某些影響。這些魔幻或超現實的筆法，豐富了小說的文化內涵；另一方面，小說用中國古代審定樂音的高低標準「十二律」作爲各章的命名，不僅強化了小說的節奏感，同時與小說各章的起承轉合相吻合。這一別開生面的想像，也是中國經驗在《日頭》中恰到好處的表達。《日頭》是關仁山突破自己創作的一次重要的挑戰，一個作家突破自己是最困難的。關仁山韜光養晦多年，他用自己堅實的生活積累和敏銳觀察，書寫了日頭村傳統文明崩潰的前世今生，實現自己多年的期許。他對鄉村中國當下面臨的問題的思考和文學想像，也應和了我曾提出的一個觀點：鄉村文明的崩潰。並不意味著對鄉村中國書寫的終結，這一領域仍然是那些有抱負的作家一展身手前途無限的巨大空間。

　　與關仁山處理鄉村變革歷史不同的，是范小青處理當下鄉村生活的《我的名字叫王村》。這部長篇一改她相對寫實的特點，而是用了對她來說並不常見的極端荒誕、變形和寫實交織的方法。小說的情節非常簡單，就是丟掉一個患有精神分裂病人的家庭成員和尋找他的過程。「弟弟」因爲有精神分裂症，便想像自己是一隻老鼠，這並沒有引起一個窮困家庭過份的關注。但是，「作爲一隻老鼠的弟弟漸漸長大了，長大了的老鼠比小老鼠聰明多了，這主要表現在他把自己的妄想和現實愈來愈緊密地聯繫在一起了。比如弟弟聽到一聲貓叫，立刻嚇得抱頭鼠竄；比如弟弟看到油瓶，就會脫下褲子，調轉屁股，對著油瓶做一些奇怪的動作。開始我們都不知道他是什麼意思，後來才想通了，那是老鼠偷油。我們誰都沒有看見過老鼠是怎麼偷油的，只是小時候曾經聽老人說過，老鼠很聰明，如果油瓶沒有蓋住，老鼠會用尾巴伸到油瓶裏偷油，弟弟學會了運用這一招式。弟弟還會把雞蛋抱在懷裏，仰面躺下，雙手雙腳蜷起，如果我們不能假裝是另一隻老鼠把他拖走，他就會一直躺在那裏。」

　　然後是由哥哥王全帶著弟弟看病。到神經科給一個精神病人看病本身就充滿了懸念，弟弟聽不懂除了王全以外任何別的名字，哥哥只能使用王全的名字給弟弟看病。於是王全便理所應當地與醫生護士構成了險象環生的各種誤會。弟弟的病是不會醫好的，家人一致通過遺棄弟弟。於是哥哥王全帶著弟弟踏上了通往臨縣的路途。不管哥哥王全有怎樣矛盾叢生的心境，弟弟終於在一家小旅館裏走失了。看到這裡時，我想起了一百年前後卡夫卡的《變形記》。《變形記》開篇寫道：「一天早晨，格里高爾‧薩姆沙從不安的睡夢中醒來，發現自己躺在床上變成了一隻巨大的甲蟲。他仰臥著，那堅硬的像鐵甲一般的背貼著床，他稍稍抬了抬頭，便看見自己那穹頂似的棕色肚子分成了好多塊弧形的硬片，被子幾乎蓋不住肚子尖，都快滑下來了。比起偌大的身軀來，他那許多隻腿真是細得可憐，都在他眼前無可奈何地舞動著。」格裏高爾雖然為還清父親債務、為家庭生活吃盡辛苦。但父親發現他變成大甲蟲，臉上露出的是一副惡狠和嫌惡。格里高爾忍辱負重，仍對父親順從孝敬。當一隻蘋果砸在背上，身受重傷的格里高爾終於也被妹妹厭棄。妹妹一再說「我們必須設法擺脫它」。格里高爾「懷著深情和愛意回憶他的一家人。他認為自己必須離開這裡，他的這個意見也許比他妹妹的意見還堅決呢」。格裏高爾終於在冷靜、絕望但也平和的心境中死去了。卡夫卡的《變形記》是現代派文學的奠基之作，它對新時期以來中國文學的巨大影響至今仍然沒有成為過去。值得注意的是，可憐的格里高爾不僅無辜而且無助，他最終只能走向死亡。小說表達了卡夫卡對第一次世界大戰資本主義時代病相的敏銳感知。從這個意義上可以說，范小青的《我的名字叫王村》與卡夫卡的《變形記》有異曲同工之妙。不同的是，在表現形式上弟弟是精神變形，更重要的是范小青面對弟弟的處理：弟弟雖然也像格里高爾一樣受到家裏人的厭棄並被遺棄，但關鍵是弟弟被遺棄之後怎麼辦。結果是弟弟被遺棄之後，家裏人都很不安，特別是哥哥王全。於是，哥哥王全又踏上了尋找弟弟的漫漫長途。在王全尋找弟弟的路途中，當代中國的「病相」在日常生活中逐一暴露出來。王全不斷被誤解、受騙。他從下車開始，到乘車、住店、遇到同鄉、到精神病院等，沒有一件事情不是在受騙和誤解中經歷的。王全完全迷失了自己，他是誰、誰是弟弟、他從哪裏來要做什麼都混沌一片；另一方面，在家鄉小王村，村長王長貴與王圖為了圖謀私利，在內訌中相互揭發、控告，終導致實業「大蒜 250」徹底失敗，企業血本無歸村民卻手足無措一籌莫展。

《我的名字叫王村》，整體的荒誕與具體的寫實相互交織。整體來看，小說完全是一個荒誕不經的故事，無論王全還是弟弟，他們的智力水平以及社會對他們的態度，是難以想像的。那似乎是另一個我們完全不熟悉的社會環境。但它卻以整體的荒誕預示我們了我們這個時代的真問題；在具體細節上，小說的每個細節幾乎都經得起認真追究。比如王全下車住店的整個過程，比如在精神病院裏的每一個細節的處理，都達到精雕細刻的程度。那些讓人忍俊不禁哭笑不得的精神病人的思維方式和行為方式，不僅令人會心更令人倍感酸楚。小說顯示了范小青持續的創作能力，更重要的是她對當下中國社會生活的整體判斷和感知。道德水準的全面下跌，是我們取得巨大物質財富付出的最大代價，是我們可以感受卻未道出的真實存在。這就是當今中國的最大「病相」。所不同的是，范小青在處理這一巨大社會問題時，她不是以決絕的否定和絕望的姿態——王全從未放棄過對弟弟的尋找——儘管不無悲壯卻注定是悲劇，但一直是小說的主線，尋找就是還有希望，就是人性還未全然泯滅。這一點，對范小青來說，她又是對卡夫卡決絕和絕望的逆向寫作。當然，這裡也不乏范小青的謹慎和理性——那最後的「我的名字叫王村」，與其說是弟弟的「奇跡」，毋寧說是作家對社會病相有所限定以及小說整體構思的奇跡。

對於鄉村中國的當下狀況，我們可以有多重描述。一方面是城市化進程不斷加快，鄉村文明的崩潰已無可避免。這一點我們不僅在虛構的文學作品中屢見不鮮，而且在多種非虛構的信息中也耳熟能詳；另一方面，不同地區發展的不平衡性，也決定了並不存在一個「統一的鄉村」。於是我們看到，在不同作家的鄉土文學作品中，差異性仍然是一個普遍的存在。特別是那些發展相對緩慢、商業主義和消費主義尚未完全滲透的鄉村，傳統文明在生活中仍然具有支配性。王妹英的《山川記》所講述的桃花村，就是這樣一個所在：

> 桃花村四面環山，藏於溝谷。九道山梁依勢向谷而奔，一山獨起谷中，大有九龍抱珠之勢。一條小河奔流而過，名字叫作石頭河。點點村居宛若散星，西臨蒼岩樹，東依鳳凰翅，地勢風貌，疏朗俊逸，山谷隨意而馳，有彎便拐。老輩人說先周老祖曾在此立國，到了公劉之父周老王時，有人報告說桃花村龍氣積聚，為祥瑞之兆。為了江山永固，周老王命人在此疏濬河道，龍脈暗藏，飛鳥低回，人丁繁盛。桃花村位於老城東南三十公里處。百多戶人家，人不過千，劉姓、李姓占到八九成以上。

一個詩意的、田園牧歌式的所在，就這樣在作家的筆下被描摹出來。這種村志和鮮明的抒情筆致，從一個方面表達了王妹英對桃花村溢於言表的摯愛之情。這一鄉村中國的表達方式，其譜系可追溯至新文學發端時期，魯迅、蹇先艾、艾蕪、沙汀、沈從文等。但是，到了王妹英筆下的桃花村，想像與現實的鄉村發生了分裂：此時的桃花村正在上演文革，桃花村的地富反壞正在被批鬥，即將莫名其妙變成地主婆的香蓮此時命懸一線……桃花村籠罩在一種陌生和彼此仇怨的緊張中。小說書寫了桃花村從文革一直到改革開放近半個世紀的歷史，塑造了東明、藍花、二喜、小山、翠平和東明爹鐵石、香蓮、二喜爹媽、三寡婦等形象。這些形象雖然可以在百年鄉土文學的大傳統裏找到各自的原型，但在王妹英的講述中，他們不僅有堅實的生活質感，重要的是有鮮明的時代特徵。特別是東明和藍花，他們在鄉村文明的哺育下，藍花集鄉村中國女性優點之大成，她美麗、多情、勤勞、堅忍，幾乎就是《人生》中巧珍的轉世，卻更高於《人生》中的巧珍，她能看出平凡生活的美和意義；她始終愛著東明，但嫁給二喜後，也能一心和二喜過日子；東明是這個時代的理想人物，他婚姻不幸，沒有娶到藍花。但他自尊自重，沒有隨波逐流放縱自己，他有機會但都把持住了自己。最後成為大河縣的父母官。傳統鄉村文明在東明身上依然閃爍著動人的光彩。但是，變化的世風不可能不影響到桃花村。二喜爹和三寡婦的風流事，山村裏日常生活中的摩擦或掣肘時有發生；特別是小山這個人物，金錢至上的價值觀使他徹底背離了桃花村的文明，他卷走耐火材料廠的公款，出賣桃花村的礦藏，直至礦窯崩塌數十人被活埋，最後逃離了桃花村。王妹英書寫了桃花村的歷史變遷，這個歷史，是鄉村中國正在經歷的切近的歷史，它不是作家杜撰和想像的歷史，它來自於生活本身。王妹英曾說：「現實是一種力量，這種力量，往往始於真實，時光會把這些真實記錄下來。它不是只屬於今天或是昨天的產物，也不只是某個人的真實，而是時代的真實。雖然這真實有苦也有疼，即便是最有理由的苦和疼。然而，那就是我們的一切。對於現實生活，也忍不住要表示感激。或許那些逝去的歲月早已沉默，卻留下了會說話的大地、石頭和我們自己。現實並不完美，不完美才更需要正視、存疑、探究和改良。(《人民日報》2013年2月8日)

在這種「千年未有之大變局」中，王妹英也不免躊躇。一方面，她對傳統的鄉村文明充滿眷戀，那裏流淌的詩意的文明她有充分的書寫，這裡的合

理性在於，這種文明的超穩定性的內在結構，對族群的生活方式、行為方式、思維方式以及道德準則具有支配意義的功能並沒有完全成為過去。這種具有「超穩定」意義的文明，雖然也處在不斷被建構或重構之中，但在本質上並不因時代或社會制度的變遷發生變化；而這種文明的代表性人物，就是小說著墨最多，用力最勤的束明和藍花；儘管如此，現代性還是具有歷史合理目的性，它是不可阻擋的，這不以任何個人的意志為轉移。王妹英對小山等的批判同時也隱含了她對呼嘯而下的現代性的某種隱憂。《山川記》就這樣寫出了鄉村中國歷史變遷的兩難處境，兩種不同文明的衝突還使作家難以找到解決的可能。我想這不是王妹英個人的猶疑和矛盾，那應該是我們共同的困惑。

二、個人的船帆與歷史的大海

范穩的「大地三部曲」(《悲憫大地》《水乳大地》《大地雅歌》)的影響仍在文壇迴響，那邊地的文化和信仰塑造的獨特人物，使范穩的創作在文壇獨樹一幟卓然不群。多年後，范穩離開了這一創作領域，他開掘了一個新的創作資源——在現代歷史的長河中追問個人的命運、特別是知識分子的命運。這是一個重要的社會歷史問題，尤其在現代中國。自九十年代開始，關於知識分子命運的思考和檢討，曾是知識界一個重要的話題，那裏當然也隱含了部分知識分子關於個人道路選擇的思考。但是，在現代中國——當然也包括未來，知識分子個人道路和命運的選擇，是否掌握在個人手中，仍然是一個懸而未決的問題。或者說，九十年代推崇的陳寅恪、吳宓等知識分子個人道路的選擇，並不具有普遍性，陳寅恪、吳宓等人的道路，也並不是所有知識分子道路選擇的樣板。

事實的確如此。范穩的這部長篇小說——《吾血吾土》開篇第一句話就是：「那麼，你現在如實地向組織說清楚，1949年以前，你在幹什麼？」詢問者是雲南文學藝術家聯合會籌備處的領導李曠田，回答問題的是一個歷史面目不清的叫做趙迅的人。小說的這個開頭奠定了趙迅此後一生的命運：他一直處在審查、詢問、坐牢、改造的過程中。但是，趙迅只是這個主人公的一個名字；關於趙迅的歷史，也只是主人公全部歷史的一部分。於是，小說變得複雜起來。趙迅還叫趙魯班、趙廣陵、廖志弘等。每一個名字背後，都有與主人公相關的秘史。那真是一個亂世，趙迅就如一個人乘坐著船帆，在歷史的大海上沒有方向地闖蕩。大海喜怒無常，更糟糕的是，趙迅乘船的這個

歷史時段，大海一直沒有風平浪靜的時候，他一直處在波峰浪谷之間。因此趙迅的命運從未掌握在個人手裏過。

按說，趙迅是在亂世見過大世面的人。他雖然自學成才，只念過高中，但他見過西南聯大的聞一多教授，在國民黨部隊裏深受名將李彌軍長的賞識，他經歷過血與火的戰事，獲得過「四等雲麾」勛章。但是，他就是說不清楚個人的歷史。但是又有誰能夠說清楚呢。50 年代初期非常賞識他的那位雲南文聯籌備處的領導、雲南文聯第一任主席的李曠田先生，後來居然和趙廣陵同樣在松山勞改農場一起改造，並經歷了刑場的「陪殺」：

> 一陣排槍響後，江水凝固，太陽沉落，松山矮了下去……但這
> 不是死亡，也不是天堂的景象。趙廣陵依然跪著挺立在刑場上，他
> 轉頭四處張望，發現李曠田和他一樣跪得筆直，只是頭低垂，像是
> 很害羞的樣子，又像在思索生與死的界限……

這不是歷史的倒錯，也不是作家的虛構想像。在一個監獄或勞改場所，這樣的景象確實發生過並且不是個別的。松山曾是趙廣陵和日本鬼子血戰過的地方，現在卻變成了自己的囚禁之地，並且還有共產黨人。

《吾血吾土》也有如涓涓細流般的柔軟片段。那是趙迅只能想像不堪回首的過去──他曾和一對親姐妹的戀愛與婚姻。當年的趙迅是文藝青年範兒，他是劇社的導演。於是舒家大小姐舒菲菲愛上了趙迅，但舒菲菲執意和家人去了臺灣；趙迅鬼使神差地和妹妹舒淑文結了婚。妹妹舒淑文之所以留下來取代了姐姐，是舒淑文真愛這個才華橫溢的趙迅。但趙迅一波三折的命運，為了孩子的未來，舒淑文只能選擇和趙迅離婚嫁了他人。如果說小說中人物命運的陞降沉浮都是作家安排的話，那麼，當小說寫到趙迅的兒子也曾「告密」，心理也多有陰暗的時候，我們被震驚了：過去的文化是有承傳性的，尤其那些惡劣的文化性格，竟是無師自通。這不是對趙迅個人曾經告密的報應，這也是一種我們不曾留意的文化基因。小說結束於趙廣陵送廖志弘的尸骨還鄉，那曾經「死去」的趙廣陵的真實身份是廖志弘。趙迅、趙廣陵的另一段不明的歷史也由此發生。但是，這個結尾意味深長的是，說不清道不明個人歷史的豈止是趙迅一個人？還有多少人的歷史和個人命運默默無聞以致陰差陽錯。因此，《吾血吾土》講述的不止是趙迅、李曠田和廖志弘的個人悲劇，小說要說或隱喻的，當然還有很多。我對小說略有不滿足的是：關於趙迅個人苦難的情節過於密集。這不僅使趙迅作為小說人物有明顯的人為痕跡，藝術的真實性受到影響，也使小說內在

節奏一直趨於緊張中，小說張弛之間沒有間隔和距離，使閱讀一直處於疲勞中。即便如此，我仍然認為，范穩的《吾血吾土》是今年最優秀的小說之一。它複雜的結構、沒有疏漏的人物和細節設計、以及水到渠成的悲劇效果等，都是值得肯定和稱贊的。

　　與范穩《吾血吾土》在題材上相近的是衣向東的《向日葵》。「九一八事變」之後，東北作家群的抗日作品空前繁榮，最有代表性的是蕭紅的《生死場》和蕭軍的《八月的鄉村》；「七七事變」之後，抗日戰爭全面展開，抗戰題材的文學藝術也隨之日益高漲。東北作家群的小說、國統區和解放區的抗戰戲劇、電影等，成為三、四十年代之交最重要的文藝現象。抗戰文藝對於民族的整體動員起到了巨大的作用，它使民眾通過藝術的方式瞭解了民族的危亡和危險，並激起了他們保家衛國的決心和勇氣。殘酷的戰爭場景、血腥的暴力場景和母親送兒上戰場等英雄主義場景，是抗戰文藝最常見和歷久不衰的經典場景。國族動員的訴求就是同仇敵愾，於是，每當戰鬥即將展開時，「請戰書像雪片般地飛向連隊」，也是我們經常看到的文字敘述，中國人民在反侵略戰爭中的高尚、純粹和勇於犧牲，在這類文藝作品中表達的最為充分；這樣的場景一方面表達了參與戰爭的人對非正義戰爭、侵略戰爭的正義感和無畏精神。但另一方面，它也不經意地表達了對戰爭這一事物本身的態度。戰爭結束之後，當代文學史上確實也創作了一些表達「抗戰記憶」的作品，比如像《烈火金剛》《鐵道游擊隊》《敵後武工隊》《平原槍聲》以及其他電影等。但這些作品更注重表達的是對戰爭勝利過程的描述，以及對戰爭勝利的慶祝。而對戰爭本質更深入的揭示還沒有完成。因國族動員需要而形成的表達策略，使這些作品對戰爭的價值判斷淹沒或遮蔽了對戰爭這一事物本身的思考。或者說，對反侵略戰爭、反對非正義戰爭因國家民族的敘事而忽略了戰爭對具體人構成的精神影響或心靈創傷。在這一點上，我們和西方以二戰或其他戰爭題材的作品所表達的思想和關懷對象是非常不同的。

　　近年來，表達抗日的文藝作品特別是電影，又形成了一個高潮。但是我們還是沒有看到希望看到的感到震撼的大作品。衣向東的《向日葵》，也是一部反映抗戰的長篇小說。這部小說的不同就在於它塑造了一個我們不曾見過的人物白玉山。這個人物是一個花花公子，他本已娶妻生子，但最大的嗜好還是逛窯子，並且有一個紅顏知己小白菜。白玉山作為一身惡習的民間人物不足為奇。但是他的過人之處是懂得冶煉技術和機械製造，而當時膠東八路

軍九縱隊正在籌建自己的兵工廠，技術人才奇缺。廠長周海闊和日軍兵工廠展開的搶奪白玉山的鬥爭，八路軍最終爭取到了白玉山。這樣一個人物進入八路軍隊伍，與周邊人物的關係是可以想像的。但是用人之際，周海闊做了最大的妥協和讓步。他不僅為白玉山提供了最好的伙食，還委派一個女工槐花照顧他的生活。兵工廠的其他領導和戰士自然看不過去，特別是政委陳景明，認為這是兵工廠的一個「毒瘤」，一心想把他清除出隊伍。但是白玉山沒有辜負周海闊的期望，他為兵工廠解決了許多技術難題。在一次為八路軍運送武器時，遭到了日軍的包圍，為了保護武器犧牲了許多戰士，這是白玉山思想轉折的重要事件；日軍得知白玉山參加了八路軍兵工廠便追殺他的家人，親人的罹難使白玉山的思想發生了徹底變化。一個花花公子似的人物終於成長為一個革命戰士。

小說因故事情節的傳奇性具有很大的可讀性。小說對白玉山和小白菜的情愛描寫也很有特點，特別是窯姐小白菜，其情操氣節可圈可點。當然這裡也有未能免俗的某種共性，「妓女」不是李香君就是柳如是，妓女幾乎就是女英雄的另一種命名。對小白菜死亡方式的詩意想像，也多有不真實或造作之感。小說對白玉山的塑造和思想性格的轉變也合乎情理。但是，小說對白玉山重要性的誇大以及周海闊的妥協並不在情理之中，特別是他要求下山到窯子裏見小白菜的情節，幾乎就是荒誕不經了。因此，在文學性的意義上應該說，《向日葵》並沒有提供更多值得重視的文學經驗，寫一個人的轉變，無論這是一個什麼樣的人，都沒有脫離一個固有的即「落後—進步—凱旋」的模式。而對於人在極端環境下內心的複雜性和豐富性的揭示，似乎還缺乏更有效的想像。

三、新文明的興起與動蕩的城市

多年來，荊永鳴一直以「外地人」的身份和姿態進行小說創作。他的《北京候鳥》《大聲呼吸》《白水羊頭葫蘆絲》等為他贏得了極大的聲譽，他成了「外地人」寫作的代表性作家。這篇《北京時間》還是他「外地人」寫的北京故事，還是他以往外地人看北京的視角。實事求是地說，這些年「北京故事」或「北京往事」漸次退出了作家筆端，書寫北京的人與事已不多見，其間的緣由暫付之闕如。荊永鳴的「北京故事」與以往老舍等「京味小說」並不完全相同：老舍的「京味小說」是身置其間的講述，他就是老北京，因此，關於北京的四九城、風物風情、習俗俚語都耳熟能詳信手拈來。而荊永鳴則

是外來視角，是通過觀察和認知來描摹北京的。但有一點相同的是，他們寫的都是平民的北京。這一點非常重要，今天的北京表面看早已不是平民的北京，它是政治、文化、商業精英和中產階級以及白領階層的北京。是這些人物在主導著北京的生活和趨向。因此，如果沒有北京平民生活的經驗，要想寫出北京平民的魂靈是沒有可能的。

荊永鳴多年「飄」在北京，他的生活經歷注定了他對當下北京的熟悉，在他的小飯館裏，五行八作三教九流都穿堂而過，永鳴又是一個喜歡並善於交結朋友的人，這些條件為他的小說創作提供了豐富的資源。現在，我們的主人公就要住進北京四合院了。他目光所及，院子是這樣的：

> 從舊的佈局上看，甲32號院就是一座老式四合院。據院裏的鄰居講，在清朝年間，這裡曾住過一位武官。如今大門外的胡同裏還殘留著一塊不完整的上馬石，只是不見了清朝的人和馬。這個古老的院落，留給現在的已經不是當年的古色古香。伴隨著時間的推移和歷史變遷，院裏「天棚、魚缸、石榴樹」的景致已全然不在，就連當初的整體格局業已面目全非。原來的「二進式」院落，不知在什麼年代，出於什麼原因，被隔成了一前一後兩個院子。一些不同年代翻蓋、或新建的房子則高低不等，大小不一。有的小庫房、小煤屋甚至是用磚頭砌成的。走進院子裏，給人的感覺零零亂亂，到處是門：廚房，煤棚，還有某戶人家用來淋浴的小木板屋等等。屋宇式的門樓下，兩扇木製大門，厚重，古舊，原有的紅漆已經剝落了，斑駁著一種煙薰火燎的底色。

北京發生了天翻地覆的變化，但是北京的底色沒有變。什麼是北京的底色，荊永鳴描述的32號院就是。北京時間一日千里，但北京人、特別是北京胡同裏的底層人，他們還是按照過去的生活方式、特別是在處理人際關係方面，還是那老禮兒和熱情。小說寫了眾多的小人物：房東方長貴、方悅、鄰居趙公安、胡冬、八旗後裔海師傅、小女孩楠楠、李大媽、馮老太太等，這些人物是北京胡同常見的人物，也都是小人物。他們和老舍的《四世同堂》《駱駝祥子》裏的人物身份大體相似。但是社會環境變了，這些人甚至與陳建功「轆轤把胡同」裏的人物也大不相同。荊永鳴在處理與這人物關係的時候，幾乎用的是寫實的手法，比如找房子租房子，找朋友牽線搭橋，比如與趙公安「抄電錶」時的衝突，海師傅的從中調停，小酒館裏的溫暖話語，小女孩

楠楠和小朋友的對話等，小說充滿了北京的生活氣息。不僅如此，荊永鳴的過人之處還在於他對所有有文學價值的生活細節的關注，比如他初入出租屋時發現的那個小日記本記錄的個人收支賬目。用敘述者的話說：「這些不同的對象和信息，既樸素又動人。它讓我發現了生活的豐富與多彩，同時給了我多少關於生命的想像！我在想，原先的房客，無論他們有著怎樣不同的生活煩惱、不同的生活激情、不同的生活目標和不同的生活信念，對於這間小屋而言，都已成為過去了。」這樣的文字，並不驚心動魄，但那裏隱含的對於生活的理解，遠遠高於正確而空洞的說教。

雖然「外地人」有自己生活的難處，雖然皇城北京人有先天的優越，但他們都是好人，都是善良的普通平民。小說最後，方悅從日本打來了電話，與小說敘述者有一段非常爽朗又曖昧的對話，重要的是，方悅回國還要和他在「老地方」見面。他們要說什麼和做什麼已經不重要，重要的是，普通人之間建立的那種不能磨滅又發乎情止乎禮的情感。於是，《北京時間》就意味深長了。它雖然寫的是當下，但卻渾然不覺間寫出了當下瞬息萬變轉眼即逝的歷史時間，這個變化之快實在是太驚人了。僅此一點，《北京時間》就不同凡響。

《北京時間》寫的是北京平民的日常生活。商國華的《我們走在大路上》，寫的則是國有大型企業改革。這是非常有難度的題材。這部作品是我期待已久的一部長篇小說。原因是，東北老工業基地的整體調整改造，是一個巨大的歷史事件，它是國家整體戰略的一部分，企業轉型和產品升級換代，是每個企業面臨的必然選擇。這一重大的事件，還不曾有作家直接表達過。這個期間老工業基地經歷的一切，顯然具有巨大的文學表現價值。其中的問題與其說是複雜，毋寧說是殘酷。20世紀80年代以來，特別是「九五」後期以來，從總體上看，東北老工業基地的調整改造取得了一定成效。但是90年代以來，在新一輪經濟結構調整和深化體制改革的進程中，東北老工業基地未能抓住機遇，像上海、青島、武漢等老工業基地那樣在改造調整方面取得突破。相反，受歷史因襲和各種因素的影響和制約，東北老工業基地改革開放和結構調整的步伐相對滯後，成為體制矛盾和結構矛盾最為突出的地區。其主要問題是產業結構調整緩慢，新興產業比重過低；其次是產業競爭能力下降，市場份額逐步萎縮；第三是資源面臨枯竭，缺乏後續替代產業；東北地區國有經濟在社會總資本中比重過高，分佈戰線過長，佈局不合理。另一方面，「老工業基地改造等於單個老工業企業的技術改造」的公式，使得老工業基地改

造難以取得突破和實效。如何解決這些問題和矛盾，就是《我們走在大路上》
表現的基本內容。因此，這是一部立足老工業基地現實，真實反映老工業基
地調整改造的作品。它氣壯山河的氣勢、大工業時代的格局和氣象、老工業
基地工人階級感人的整體風貌等，構成了《我們走在大路上》的鮮明特徵。

東北老工業基地，曾被稱為「共和國的長子」、「共和國的總裝備部」。它
驕人的過去，即便在衰敗時期，仍然是工人階級不能褪去的記憶。一個出租
車司機曾向作品的主人公這樣描述過它的過去：

> 這條路兩邊的大工廠，可都是共和國的功勳廠。功勳知道吧！
> 我也是從蘇聯、朝鮮電影那裏知道的。「功勳」按中國說法就是功臣
> 吧！這些廠，大都是共和國「一五」期間建起來的，每家工廠都有
> 一本創業史和光榮史，共和國許多國字號的新產品，有許多是出自
> 這些工廠。特別是許多號稱「共和國第一的產品」。這麼說吧！你隨
> 便進到哪家工廠的榮譽室，都會見到那些他們當年創造新產品照片
> 和獎狀。

但是，時過境遷，「這幾年，一個個都像霜打的茄子，說蔫就蔫了。說句讓人痛
心的話吧，如今這條路上的工廠，七成都是鐵將軍和蒿草把門了。過去北陽人
把這條街叫共和國工業的裝備部，如今呢，有了一個不雅的新名，叫它下崗一
條街，也有叫工人度假村的。」這種巨大的差異性，不身置其間的人永遠難以
體會。因此，老工業基地人民經歷的歷史巨大反差，如利刃劃過皮膚。

小說在國有特大型企業北陽重礦公司展開。企業體制的問題，帶來的是
企業生死存亡的問題：「一個企業說不行就不行了」，企業債務、銀行貸款、
退休工人數九寒天坐在馬路上、醫生流失、車間停產，企業甚至連水費都繳
不起，幾千人一夜間成了無業遊民，「掐水」風波險些釀成重大群體事件……。
公司老總王光漢就是在這樣的背景下上任的。他沒有個人的對手和敵人，他
面對的是千瘡百孔的企業，是政府職能部門和企業的矛盾。王光漢首先從解
決企業用水開始，他果斷組織工人就地打井開采地下水解燃眉之急，然後發
掘「煤底子」解決燃煤問題。短暫的眼前問題解決之後，王光漢等人面臨的
是更為嚴峻的減員下崗問題。人浮於事、效率低下，是企業多年積累的最大
的問題之一。但是，減員下崗是關天大事。小說眾多的矛盾也由此展開。被
減員下崗的幹部工人的心情書寫得驚心動魄。王光漢的親弟弟王光學不到四
十歲就下崗是他無論如何也想不到的，減員幹部林媛也因此利用這一矛盾不

斷誣告王光漢。雖未得逞但也一波三折。然後是企業處理工人看病、房屋改造、抓資金回籠、展開國際合作、組建盾構機分公司等系列措施，終於改變了北陽重礦公司的命運。小說塑造了王光漢、汪劍、新任老總冠新陽、醫院書記向原，趙百儒、「猴腚」、范天機以及工人出身的車間主任趙長江、揚天力、女性人物林媛、逢素艷等眾多的企業轉型時期的人物形象。這些形象不僅個性鮮明，重要的是，他們是我們很少見到的與這個時代相關的國有大型企業的人物形象。特別是對工人階級主人公精神的書寫，仍然是小說最為動人的部分。比如在搶修平爐時，小說寫到了工人們奮不顧身、最危險的時候大家爭先恐後的場景：

> 這是楊天力第四次衝進平爐了。石段長和小龍在外邊數數，當他們數到第十七個數的時候，楊天力還沒有出來。石段長和小龍急了，衝進平爐，抱出了昏迷不醒的楊天力。幾十人圍著楊天力，呼喊著他的名字。小龍看見師傅的後腦部有一個口子在流血，大聲喊著：「救護車！救護車！」

這樣的場景從一個方面表達了老工業基地工人階級的精神本質。另一方面，小說在這一背景下的日常生活中展開。比如因生活所迫的逢素艷，她不得不到風月場上陪人跳舞；比如下崗工人們喬遷時的複雜心情等，使這部氣勢宏大的作品也充滿了世間風景。

《我們走在大路上》創作的時代特徵和工業生產整體環境，與「改革文學」的時代已極大不同。「改革文學」的時代，主要還是觀念的搏鬥，還是改革與保守的矛盾。但到了商國華講述的時代，無論社會還是工廠，其複雜性遠遠超出了當年的想像。另一方面，商國華雖然還沒有寫出蔣子龍的喬光樸喬廠長這樣的人物和性格，但是，他寫出了工人階級的整體性格，寫出了這個時代老工業基地整體改造、轉型的波瀾壯闊的整體氣勢。這就是「我們走在大路上」毅然選擇的光明之路。這條道路不是一帆風順的坦途，它充滿了問題、矛盾甚至驚險。但是，我們別無選擇，只因它是我們突出重圍、解脫歷史重負的必然之路。因此，《我們走在大路上》是一部寫出了這個大時代的漩渦、矛盾與選擇的優秀作品。

杜衛東、周新京的長篇小說《江河水》，也是關於企業改制的題材。如何反映、呈現或表達當下企業改制，對作家來說是一個巨大的考驗。在這個意義上，可以說《江河水》是一部敢於挑戰的表達作家現實關懷的重要作品。

爲完成這部小說，作家做過精心的準備，他們在採訪中獲得了重要的寫作資源。因此，他們書寫的主要人物及其作爲和情懷，絕非空穴來風。讀過小說之後，我認爲這是一部精心結構、氣勢宏大、情節跌宕起伏、人物形象別開生面的長篇小說。小說既有傳奇性，也有寫實性，小說通過對主人公江河形象的塑造，表達了作家對時下難得一見的英雄人物的價值、意義的追尋和探究，因此小說對當下這個非常稀缺題材的創作，在充滿文學想像的同時，也有相當深刻的思想深度。

小說的主角江河履新到東江港港務局局長兼黨委書記。他上任時幾乎是勉爲其難，他是礙於老首長的情面不得不走馬上任的。當時的副省長程志對他的期待是：「我只想告訴你，讓你這個門外漢去港務局當局長，省委、省政府是下了很大決心的。大丈夫當有鴻鵠之志，頂天立地，豈能與燕雀爲伍，苟活於世？我希望三年、最多五年吧，你還給我一個風清氣正、效益可觀的現代物流中心」。但是，江河剛一到任，就發生了裕泰號沉船的大事故：二十名乘客失蹤。一起沉船事件，卻暴露了港口管理混亂和規章制度的形同虛設。小說一開始就將江河置於漩渦之中。這樣的寫法是 80 年代以來「改革文學」的基本路數，比如《喬廠長上任記》《新星》等大體如此。但是，江河面對的現實比喬光樸、李向南遠要複雜得多。沉船事件之後，港口面臨的是企業改革、抗洪、上市等一系列重大事件。江河一直處在這些問題的風口浪尖之中。作家將江河同秦池、秦海濤、孟建榮以及徐小惠、盧茜、劉希婭、丁薇薇等人的關係中，在處理重大事件的態度立場上，充分展示了江河的過人之處和寬廣的胸懷、高尚的操守。多年的文學實踐表明，正面人物非常難以塑造，或者是虛假、不真實，或者是不食人間煙火，不近情理。但在《江河水》中，兩位作家在生活中汲取了豐富的資源和細節。因此，江河這個人物是從生活中提煉出來的，無論他執政爲官還是處理個人情感問題，都少有造作或虛假之嫌。

事實上，作家無論寫任何題材，最終書寫的都是作家自己。通過小說我們總會發現作家個人的經歷、情懷、立場和價值觀。杜衛東、周新京能夠選取這個題材，背後隱含的恰恰是他們對當下中國改革開放深入發展的深切關懷。即便是在貪官污吏層出不盡的時代，他們對中國的前景仍充滿信心；另一方面，江河這個正面人物的塑造，與作家的文學觀有很大的關係。杜衛東說：「在小說創作中，敘事主體占據著舉足輕重的地位，無論『敘什麼』和『怎麼敘』都會受到敘事主體的敘事觀念和個性的制約，反映出敘事主體獨特的

審美趣味和文化品格。薩特在《為什麼寫作》一文中指出，文學的寫作活動就是文學主體對社會的一種介入。因此，作者在寫作中不能偽裝中立，而必須『在審美命令的深處覺察道德命令』。」在杜衛東看來，歸根結底，「文學的使命是讓人離野獸更遠而不是更近」。（張黎嬌：《杜衛東〈江河水〉：解讀為官之道〉，中國青年報 2014 年 9 月 9 日）

另一方面值得稱道的，是杜衛東的歷史觀。這主要體現在對有問題人物的處理上。比如秦池，他是港務局的主要領導之一，他是我們在各種信息中常見的幹部：他冠冕堂皇假公濟私，遇到問題搪塞推諉，比如沉船事件；為了個人平穩退休，不惜製造矛盾為個人騰挪機會等。他是一個常見的貪官，但他同時也是一個孝子，對待親人和朋友，他也確實誠懇有愛。他不是一個符號化臉譜式的人物。因此，作家在處理這類人物時，盡可能歷史地、客觀地書寫，使這個反面人物也真實可信。這是值得稱道的。還有丁薇薇這個人物，她雖然是個走私的不法商人，但她對江河的感情也確有可圈可點之處，她是真心地愛著江河而沒有商場上的奸詐或算計；劉黑子是一個刑滿釋放的江湖人物，江河初來乍到時，劉黑子曾將刀架在江河脖子上，要求為他恢復公職。他的「渾不吝」和江湖氣非常生動，最後他死於知恩圖報很是慘烈。這些眾多的有個性的人物，使《江河水》如奔騰咆哮的層層巨浪，在我們心中激起巨大的浪花。

杜衛東、周新京是深懷理想主義和英雄主義情懷的一代人。小說有他們這代人鮮明的思想印記。他們相信，像副省長程志、市長韓正、港務局長江河以及老盧頭這樣的幹部和人物還大有人在。不然，這個時代的蓬勃發展就是不可能的。也正是有這樣人物的存在，「民族復興才不會成為神話」。無可避諱的是，《江河水》是一部傳統意義上的「主旋律」小說。對這類小說文學界有不同的看法，這也是正常的。但是這類作品也確有它的價值。一個作家有現實關懷理應得到支持，特別是他們將這一關懷用文學的方式表達出來的時候。這也誠如作者所說：「其實，在黑暗中發現光或許是最難的。」但是，在美學的意義，難的，才是美的。

四、知識分子：還是有話要說

儲福金的小說有古風，有鮮明的古典氣質。他的小說無論長篇短製，都與他對圍棋的理解和認知有關。我曾經說過，儲福金的小說寫聚散、寫情義、

寫無常和人間冷暖，這些與人相關的情感範疇，也恰恰是他對棋道和世道的理解。我對他過去的「紅樓」故事系列有非常深刻的印象。特別是在西方小說或文學觀念洗劫了文學界的時代，儲福金的堅持和努力，非常值得稱道。七年前，儲福金攜圍棋題材小說《黑白》進京，圍棋界與文學界歡聚一堂，在討論結束時，圍棋國手陳祖德先生大戰文學界六位業餘棋手，曾一時傳為美談。文學界六位棋手雖無一勝績，但因儲福金的《黑白》成就的這段佳話，為這個紅塵滾滾的時代平添了些許古風或雅趣。

七年之後，儲福金又創作出了《黑白──白之篇》，這部小說與其說是寫圍棋的小說，毋寧說是寫世道與棋道和人道關係的小說。儲福金通過圍棋「圍空」、「搏殺」、「陰陽」和「涅槃」的棋道，寫出了不同時代的世風世道和人性人道。圍棋高手陶羊子一直大隱於野，他培養很多圍棋高手，但自己一直身在民間心在雲端。這既是他的為人處世之道、性格使然，同時也是他對圍棋理解的結果。他認為圍棋的高下不在於比賽，如果去掉比賽，圍棋更能回到本來的面目。圍棋博大精深，既與智力博弈有關，又與修身養性、歷練身心有關。但是，圍棋的命運亦如人的命運，它不可能掌控在下棋人的手中。世風代變，世風不僅改變人的命運，也改變著人對棋的理解乃至下棋的風格、心氣。

如果說《黑白》寫了棋手陶羊子從民國初期到抗戰勝利幾十年的跌宕人生，那麼「白之篇」則寫了四代棋手的時運和對圍棋的不同認知。雖然陶羊子還是貫穿始終的人物，但是，彭行、柳倩倩、侯小君同樣是小說的主要人物。多個人物並置於小說中，是中國史傳傳統的一大特點。而小說中的四個人物分別與四個時代──五十年代、文革、八十年代和當下的時代環境有關。不同時代的棋手對圍棋的不同理解和認知，與時代環境的整體變遷是一種同構關係。陶羊子是從民國走過來的人物，他經歷了幾個大時代，領略了滄海桑田無常人間。比如抗戰期間認識的唐高義，解放後還是高級工程師、地質隊的一位領導，但文革期間被調查，兩人最後下一盤棋的幾年後突然失蹤了。沒有人知道他究竟是間諜還是烈士。這種無常人生與無常地棋道是如此的暗合。但是，陶羊子對圍棋的理解和認知一直沒有變化。在他看來，世風不能改變圍棋，他認為圍棋是博弈，但更是精神領域的事物。因此，他一直強調棋手的文化修養，要求棋手多讀書是提高棋藝的重要方法，下棋不僅僅是技術要求。他對下棋的功利主義和實用主義的觀念深惡痛絕。小說收束於陶羊子與徒孫侯小君的對決，最後陶羊子「睡著了」，在棋中他走完了生命的最後

一程。這是小說最為感人的華采段落。但是，陶羊子的君子之風和對圍棋的認識，在小說中漸行漸遠甚至蹤影全無。

彭行是陶羊子的學生，在技術層面或理念方面，他都能接受老師的教誨，但他一直難以達到老師對圍棋的文化信仰的境界；而柳倩倩、侯小君莫不如此。到了侯小君這代弟子，圍棋無論技術還是精神，與陶羊子一代已經大異其趣。另一方面，小說也寫出了下棋與人的性格的關係。比如陶羊子和曾懷玉下棋時發現：「曾懷玉棋上是有些天賦的，沒有專門的師傅，卻棋力不差，他下棋有大局觀，只是一旦捲入纏鬥的時候，偏偏又過於計較小處。人真是複雜，棋上也反映出這種複雜性來。」

當然，小說一直存在一個難以解決的悖論：圍棋究竟是一種精神還是一種博弈。博弈要不要勝負輸贏？究竟是圍棋馴服棋手還是棋手要掌控圍棋？在我看來，這不僅是圍棋的悖論，也是中國傳統文化一直難以解決的悖論，就如同知識分子在達與窮、進與退、居與處的矛盾中一直沒有解決一樣。但是，我更感興趣的是儲福金還有在這種悖論或矛盾中敢於再次介入的勇氣和願望。中國文化的這道難解之題也許難以窮盡，而這也可能正是它的魅力所在吧。

儲福金是在「方寸之地」展開他的想像，徐則臣則是在一個巨大的物理空間展開他關於「70 後」一代的精神世界和成長履歷。徐則臣的成名作大概是《跑步走過中關村》，由此開始了他的「京漂之旅」和「花街敘事」。「客居」和「故鄉」是百年來離鄉出走青年作家最常見的題材和路數。這個路數與現代中國從前現代走向現代的社會歷史有一種同構關係。如果是這樣的話，無論幾代作家經歷有多麼不同，但大體是殊途同歸。現在，徐則臣發表了經過六年潛心創作完成的長篇小說《耶路撒冷》。這部作品無論對徐則臣、對「70 後」作家還是對當下長篇小說而言，都有非常重要的意義。對徐則臣來說，這部作品超越了他曾發表過的長篇小說《午夜之門》和《夜火車》；對「70 後」作家來說，它標誌性地改寫這個代際作家不擅長長篇創作的歷史；對當下長篇小說創作來說，它敢於直面這個時代的精神難題，處理了雖然是「70 後」一代──也是我們普遍遭遇的精神難題。

《耶路撒冷》書寫的不是一個人的成長史，書中有五個主要人物：初平陽，一個來自小城的大學生，既有青春的騷動，也心懷大的抱負和理想。他本來可以通過求學的方式留在京城，但他又要去耶路撒冷遊學。耶路撒冷顯然是一個象徵之物，它的烏托邦意味將初平陽置於大地與天空之間；舒袖是初平陽的女

友，她曾陪初平陽「京漂」多時。但是，生活只有愛情是不夠的，它必須有所附麗。舒袖面對無所附麗的愛情還是回到故鄉嫁了富豪。舊情未了心有不甘卻又別無選擇；易長安是花街妓女的兒子，他靠在北京辦假證發了財，他縱情酒色，不斷「跑路」最後也只能被投進監獄；秦福小，花街妓女秦奶奶的孫女，她曾懷揣著對自殺弟弟景天賜的負疚和對戀人的失望而出走，後又回到故鄉。秦福小是小說中最符合男性想像的形象。她的回歸，使那些離鄉的男人們都有了「念想」；楊杰是一個北京知青的兒子，這個桀驁不馴的叛逆之子，一直行走在另一條人生軌跡上。但他還是以做正經水晶生意的方式在京城出人頭地，衣錦還鄉後洗心革面，在這個時代他堪稱「成功」。小說通過這五個人物形象和命運，書寫了來自底層的一代青年的精神困境及成長路程。

耶路撒冷是個所指不明的所在，它幾乎就是一個虛妄的能指。但是，恰恰是這個虛妄的能指，標示了一代人對理想、信仰不滅的堅持，對精神聖殿的嚮往。在價值和理想重建的時代，如何表達年輕一代的精神世界和精神履歷，應該是一道難題。它極易流於空疏、蒼白和虛假。這方面有太多的失敗例子。因此，徐則臣《耶路撒冷》的出版，在這方面為我們提供了非常可貴的新經驗。

世紀之交，李敬澤、施戰軍、宗仁發提出了「70 後」概念，他們認為這個代際的作家被嚴重遮蔽了。幾位批評家在當時提出這個問題是有戰略眼光和歷史感的。後來，這個概念廣為流傳並毀譽參半。對他們的創作，也大多流於「歷史夾縫」而鮮有新見。事實上，是否有共同的歷史記憶遠沒那麼重要。徐則臣自己也認為：「呈現出人類複雜的內心才最有深度，也最具難度。並不是非得寫大歷史，你的格局才大，才有深度，人的內心比時代更為寬闊，把內心生活寫好了，同樣可以成就史詩。」（《徐則臣：寫內心風暴，也能成就史詩》，見《北京青年報》2014 年 5 月 23 日）。一代人有一代人的生活，一代人有一代人對於文學的理解。《耶路撒冷》的發表，從創作實踐上回答了關於這代人的種種流言蜚語。1979 年，全國大學生聯合創辦的刊物就叫《這一代》，小說中的專欄文章的標題是《我們這一代》，這個命名的相似性足以說明問題：每代人都願意強調自己這一代的特殊性，其實，許多年之後，發現 50 後與 70 後並沒有什麼本質差別。當下以想像的方式建構的代際差異性，經過並不太長的時間衝洗，就會看到很可能是為賦新詩強說愁的無病呻吟。因此，誇大的差異性也是虛構的一種形式，所以也可以稱為 story。於是我越發感覺到，就內心生活而言，我們

這一代人與「70 後」是如此的相似：我們出發的時間相差二十年，但我們內心的經歷、迷惘、徬徨以及那種難以言說的蒼茫感，並沒有區別。因此，這部書寫 70 後成長過程和精神履歷的小說，同樣也深深地感動了我們。如果是這樣的話，僅此一點，《耶路撒冷》就是一部了不起的小說。

如果從小說的題目看，徐兆壽的《荒原問道》應該是一部「天問」式的作品。小說提出的問題，即道統與政統、居與處、進與退等，從傳統的士階層一直到現代知識分子，都沒有得到徹底解決。當八十年代中國知識分子試圖從整體上解決傳統與現代、中國與西方等大敘事問題逐漸落潮之後，困擾這個階層內心的真問題便又不斷浮出水面。《荒原問道》要處理的還是這個如鯁在喉揮之難去的問題。因此，說它是一部「天問」式的作品並非空穴來風。

但有趣的是，「荒原問道」只是一個具有象徵意義的小說題目。「荒原」當然不止指涉中國西部，它更寓意著這個時代的思想環境和知識分子的精神處境。而小說寫的兩個主要人物夏木和陳子興，究竟怎樣或如何「荒原問道」，事實上是語焉不詳的。因此，我更感興趣的是徐兆壽如何書寫了這兩個人物的命運。夏木在「反右鬥爭」中被放逐，村支書老鍾一家接納了他並許配了二女兒秋香，粉碎四人幫後再讀大學，與彭教授的誤解關係解除後又回到文學系教書，但他天上人間興之所至，不按照教材講反而批教材，於是被系裏「約談」，回到家裏妻子秋香也冷落他。一個特立獨行但性情古怪的荒原知識分子的命運，在今天是如此的不合時宜。最後夏木只好歸隱；陳子興少年時代經歷了一場師生戀之後，成為一種刻骨銘心的「情結」。這一「情結」與那個鐘錶匠的兒子盧梭有極大的相似性。盧梭遇上了比他大 12 歲的華倫夫人，華倫夫人叫盧梭為「孩子」，盧梭叫華倫夫人為「媽媽」。他們兩人的最初形同母子。華倫夫人出身於貴族家庭，她是因婚姻不幸出逃，並在得到國王賜與年金後而虔誠皈依天主教的。盧梭住在華倫夫人家裏，經歷了許多事，也閱讀了大量的書籍，他們一起探討人生和信仰，後來盧梭衝破了「母子」關係的界限，將自己的童貞給予了他親愛的「媽媽」。這一關係令盧梭神魂顛倒。以至於盧梭無法忍受「媽媽」的另有所愛而隻身遠走，這份愛情伴隨了盧梭的一生。陳子興就這樣與盧梭先生一樣，再也難愛上任何一個女性。此後無論陳子興如何求學和訪賢問道，有多少佳麗追求愛慕，他難以走出的還是這個情結。從這個意義上說，《荒原問道》又有了心理小說的基本要素和「懺悔錄」的某些品質。

　　小說中陳子興與黃美倫之間關係的展開以及迷戀的書寫、冬梅對愛情烏托邦的想像、夏木面對冬梅時人性的弱點、對陳子興好高騖遠一事無成的呈現等，是小說最爲華采的段落。其詩意的語言也是《荒原問道》最值得提及的。比如陳子興心中的黃美倫：

　　　　她的名字叫黃美倫，在外人面前，她永遠是我的黃老師，而在我和她的私底下，她永遠是我無名的女人，是我的至愛。我無法讀出她的名字，任何稱謂都妨礙我與她的愛情。她也願意如此。事實上（原文「事情上」疑有誤），無名也只能如此。但她名聲不好，在我還未與她相愛時，我就知道了她，還從匆匆駛過的自行車上目擊過她。之所以說是目擊，是因爲她眞會像電一樣擊中你，不僅是我，任憑誰也難逃此運。她的美，她的那種孤獨的行走，她的那種毫無畏懼，你只能被擊中。

　　美人難寫，心愛的美人更難寫。但在徐兆壽這裡，卻以「情人眼裏」的角度，極端詩意地呈現了他的黃美倫。

　　《荒原問道》如果意在求道的話，那麼，這個「道」是否在夏木和陳子興的探求方式之中是大可討論的。然而無論夏木還是陳子興，他們在「荒原」上的眞實生活和獲得的生命體驗，可能恰恰是他們沒有意識到──卻獲得了的沒有言說的「大道」。這就是「道可道，非常道」。而「道」，就這樣彌漫在天地之間的「荒原」之上。這是小說留給我們的最有價值的啓迪。徐兆壽在「有心栽花」與「無心插柳」之間，得到的顯然是後者。小說不是抽象的說教，形象永遠大於理念。小說要處理的最終還是人物命運、性格、人際關係和世道人心，而不是學院知識分子處理的那個「道」。在文化多元化和「千年未有之大變局」的時代，要想尋求一個包醫百病的所謂的「道」，無疑是緣木求魚水中撈月。但是，徐兆壽卻在不經意間寫出了兩代知識分子在人間的生命體驗──至於那個難解之謎，夏木和陳子興的「道」──也是我們共同的困惑，我們不能一勞永逸輕易破解，而「道」的魅力也許也正在於此吧。

　　2014 年的無須命名，是因爲如此龐雜的文學共同體實在難以命名。這才是「無須命名的文學年代」的眞正原因。

原載《小說評論》，2015 年 1 期

短篇小說與我們的文學理想
——2014 年短篇小說現場片段

　　短篇小說是否已經成為小眾文學的判斷不再重要。一個作家的文學理想，從來就與時尚或從眾沒有關係。2013 年的諾獎頒發給加拿大短篇小說作家愛麗絲・門羅，不止是為風光不再的短篇小說帶來了重新被關注的可能，重要的是，她讓我們看到文學理想的維護在任何一種文學樣式中都可以實現。如果是這樣的話，那麼，在 2014 年的短篇小說中，我們看到是一種對文學理想堅持的執拗，看到的是短篇小說作家孤絕的勇氣和背影。

　　對現實的關懷，是我們不變的文學傳統。當然，這個現實不止是我們置身的外部環境，同時更包括我們的心理和精神處境。鄧一光的《我們叫做家鄉的地方》，是一篇讓人心碎的小說。小說講述的是母子三人的生活境遇和情感關係：哥哥對父母一直心懷怨恨。哥哥的瘸腿與父親有關，兄弟兩人離開家時，父母將家裏微薄的積蓄都給了弟弟上學。哥哥一文不名地走向社會，也從此在情感上遠離了家鄉遠離了父母；父親去世了，母親也不久人世；如何為母親送終成為哥倆要討論的問題；但母親的心事不會在兒子們的視野裏。可憐的母親不知所措地面對兩個兒子。貧困的母親在現實中如此地無辜無助，她全部的心思都在兒子這裡，當然也在死去的丈夫那裏。儘管如此貧困——

　　　　後來我才知道，她把我寄給她的錢加上她拾菌子和挖中藥換來
　　　的錢全都捐給了抱恩寺，在寺給父親認下一塊功德碑。附近幾個村
　　　的人都那麼做，她覺得她也應該這麼做。寺裏的和尚為功德碑做法

事的時候，她很緊張的守在寺廟外，然後和寺裏的雜役一起把那塊
碑抬到寺院後面的坡地上豎起來。那塊碑並不單獨屬於父親，如果
那樣需要捐更多的錢。抱恩寺的老住持很通融，同意把姆媽的名字
刻在一大串名字的最後面，這樣姆媽就相當於省去了一半的錢，她
爲這個高興了很久，趴在臺階上給老住持磕了好幾個響頭。

有父母才有家鄉，父母在哪裏家鄉就在哪裏。母親的思想、情感和爲人處世
的方式，就是不變的家鄉。書寫中國底層的文學十多年過去了，但是，如何
處理和書寫底層生活仍然沒有終結。《我們叫做家鄉的地方》，鄧一光用他的
方式做了新的——與其說是一種探索，毋寧說是一種更爲遼遠的體悟：那更
深重的苦難也許不再生存環境中，而是在家鄉——母親心中沒有光的深處。

　　多年來，范小青的短篇小說一直在城市生活中展開。她從歷史逐漸轉移
到了當下城市生活。她寫短信、寫快遞、寫小區停車位、寫「雨涵樓」等。
這篇《南來北往誰是客》，從逃逸房租切入，將城市的世道人心和「一切皆有
可能」在另外一個領域呈現出來。房客眞假難辨，失蹤的房客和重新返回的
房客是否是同一個人，都講不清楚。一切都化險爲夷，當事人卻不知在夢裏
還是現實中。小說的講述出人意料又在小說的邏輯之中。表面上小說荒誕不
經，但卻在最眞實的意義上表達了作家對當下生活本質的認知；老作家尤鳳
偉的《金山寺》，深入到官場生活的另一個角落。官場角逐過後的答謝卻又出
了意想不到的又一玄機：在丹普寺院上香時，新市委書記尚增人爲答謝宋寶
琦的幫助，在宋不知情的情況下授意一私企老闆以宋寶琦的名義捐了 10 萬香
火錢。事發之後，面對這一情況審查部門集體緘默，宋寶琦也失魂落魄戰戰
兢兢。最後有人提出：「這事佛是一方事主，哪個願多事，惹佛不高興啊？」
就這樣，宋寶琦平穩過關，此事不了了之。但此事眞的能夠不了了之嗎？小
說餘音繞梁回響不絕。

　　新疆農場是董立勃小說基本的外部環境。他的「下野地」故事從西部傳
遍大江南北。這篇《啞巴》發生在特殊的歷史時期。特殊的歷史時期對人性
的拷問更加客觀也更爲嚴厲。啞巴哥哥朱順和母親終於爲弟弟朱民娶上了媳
婦，此時文革開始了。母親是農場唯一的地主婆，她的命運可想而知。面對
母親受苦受難，朱順朱民兄弟判若兩人。母親自殺了，朱順在救落水兒童時
被淹死了——被救的其中有一個就是整治陷害母親的造反派頭頭王興啓的兒
子。朱順曾要殺死造反派頭頭王興啓家的人——

朱順那幾天，腰裏帶著刀子，一直要殺人。殺王興啓家的人。
那天，看到了他老婆春桃進了葵花地，跟著進去，沒想別的，就想
要她的命。說，春桃看到朱順，沒有躲開，看著朱順，滿臉是笑。
朱順舉起刀子，朝春桃逼過來，春桃還是在笑。說，朱順沒想到，
這個時候，這個女人還在笑。沒有見過這樣的笑，能笑掉男人的魂。
朱順舉起的刀子落不下來，春桃仰起臉，靠近朱順，把刀子拿過
來，扔到了地上。又抓過了朱順拿過刀子的手，放進了自己的懷裏。
朱順三十出頭了，沒有碰過女人，更沒有被女人碰過。這一碰，朱
順就爆炸了。這一炸，就把什麼都炸沒有了。

人性的複雜性在非常時期表現的無限「不可能性」，就這樣在董立勃的筆下呈
現得令人目瞪口呆。這就是小說的魅力。

　　鮑十的《東北平原寫生集・二題》是他「生活書」的系列小說。這些作
品是一個東北人寫出的東北故事。鮑十在質樸、感傷、複雜的書寫中，為我
們再現或構建了他的鄉土東北。東北大平原上的父老鄉親、兄弟姐妹，就這
樣在變或不變的生活中來到了我們面前。在鄉村文明崩潰的時代，鮑十仍然
堅持他的鄉土寫作——他的「逆向」寫作選擇，不僅表達了一個東北籍作家
的堅韌和執著，同時也表達了一個作家對「精神原鄉」的嚮往、關愛以及與
時尚無關的寫作動機。

　　畢飛宇、勞馬、余一鳴、於曉威、王方晨等都是「60後」作家。這個作
家群體的創作實力已無需證明，他們早已揚名立萬威震四方。畢飛宇的《虛
擬》，故事的「核」就是祖孫的一場「對話」。不久人世的祖父在孫子眼裏已
經「了無牽掛」。但在對話中祖父還是表達了他久未放下的「心事」：當年榮
校長死的時候送了 182 花圈。那麼大名鼎鼎，桃李滿天下的祖父死的時候希
望不能少於這個數字。孫子應付說「你想要多少個就有多少個」。祖父說「不
能作假」，因為死是嚴肅的事。至於孫子寫了多少人送了花圈已經不重要。重
要的是畢飛宇寫出了再了不起的「聖賢」，也終有放不下的世俗事物，「放下」
真不是一件容易的事情。

　　勞馬的《無法澄清的謠傳》，寫一個紀委書記的落馬的故事，這個故事在縣
裏成為傳奇。成為百姓茶餘飯後最熱衷談論的話題。有趣的是，傳言中的那位
當年的縣委書記（如今的市紀委書記）仍活躍在政壇上，並頻頻出現在市裏的
電視新聞和其他媒體中。兩種輿論共存並行，井水不犯河水。後來一個教授採

訪了這位書記並寫成了報告發表在刊物上。但在論文發表的一個月後，

> 「教授做了一個長長的夢：家鄉原縣委書記，現任市紀委書記
> 真的被逮捕了！夢中的抓捕情境和被捕者所犯的罪行與當年百姓對
> 他種種的謠傳和「誣告」，完全一致。他的司機和秘書，也一個跳了
> 樓，另一位失蹤了。他立即打電話給在縣裏工作的一位同學講述了
> 自己的夢境，同學告訴他，這不是夢，你講的故事是活生生的真事，
> 那位譚書記確實被抓走了，這回不是民間傳言，兩天前，官方媒體
> 也發了消息。」

生活的不確定性，就這樣被勞馬一波三折地講述出來。

余一鳴的《頭頭是道》、於曉威的《房間》、王方晨的《大馬士革剃刀》等，同樣是 2014 年短篇小說的翹楚之作。

張楚、弋舟、哲貴、畀愚、朱文穎、魯敏、蔣一談、吳君、周瑄璞等，是「70 後」主力作家的一部分。至今，難以被遮蔽的他們早已走向了各大刊物的中、短篇小說的頭條。張楚是短篇小說的寫作聖手。他也因短篇小說《良宵》獲第六屆魯迅文學獎。今年發表的《野象小姐》同樣是一篇不可多得的短篇傑作。他在一個「病態」的環境中塑造了一個被稱為「野象小姐」的清潔工形象。這個堅韌、強大和至善的女性，用她的方式書寫了人的真正的尊嚴；弋舟是近年來湧現出的明星般的小說家，批評界對他小說的讚美幾乎眾口一詞。這篇與加西亞·馬爾克斯同名的小說《禮拜二午睡時刻》，寫得開闔有致，他先進的小說技法和對遼遠事物關懷的自我期許，使他的小說如此撼動人心。他在向馬爾克斯致敬的同時，顯然也有可以爭鋒以求一逞的潛在訴求；無獨有偶，蔣一談的《在酒樓上》，也是一篇向魯迅致敬的同名小說。「我」最後選擇對殘疾孩子阿明的照顧，與 500 萬遺產已經沒有關係。一個人的被信任和慨然擔當，使一個回響百年的短篇篇名驟然又熠熠生輝別有新聲；朱文穎的《虹》，將這個社會細胞──家庭的潰敗寫到了極致。而且這個家庭是一個知識分子式的。當這樣的家庭無可挽回的時候，這個社會可想而知；關於人物，副教授父親和「虹」，寫得都生動無比，父親哲學教職的無足輕重以及他的生活哲學，都值得深究和分析。「虹」是這個時代獨有的學生，一頭黑髮遮住了她的面孔，但她的行為方式和價值觀卻一覽無餘。小說最後是個隱喻。外婆的時代終結了，嘉陵們的未來真的會比他們好很多嗎？小說整體寫得鬆弛從容，如飛如舞。

近年來，80 後作家如蔡東、馬小淘、蔣峰、甫躍輝、文珍、顏歌、馬金蓮、鄭小驢、霍艷等的出現，不僅改變了這個代際作家的創作格局，更重要的是改變了 80 後作家的形象。或者說，80 後作家不僅僅是早些年在流行文化中爆得大名的幾位。上述提到的這些 80 後作家，與 70 後作家一樣，已經是各大重要文學期刊中、短篇小說創作的主體陣容。蔡東的《我們的塔希提》、馬小淘的《章某某》、鄭小驢的《可悲的第一人稱》、霍艷的《無人之境》等，是今年 80 後作家的扛鼎之作的一部分。

這裡，我想著意推出的是東北 80 後作家雙雪濤。當我看過雙雪濤發表在《西湖》上的《大師》和《長眠》兩個短篇小說之後，我看到了一個非常不同的 80 後作家。《大師》應該是個「中規中矩」的小說，其情節和講述都在預設的範疇之內：父親是一個再普通不過的工人，只因為熱愛下棋，老婆都不辭而別沒了消息。兒子與父親學棋也終於身手不凡。其間的講述波瀾不驚，但預設了最後以求一逞的結局——只因父親在警察與囚徒下棋時為警察解了圍，與囚徒結了梁子——多年後，這個失去雙腿的囚徒出獄成了和尚，他找上門來，結果遇到了兒子，而兒子連輸三盤；未露面卻在場的父親出現了，兩個冤家終於不得不再次對弈——

> 看到中盤，我知道我遠遠算不上個會下棋的人，關於棋，關於好多東西我都懂的太少了。到了殘局，我看不懂了，兩個人都好像瘦了一圈，汗從衣服裡滲出來，和尚的禿頭上都是汗珠，父親一手扶著脖子上的牌子，一手捯著子，手上的靜脈如同青色的棋盤。終於到了棋局的最末，兩人都剩下一隻單兵在對方的半岸，兵只能走一格，不能回頭，於是兩隻顏色不同的兵便你一步我一步的向對方的心臟走去。相仕都已經沒有，只有孤零零的老帥坐在九宮格的正中，看著敵人向自己走來。這時我懂了，是個和棋。

其實父親要贏了。但最後父親輸了。小說的奇崛處就在結尾父親的輸棋。那本來贏定了的棋父親卻要下輸——這就是雙雪濤要寫的「大師」：孤苦伶仃的「和尚」一生賭棋沒有家小，他贏了棋只要這個與他對弈的「黑毛」的兒子小「黑毛」喊他一聲「爸」。父親滿足了和尚的願望。因此「大師」與輸贏無關。阿城、儲福金、吳玄等都寫過下棋，要超越這些成熟作家其困難可想而知。但雙雪濤工夫在棋外，他以棋寫人，寫人性。不計一時得失的胸懷和格局，才堪稱「大師」。小說行文滄桑淒苦，一如從未忘記老婆的父親的一生。

《長眠》在虛實之間，既有紮實的寫實功底，又有對魔幻超驗的駕輕就熟。故事荒誕不經，卻在本質意義上寫出了人生的無常和不確定性，這一點與《大師》又有氣質上的聯繫。雙雪濤的小說看似簡單，事實上它的內涵或可解讀的空間複雜又廣闊。有人間冷暖，是非曲直，也有宿命甚至因果報應。特別是他小說中感傷主義的情調，對超驗無常事物的想像能力，都是我非常喜歡的。如果是這樣的話，那麼可以相信的是，雙雪濤的小說將會有廣闊的前景。

2014 年的短篇小說一如既往，在波瀾不驚中書寫著新的傳奇，它風頭不再但常有奇崛或驚艷如漫天星光。不變的文學理想，使 2014 年的短篇小說就這樣光彩照人，如滿目青山。

2014 年 12 月 6 日於北京

短篇小說中的「情義」危機
——2015 短篇小說情感講述的同一性

　　多年前，作家方方發表了中篇小說《有愛無愛都刻骨銘心》。小說講述了這樣一個情感故事：瑤琴姑娘死心塌地愛上了她的「白馬王子」楊景國。在愛情即將修成正果步入婚姻的前夕，楊景國死於突如其來的車禍。與楊景國同時死於非命的還有有另一個女子。從此，災難如陰影揮之難去。直到中年，她結識了又一個男人，但無論這個男人如何愛她，她都難以讓生活重新開始。當她最後一次去墓地告別舊情準備重新生活的時候，得知多年前楊景國死亡的真相，讓她不慎落下的擀麵杖又使第二個男人死於非命——當年，就是這個男人的妻子與楊景國死於同一場車禍！而同樣悲痛欲絕的男人彌留之際說了一句話：「你要是實在忘不掉那就不忘吧！」小說發表後在讀者和文學界引起了巨大反響。轉載、評論，一時蔚為大觀。方方寫了一個驚濤裂岸的與情愛有關的故事，但小說寫了人性的兩面性：背叛與真情。楊景國是一個猥瑣的男人，但瑤琴對愛情的執著像火光一樣照亮了這個小說。

　　方方的這篇小說的發表距今將近十年，但小說對這一情感領域的書寫仍如火如荼居高不下。當然，沒有什麼題材比情感更適於小說。但我們發現，十年之後，對情愛的書寫卻發生了巨大變化：只有薄情、背叛、算計、欺騙、冷漠而沒有愛情。小說寫的都與情和愛有關，但都是同床異夢危機四伏。這種沒有約定的情感傾向的同一性，不僅是小說中的「情義危機」，同時也告知了當下小說創作在整體傾向上的危機。

一

　　劉慶邦是當代小說聖手，我曾命名他是「短篇王」。看過《杏花雨》〔註1〕之後，我覺得劉慶邦確實出手不凡。一個離了婚的兩個青年男女，爲了男方父親奔喪。經過男方爭取女方妥協終於達成了奔喪協議。至於兩人爲什麼離婚到無緊要，這個時代離婚理由總會冠冕堂皇。重要的是劉慶邦在寫兩人奔喪面對男方死了的父親時的場景。死了父親痛哭在所難免，他們也眞是哭得撕心裂肺一瀉千里。可他們眞是爲死的父親和前公公痛哭嗎？男人董雲聲哭的是，離婚後——

>　　他在銀川找到的工作是在一家快遞公司當快遞員，每天騎一輛箱櫃式電動三輪車，穿行在大街小巷，給人家送快遞。作爲一名學經濟管理的本科畢業生，當快遞員只是他的權宜之計，他的目的是盡快積累一定的資本，辦一家自己的快遞公司，自己當老闆，自己管理公司。爲了多掙錢，他每天早出晚歸，跑得馬不停蹄。就說今年過春節吧，別的快遞員都回家過年了，只有他一個人還在奔忙，連除夕和大年初一都不休息。爲了省錢，他對自己很是苛刻。餓得不行了，他常常是泡一碗方便麵充饑。鞋底子磨穿了，他捨不得買新鞋，就到垃圾堆裏揀一雙人家丟棄的舊鞋穿。爸爸那一輩是不容易，別人哪裏知道，到了他這一輩，過得也很不容易，也有道不完的委屈，連老婆孩子都保不住啊！董雲聲從沒有這樣哭過，這一次他是徹底放開了。如果爲爸爸而哭只是由外而內，到了爲自己而哭，就變成了由內而外。誰都是一樣，只有從內心生發，只有爲自己而哭，才會哭得這樣持久，這樣驚天地，泣鬼神。

女方安子君呢——

>　　安子君怎麼辦？來之前，她沒打算下跪，沒打算哭，要保持自己的形象。按她的設想，他給董雲聲一點面子，配合董雲聲走一下過場，也就完了。她萬萬沒有想到，董雲聲上來就給她來了這一手。以前，董雲聲在她面前以硬漢子自居，遇事極少掉眼淚。她看書掉眼淚，看電視劇掉眼淚，董雲聲還笑話她淚窩子淺，淚水子多。她和董雲聲辦離婚手續的那天，董雲聲的情緒雖說有些低落，但一滴

〔註1〕劉慶邦：《杏花雨》，載《人民日報》2015年4月1日副刊。

子眼淚都沒掉。看來董雲聲並不是不會哭，也並不是不會掉眼淚，他一哭竟哭得這般霹靂閃電，一流淚竟流得如此淚水滂沱。安子君見不得別人哭，見董雲聲哭得這樣痛心，她的眼淚呼地就下來了。她特別聽不得女兒哭，女兒和她是連心的，女兒是嚇壞了，她是心疼壞了。她對董泉說：董泉，董泉，不要害怕，媽媽在這裡！這樣勸著女兒，她膝蓋一酸，不知不覺就跪了下來。一跪下來，她就加入了與董雲聲、董泉的合哭。他們的合哭是三重，有男聲、女聲，還有童聲。

這裡，女兒董泉為董雲聲哭，董雲聲和安子君都是為自己哭。這場轟轟烈烈的奔喪和哭喪，都與死了父親、公公、爺爺沒有關係。真是不動聲色便有雷霆萬鈞之力。當然，小說間或處理的世道人心亦有深意，社會險惡人心不古，於是，這兩個分道揚鑣的夫妻還會破鏡重圓嗎？一場離婚，一場奔喪，讓安子君看到了男人世界，讓董雲聲看清了自己，我們看到的則是五色雜陳的世界和眾生相。

黃詠梅的《證據》〔註2〕是一篇女性小說還是一篇情感小說並不重要。重要的是她在二人世界裏深刻地塑造出了一個不諳世事的單純女子和一個心機頗深的老道男人。相差 21 歲的律師和一個藝術院校出身的女孩組成了家庭。女孩從此成了家庭「全職太太」，男人在外立萬揚名。女孩倒也心甘情願，但從此也失去了自我甚至自由：女孩說要給一個藍鯊配一個伴兒，男人說要講風水，一個月之後才可以；女孩要和同學聚會在外過夜，男人說：你「睡熟以後，鼾聲如雷，簡直，簡直不可想像」，這樣的美女有這樣的毛病不等於毀容嗎？女孩上微博，但男人總是在後面掌控，經常刪她的信息。女孩耐不住寂寞也為了秀一下恩愛，她將他們買魚時讓老闆娘拍的照片發到了網上——

　　她看到了自己，笑得眼睛只剩一條縫，她也看到了大維，他們頭碰著頭，各自手上舉著兩隻魚缸，裏邊的那幾條魚，現在正安閒地游弋在他們右側的大魚缸裏。這些魚頓時消滅了沈笛對這張照片的陌生感，這就是那天他們去水世界讓老闆娘拍的合影。

就是這張照片引起了軒然大波：幾乎就在同一個時間，又有一條關於男人的微博：「我在澳洲聖安德魯大教堂前為此刻抗爭的弟兄們祈禱。」於是，缺席一個重要案件的著名律師遭到了網友的詬病和質疑。女孩甚至為男人開

〔註 2〕黃詠梅：《證據》，載《回族文學》2015 年 3 期。

脫說自己說了謊。幾天後男人眞的去了澳洲，他是爲那件「要事」去的嗎？女孩在臨睡之前在自己對面架起了攝像頭，她要取下這一夜作爲「證據」。她是否打鼾將不證自明，這個男人說的所有的「名人名言」也將不攻自破。著名律師的不可靠告訴女人的是，一個女人不能像婚紗攝影師說的那樣：「只要傻傻地看著老公就好」。女人的獨立性對女來說大概是最可靠的。這應該是近些年來最爲令人震動甚至驚悚的女性小說。

張楚的《略知她一二》〔註3〕，是一篇非常色調抑鬱的小說。說抑鬱是一種閱讀的心理感覺。一個二十歲的在校大學生與一個看樓的女宿管、一個半老徐娘發生了不倫關係，這種本應是浪漫、有情調的男女之事，卻無論如何讓人難以祝福。表面看這是一篇多少有些「色情」的小說，但「色情」只是這篇小說的外殼，裏面包裹的是慘不忍睹的悲慘人生。宿管安秀茹的生活如果沒有這表面色情是無法揭開的。小說寫得相當沉重，讀過之後一點色情感都沒有：它不是刻意寫色情，而是意在言外。張楚就這樣將一個根本不會被人注意的普通女人的善良、隱忍甚至浪漫，寫得淋漓盡致躍然紙上。在一個最邊緣、最底層的地方，綻放出了一朵茁壯和奪目的文學花朵。

這幾篇小說如果單獨看，都是非常有特點有想法的好小說。它們或對人的心理、行爲、肉身的講述與刻畫，都令人深感震撼，它們講述的經驗也並不相同。但是，這裡卻共同表達了人性無情無義的相似性：無論是試圖修好、貌似恩愛還是一時求歡的男女，他們都與愛情無關。一起閱讀這些小說，愛情已然是一幅末日的圖景。這是同一性造成的必然後果，其背後隱含的是作家對情感生活認知的差異性缺失。時代的情感生活怎樣是另一回事，作家如何佔有和表達情感生活，挑戰的不僅是作家對時代情感生活的瞭解，更具挑戰性的是作家如何書寫出情感生活的更多面向。當然，這只是有關情感生活書寫同一性的一個方面。

葛水平的《望穿秋水》〔註4〕，是一篇以城鄉或等級關係爲思想背景的小說，也是一篇寫人的情感和心理變化的小說。鄉村女孩閆二變長到了十六歲，在六十年代的鄉村已然是個大姑娘。她「心裏確實看中了會計家的晚生兒子李要發」，可無論李家還是李要發，都看不上閆二變。看不上閆二變也就是看不上閆家，閆家太窮也沒有地位，糊墻還要到李要發家要賬本糊。閆二變的

〔註 3〕 張楚：《略知她一二》，載《江南》2015 年 1 期。
〔註 4〕 葛水平：《望穿秋水》，載《芙蓉》2015 年 4 期。

婚事沒了著落。響應積肥號召的老爹閆五則要到城裏積肥，帶上了閆二變。閆二變遭受城裏人的白眼和受的氣可想而知。但積肥卻改變了閆二變的命運：「閆二變年底時被公社披了紅花」、「二變因爲受苦提拔成了李坊村生產小隊的隊長」、「閆二變上報紙了，得下的獎狀貼滿了自己家的墻，縣長見了二變都要專程快走幾步路來握手」。閆二變早已不是原來的閆二變了。這時的李要發試圖主動來找閆二變，可閆二變的態度卻變了：她不同意了。可是面對閆二變的各種榮譽，閆五則就是高興不起來，「叫他心急的是二變還沒有成家。二變也老辣得很，見了成家立業的李要發很大方的趕上前握手，甚至問候說：『有苦難找組織。』誰是組織，閆二變是組織。李要發居然低頭哈腰說：『怎麽好意思給組織添麻煩。不敢不敢！』說完急匆匆走開。」閆二變和李要發的地位是顛倒過來了，當年的屈辱已榮光置換。李要發在她心理確實死了。但是，李要發之死眞正的原因是閆二變一次偶然的經歷：

> 那是一個向晚的黃昏，瘦高個男生騎了一輛自行車來到閆二變租住的院子裏，他圍了一條圍巾，那圍巾是一前一後搭拉著，向電影裏的五四青年似的，讓閆二變看到了激動的畫面，不由得和村莊裏的會計兒李要發又悄悄比較起來。人和人是不能比的，其實還沒有來得及比，她就發現了自行車後座上還拖著一位女學生，女學生脖子上圍了紅圍脖，兩條油黑的大辮子在胸前掛著，一雙眼睛不大卻水汪汪的，閆二變在她面前顯得很不自在。閆二變進屋子裏洗了手換了衣裳出來時，看到那女學生兩隻手不時的在鼻子前扇。瘦高個的男同學顯然是想和對方溝通，想讓她知道社會上還有閆二變這樣的妮子，不能仰仗了自己的小姐脾氣不懂得尊重人。看看有理想的人是什麼樣子吧！男學生指著閆二變。女學生瞪了眼睛看閆二變，一步一步的往後退。瘦高個男學生突然拽了女學生的手要她走近閆二變，女學生厥著屁股不走，倒底還是把她拽到了閆二變身邊。女學生乾脆用另一隻手捂嚴實了嘴和鼻子，閆二變不知道自己怎麽啦，好久都沒有照過鏡子了，想說話說不出來，底氣不壯的樣子。自己身後可站著李坊村的全體農民呢，怎麽就底氣不壯了呢。木木地站著有一會兒，女學生憋不住了鬆開手「哇」一聲開始嘔吐，瘦高個男學生丟開對方的手時，女學生站起來跑了。
>
> 瘦高個並沒有去追對方，拉住閆二變的手說：「你才是我們祖國

未來的希望。」講完後從書包裏掏出一本新小人書《山鄉巨變》放
到閏二變手裏扭身走了。

是這一次經歷徹底改變了閏二變對男人的想像。「一輩子經見了一件事，就叫人家牽著走了，一輩子真是不長，當年的影子彷彿還在眼前。說這話時勞動模範閏二變六十歲了。」一個姑娘就憑著對男人新的想像一直過到六十歲。這當然是 1960 年代鄉村的情感邏輯。葛水平在書寫這一故事的時候已經是 21 世紀了，她在為閏二變遺憾的同時，顯然也有揮之難去的痛惜。閏二變固守自己對愛情的想像，她做到了矢志不渝。即便我們不去評價閏二變的愛情觀，僅就閏二變堅守愛情烏托邦這一點來說，葛水平如果不將時間挪移到 60 年代，這一切仍然是無法實現的。

80 後作家陳莉莉的短篇小說《幸福鏈》〔註 5〕，無論對情感處理還是細節處理，都表達了這一代作家截然不同的情感方式和思想方式。小說的母題原型應該是「王子與灰姑娘」的故事：一個初三的女同學「我」，被初二的王子——校長的兒子萬小東看上了。萬小東特殊的身份和一定與眾不同的風采迅速俘獲了我。他不准「我」與別的男同學說話，「我」欣然從命，心也歸屬了王子。一次返校晚歸，被學校宣布為「亂搞男女關係」，聲名狼藉的「我」被萬小東懷疑處女膜破裂也在情理之中。於是，一個我們難以想像的場景出現了：「我」竟然要求萬小東親自檢查處女膜：這個懵懂的少年第一次見到女性真實的隱秘處，並按照生理衛生教科書處亂不驚地完成了這一儀式。此後十年過去，「我」以為人生不會再有交集。但十年後的一天，萬小東突然不期而至於「我」與對象獨處的宿舍，並揚言「找我老婆」，然後倒在「我」的床上便睡。「我」的對象尷尬得雲裏霧裏：

> 我不知道自己注視了他多久，抬起眼時，只見對象兩手哆嗦，驚痛地望著我。他勉強說：「要不，我送你朋友去賓館？」我說：「不用。」他問：「那，我先走？」我說：「好。」他放下手頭的兩本書，拎起一把雨傘（一定是昏了頭，因為外面根本沒下雨），奪門而出。

十年的時間並沒有讓青春時節的愛情隨風飄散。他們理所當然地走進了婚姻的殿堂。然而，今天的王子對情愛的不確定性以及「我」因病不斷膨脹的體型，決定了他們必定面臨艱難的以後。萬小東又有了朱妮妮並且懷孕生子。

〔註 5〕陳莉莉：《幸福鏈》，載《西湖》2015 年 3 期。

「我」雖然可以坦然面對，但內心的焦慮可想而知。朱妮妮居然生下了孩子名曰「小刀」。「我」心懷叵測地駕駛老別克連撞兩輛車包括朱妮妮的奔馳。就在警察處理事故的時候，「我」突然發現：

> 在田田旁邊，躺著一個褓襁裏的嬰兒，像鳥窩裏的一個蛋。小臉赤紅赤紅，眼睛緊緊地閉著，兩隻小拳頭舉在耳邊，酷似「投降」的姿勢。田田幾個月大時，一睡著就擺出這個姿勢，像是嬰兒對成人世界的求告，看了讓人非常心疼。原來嬰兒都會做出這個動作。我小心地將他抱起來，他身上有股濃鬱的奶香味，非常好聞。我仔細看了看他的眉眼，很有幾分田田的模樣，眼線很長，鼻梁挺挺的，嘴唇緊緊抿著，一定是我們的小刀，真是個漂亮的小夥子啊。我將他挨在臉頰上親了親。可是，他是怎麼來到這兒的？萬小東呢？我向路那頭張望，這條路又恢復了空蕩蕩的模樣，兩排槭樹靜默地立在一旁，路上不知什麼時候起，已經鋪了層薄薄的槭樹葉，像一條金黃色的地毯，綿延不絕，像要通向未來的世界。

讀到這裡，我的眼睛濕潤了。一個並不新奇的情愛故事，被陳莉莉寫得風華絕代氣象萬千。小說之所以感人，在我看來是陳莉莉以我們不曾經驗的「真實」講述了她的故事。這個真實當然是想像的和藝術的真實。比如「我」為了證實自己的清白竟讓萬小東親自檢查處女膜的大膽處理；比如「我」對萬小東的痴情甚至置對面相處兩年的對象而不顧等，都極端化地書寫了一個「灰姑娘」對「王子」矢志不渝的愛情。在一個沒有愛情的時代，還有什麼能夠抵擋這樣的情感力量。但是，小說更感人的還是結尾的處理：「我」對這個名曰「小刀」的無辜孩子的由衷喜愛，不僅符合一個女性本能的性格，同時也意味著「我」與過去、與仇怨、與現實的和解。小說寫得如此有境界，是我多年來不曾見過的。於是，我可能有理由對新一代作家充滿了期待和信心：她們年紀輕輕但世事洞明；她們對愛的理解銘心刻骨浪漫至極；而對人心的理解，對情愛的理解，她們又是如此深情款款滄海桑田。但是，這裡有一個極大的錯位：對一個孩子的愛置換了對萬小東的愛，這種愛與我們討論的愛情已經不是一回事了。因此，葛水平的《望穿秋水》和陳莉莉的《幸福鏈》，在本質上與劉慶邦的《杏花雨》、黃詠梅的《證據》、張楚的《略知她一二》並沒有區別。是對愛情書寫同一性的另一種表現形式。

　　或許戴來的《表態》〔註6〕更尖銳地揭示了當下情感生活同一性的本質。小說情境設置在一個暗夜——看不清任何事物的面目。這時人的交流會發生微妙的心理變化。也就在這樣一個暗夜中，小說中人物的心態被呈現出來：一個老者自己貼了一個尋找自己的「尋人啓事」。他不爲別的，只爲能夠讓自己的老伴兒看見這個「啓事」，然後看她是什麼態度。於是，「表態」就成爲小說所有人物關係的核心樞紐——「我」的前妻要再續前緣等著「我」表態、父母要抱孫子等著「我」表態、女友一夜未歸顯然是對「我」晚歸的報復，也需要「我」表態。那個長者的「尋人啓事」與「我」的當下遭遇，幾乎構成了同構關係，長者的現在不僅是「我」的未來，也是「我」的現在。人沒有皈依的虛空感彌漫在小說每一個人物的心裏和那個暗夜的整個空間。這是一個沒有信任和愛的時代，大家心理的最高期許，也就是一個「表態」而已。「表態」是否眞實並不重要，重要的——那是一個心理需要獲得的安神劑或止痛藥——而與眞實沒有關係。

二

　　情義危機的問題，弋舟的小說或許是一個有趣的個案。這些年，弋舟的小說無論藝術水準還是思想深度，在批評界備受好評。他在 2015 年發表的短篇小說《光明面》〔註7〕看上去相貌平平：一個沒落、潦倒和已經破產的老闆，坐在自己公司沙發上做最後的喘息——他在處理後事：那座被抬上樓來的銅牛被安放好之後，這個破產的儀式基本就結束了。他的絕望、沮喪可想而知。這時幾個人物相繼出現：曾經合作的朋友、前妻、母親、跟了自己多年的老出納和一個來應聘的女孩。這些人都在用不同的方式鼓勵這個中年老闆，朋友說：「嗨，你要重拾生活的勇氣」；母親說：「沒什麼了不起，失敗還可以重來」；前妻的越洋電話說：「不要這樣，你要重新拾起生活的勇氣」；老出納說：「你還年輕。你要重新拾起生活的勇氣。」但是，這些友善或勵志的鼓勵並沒有給這位老闆帶來任何觸動。倒是一個來「應聘」的女孩改變了老闆的沮喪頹唐和絕望。女孩當然不會對老闆說「你要重新拾起生活的勇氣」之類的空洞無力話，但是，她應聘了清潔工之後，生機勃勃地勞作起來的同時，和老闆有這樣一段對話：

〔註6〕戴來：《表態》，載《人民文學》2015 年 1 期。
〔註7〕弋舟：《光明面》，載《作家》2015 年 8 期。

「跟我說說，」女孩開始翻弄她背著的小包，「最消極的時候是什麼感覺？」

「我……覺得自己變成了一張沙發。」他捂著臉說，聽得見自己腦袋裏的血管砰砰作響。

「哦沙發。」女孩若有所思地重複著。「想開點，」她說，「就算變成了一張沙發也沒什麼不好。地球這麼大，而我也佔了一席之地。心情糟糕的時候，我就會想想這個，然後就開心的不得了——因為這讓我顯得像是一個地球性的公民。」她從包裏翻出了一個褐色的紙袋，扒拉開，裏面是半個發蔫的漢堡。

女孩用胳膊撞撞他，問道：「你也吃點兒？」

只見這時的老闆：

他不得已放下了自己的雙手。但是他的頭卻扭向一邊。他不敢與女孩正視。他擔心自己沒準會流出淚來。白光灼灼，像十一月份的陽光，或者假冒的月光，亮度很高，卻沒什麼熱力。這當然不正常。日後島民們必將如此紀念這個夏季。

他竭力掩飾著，站起來，迎面走向了那尊銅牛。銅牛已經被女孩擦得鋥亮，在白光中熠熠生輝；牛眼瞪得渾圓，好像在考慮自己的處境——究竟是做一頭華爾街銅牛，還是做一頭漂亮的如同女人一樣的奶牛？他也並不知道接下來該做些什麼。他只是被這樣的念頭所打動：此刻，世界在土崩瓦解，而他卻身在光明面裏。這個念頭儘管充滿了僥幸，但也顯得那麼能夠撫慰人心。在地球上佔有一席之地的女孩有滋有味地吃著她的半個漢堡。同樣也佔有一席之地的他彎腰撿起了地板上的那串鑰匙。這就好像是重新拾起了生活的勇氣。

小說講述的是，流行的空話套話已經浸入到我們的日常生活，即便是最親近的人也難免言不由衷地應付。誠摯和發自內心的關愛幾近奢侈。那麼，究竟什麼樣的話才是有力量的，什麼樣的生活態度才是有感染力的，小姑娘還沒有被社會虛假話語污染，她才是生活的「光明面」。另一方面，小說用的是後敘事視角：老闆曾何等風光怎樣破產，小說並沒有講述，它講述的是老闆破產之後怎麼辦。這與流行的講述富人階層的小說就這樣劃開了界限。

　　弋舟的另一個短篇小說《平行》〔註8〕，是他只可想像尚未經驗的小說，年輕的弋舟與「老去」甚遠。因此，這是一篇「不可能」的小說，那是一個虛構的地理學老教授的經驗。老教授在已經老去的時候突然產生了追問什麼是「老去」的問題，這與人生的終極之問只有一步之遙。老教授經過幾個人之後，獲得了外部世界的答案：哲學老教授雖然一以貫之地說：「這會是一個問題嗎？」，同時他用勃起和射精次數回答了他，哲學教授的意思是，你不會勃起和射精，「明白了嗎？老去就是這麼回事」；前妻用舊情未忘回答他；小保姆用她棄之不顧回答他；兒子用將他送到養老院回答他。這些直接間接的回答，從不同的方面回答了地理學老教授的追問。「老去」真是一個悲涼的事件，除了前妻在離婚離家時，因教授追出來給了她一把老式的黑傘，避免了她被搶劫和毀容的危險而對他念念不忘外，其他所有的人，沒有一個人真心關心他或認真對待他的追問。

　　老教授終於被自己那個冷漠的公務員兒子送進了養老院。面對一個陌生的環境，老教授陡生了一種莫名的恐懼，一如一個孩童進入了幼兒園。於是他決定「出逃」。他從養老院通過大半天的時間，乘公交車幾經輾轉，居然穿越了大半個城市回到了自己的家裏，居然自己煮熟了半袋冰凍餃子，然而，他依舊「老去」到忘記了關好煤氣閥門。意外的「出逃」成功，「一次新的重生似乎就在不遠的地方等著他。這種感覺不禁令他百感交集，眼裏不時地盈滿了熱淚。」地理學老教授終於找到答案了：「老去」，只能用自己的體驗找到答案。「老去」就是躺倒，就是與地面平行。「老去」在與地面平行的同時，也就是解脫，就是獲得了自由。人生的終極意義付之闕如，當「老去」時，一切是如此現實，「悲涼」幾乎是「老去」的另一種解釋。但是，當你離開這些「關係」──「如果幸運的話，你終將變成一隻候鳥，與大地平行──就像撲克牌經過魔術師的手，變成了鴿子。」這個浪漫主義的虛無結尾，雖然只屬於弋舟對「老去」詩意的想像，但是，除此之外「老去」還能怎麼樣呢？

　　近些年來，弋舟一直在追問人生的道路，追問人的終極價值和意義。不同的是，此前弋舟是在社會層面展開的，是外部世界擠壓和人的反抗過程，那裏多是無奈、屈辱甚至絕望；而這篇小說完全回到了人的自身，是生老病死，是臨終關懷。即便如此，弋舟還是抵抗絕望與虛無，即便「老去」也要拒絕絕望和虛無。但是，也許人越是抵抗或突顯什麼，那個被抵抗的無形之

〔註 8〕弋舟：《平行》，載《收穫》2015 年 6 期。

物越如影隨形。如果是這樣的話，我們是否就可以認為，《平行》仍然是一篇表達與虛無有關的小說呢？

弋舟是近年來涌現出的最優秀的青年小說家之一。他的《所有路的盡頭》《等深》《而黑夜已至》等諸多名篇，達到了這個時代中篇小說的極高水準。但是，這兩個短篇小說也無可避免地淪入了情義危機的問題。「破落」、「老去」，都是人生的末路。倒不是說他追究的問題的同一性，而是他在處理小說人物情義問題時陷入了相似的模式。無論是「沒落」還是「老去」，情感關係都是最親的人，比如破落兒子與母親的關係、「老去」的父親與兒子的關係，都是淡然和冷漠的。他們對人生的「末路」都沒有給過真切的關注，或是千篇一律地勸慰，或是冷漠地將其驅逐。人心在這個時代已冷若冰霜。我們所說的情感，除了愛情，還有親情、友情等。弋舟在處理親情友情時，與上述處理愛情的小說的情愛關係基本相似的。真正的情和義都付之闕如。弋舟也曾經發問：「是什麼使得我們不再葆有磊落的愛意，是什麼使得我們不再具備生死契闊的深情」，這是弋舟的發問，當然也是他需要回答的問題。他在長篇小說《我們的跚蹣》將要討論和回答這個問題。我們拭目以待。

三

鄧一光寫深圳的小說，寫得虛幻、恍惚、渺茫甚至怪模怪樣。一種不確定的、迷離或似有若無的氣息一直彌漫在小說的字裏行間。因此，如果說鄧一光是在寫深圳，毋寧說他在寫對於深圳的感覺。因此，他的深圳小說與北京作家寫北京、上海作家寫上海是完全不同的：北京、上海的城市文化經驗相對穩定，即便表面有較大變化，但歷史和傳統的力量一直在「較勁」似地扯住「過去」不放。因此，這些大都市無論跑的多麼快，總有一股潛流彷彿在說「事實並非如此」。但深圳不同，這個只有三十多年歷史的城市還處在嬰兒期，它有那麼多的不確定性，你如何能夠用「寫實」的方法將它一覽無餘。因此，鄧一光的感覺是非常真實的感覺，真實感覺用不那麼真實的筆法去寫，就是鄧一光關於深圳的寫作策略。這篇《簕杜鵑氣味的貓》〔註9〕，故事寫得是一個即將「棄絕」這座城市的花木師羅限量和他的徒弟一定要找到那個虐貓的女人——在簕杜鵑花叢中丟棄了六隻貓的屍體的女人。這個女人幽靈一

〔註 9〕鄧一光：《簕杜鵑氣味的貓》，載《中國作家》2015 年 5 期。

樣地不時在公園出現，於是，「尋找／藏匿」便成了小說的基本線索──那個
虐貓女人最終被發現並被躑杜鵑刺傷。這個女人不斷攪擾躑杜鵑，也攪擾了
自然和社會秩序──

> 花木師羅限量離開躑杜鵑花叢，向高處一點的地方走去，陽光
> 從更高的地方灑落下來，從他滲出微汗的額頭上一片片掠過。很多
> 年以前，他在談惟一一次戀愛的時候，他給那個名字叫做湯雲朵的
> 姑娘講了一個植物氣味的故事，他沒有告訴姑娘一件事，植物的氣
> 味有時候是邀請，但更多的時候是拒絕，它們希望訪客不斷，帶走
> 它們的孢子，去別的地方繁衍生長，但它們不希望訪客留下來打擾
> 自己，於是就用氣味傳遞驅離訪客的訊息，關於這個，昆蟲們接受
> 了，別的動物沒有接受。

小說寫得像城市上空的雲岫：既纏繞在城市上空，又難以落地生根。因
此，鄧一光寫得純粹是一種關於深圳的感覺。是對生活環境中的語言興趣，
植物語言、人與動物交流語言、人際語言、城市的體制語言、地域交雜語言，
它們相互交織，斑駁陸離，構成了主人公的生活，或者說生存環境。

近年來的范小青，一直在書寫城市生活的某些片段，這些片段幾乎都是
城市生活難以整合的「碎片」。這篇《碎片》〔註10〕的環境是城市，但是它的
主角卻是一個「飄兒」──一個和幾個人合租舊公寓房的剛畢業的女大學生
包蘭。包蘭最大的愛好就是在網上買衣服，有的沒穿幾次就扔了──

> 包蘭處理她不要了的衣服也很乾脆利索，她把小區門口收舊貨
> 的大嬸喊上來，讓她把那個髒兮兮的蛇皮袋張開來，她就朝著那個
> 張開的口子，一件一件往裏扔，扔一件，那大嬸就「哎喲」一聲，
> 扔一件，大嬸就「哎喲」一聲，包蘭就笑，和包蘭同住的室友也一
> 起笑。

她甚至荒唐地買回了自己曾經賣掉的裙子──

> 她還在東摸西拉地欣賞她的得意之作，她發現了裙子的口袋，
> 口袋就在線縫中間，真是實用而又隱蔽，設計真的很精巧哎，包蘭
> 又讚歎了一回，她的手伸進口袋，觸碰到口袋裏有什麼東西，她掏
> 出來一看，是兩張電影票，包蘭奇怪地說，咦，怎麼會有電影票？
> 室友說，不要是網店老闆暗戀你，送你的哦。包蘭說，去，誰知道

〔註10〕范小青：《碎片》，載《作家》2015 年 7 期。

那是男是女，是人是狗呢。大家都笑，包蘭又看了一下電影票，是兩張過了期的票。

包蘭也沒多想，就將它們扔掉了。

包蘭已經忘記了，這是她和她的男友一起去看的電影，只不過男友現在已經是前男友了。

男友是前男友，裙子是前裙子。形成鮮明對比的是這些混在城裏孩子的老人們，他們靠拾荒給他們寄錢，他們再毫不心疼地花出去。這是我們司空見慣的現象。這個現象背後隱含的是一種奇怪的心理，這就是：人越缺乏什麼越要凸顯什麼：貪官要凸顯廉潔、富人要凸顯節儉，而出身低微的人一定要凸顯闊綽揮金如土。這種虛榮現象幾乎是一種奇怪的通病。因此，從另一個角度說，范小青的這篇《碎片》，仍然是她對城市荒誕生活批判的繼續。同時，虛榮的年輕人與貧困中的拾荒老人構成的比較，從一個方面表達了截然不同的價值觀，它當然也與情義有關。

吳文君的《立秋之日》〔註 11〕，起筆貌不驚人，在一輛長途汽車上，李生要去掃墓，遇見一個陌生的瘦子，兩人雖不相識，但說家常抽香煙，宛如熟人。未想到風波驟起：包括瘦子在內的四個劫匪洗劫了車上所有的人。李生沒有被搶躲過一劫，於是成了最大嫌疑人被帶進了派出所。所長認識李生，他又躲過一劫被放了出來。李生無論如何也想不起這是為什麼。李生還是擔心未完成的掃墓——

這一天上午，他又去了車站，等車的時候，忽而眼前晃過那四個人的身影，心裏一驚，凝神再看，果真是那幾個，絕不會錯，都是三十來歲，天冷，都穿上了體體面面的外套。

李生看著他們登上一輛車。那戴細金邊眼鏡的瘦子清清晰晰也在其中，在一窗邊坐下，悠然吸著煙。

李生只覺一個念頭呼之欲出，盯著他看著，看著，恍然想起幾個月前他在市內坐公交車，前面一個人掏錢帶落一枚鑰匙，用一根紅線拴著。雖然「當」地響了一下，這個人並沒有聽見。李生揀起來還給了他。

他放過他，就因為這枚鑰匙？

〔註11〕吳文君：《立秋之日》，載《青年作家》2015 年 1 期。

　　小說寫盡了人性的複雜性。細微處見到吳文君處理細節與理解人性的工夫。在這樣的細微處，吳文君倒是讓我們從劫匪那裏看到了一絲與情義相關的一道微光。

　　吳君的《生於東門》〔註12〕，似乎還是寫底層人生活的小說：東門是深圳關內，因此陳雄非常有優越感，鄧小平根本就沒有把關外劃在深圳的圈裏。他發誓也要把兒子生在東門。但是。陳雄的命運實在是太差了，他即便在東門，也只是一個拉客仔。孩子、甚至阿媽都看不起他，被看不起的陳雄，還有誰會看得起他的孩子。所以兒子陳小根在學校也受盡了欺辱，回到家裏再受父親陳雄的奚落；貧賤夫妻百事哀，夫妻兩人口角不斷也多爲生活瑣事。所謂渾渾噩噩的日子，大概就是陳雄過的日子。但是，當兒子陳小根要過繼給香港商人、兒子就要留在香港的時候，一切都發生了變化，包括父子、夫妻。陳雄也許第一次體會了親人的感覺。小說寫盡了底層人的生存困境，在一切即將改變的時候，人間的暖意徐緩地升起來了。這是吳君小說的一大變化。事實也的確如此，窮苦人也不是每天都泡在黃連裏，他們也有自己的快樂和歡欣。小說在波瀾驟起處的設計與構思，大起大落攝人心魄。吳君將父子親情寫得如此眞切，但她也必須像葛水平置換了時間一樣，置換了空間環境。她將父子兩人最後的關係一定要設計在香港而不是他們的家鄉。顯然，吳君在處理父子情義時也遇到了困境。

　　格非在他新近出版的研究《金瓶梅》的著作——《雪隱鷺鷥——〈金瓶梅〉的聲色與虛無》〔註13〕的前言中說：「當今中國社會狀況的刺激以及這種刺激帶給我的種種困惑，也是寫作次數的動因之一。《金瓶梅》所呈現的十六世紀的人情事態與今天中國現實之間的內在關聯，給我帶來了極不眞實恍惚之感。這種感覺多年來一直耿耿於懷。我甚至有些疑心，我們至今尚未走出《金瓶梅》作者的視線。換句話說，我們今天所經歷的一切，或許正是四五百年前就開始發端的社會、歷史和文化大轉折的一個組成部分。」《金瓶梅》是寫於中國資本主義萌芽階段的小說，小說寫盡了那個轉折時代人的情色和利益欲望。「情義」在《金瓶梅》中幾乎是不存在的。但是時至今日，通過上述小說加劇了我們對今天情感生活的緊張感和不安全感。另一方面，我十分

〔註12〕吳君：《生於東門》，載《中國作家》2015 年 7 期。
〔註13〕格非：《雪隱鷺鷥——〈金瓶梅〉的聲色與虛無》，譯林出版社 2014 年 8 月版，第 1～2 頁。

猶疑，小説中表達的無處不在的「情義危機」，是否在我們的敘事中被強化或誇大了？現實生活的映像是，電視上可以香車寶馬地談婚論嫁，郎材女貌是交換婚姻的必備條件。如此等等，那是我們情感生活處境的全部嗎；另一方面，文學在某些方面真實地表達生活之外，是否也需要用理想和想像的方式為讀者建構另外一種希望和值得過的生活呢？這當然是老生常談。

在現實與不那麼現實之間

──2015年中篇小說選評

    中篇小說創作的穩定性，在2015年再次得到證實。或者說當下作家不僅在中篇小說創作中積累了豐富的經驗，而且他們對這個文體本身也確實有了很深刻的體會。需要指出的是，這裡選評的幾篇作品，無論題材還是風格都非常不同。但有趣的是，這幾篇作品都是在人心的層面展開，所謂世道人心、內心事務、靈魂思想，應該是文學一直處理的轄區或問題。當然，我更感興趣的是這幾位作家具體的講述方法：荊永鳴的平實、董立勃的白描、石一楓的飄逸、林白的練達等，部分地構成了中篇小說在2015年特有的風采。

一、承諾與等待：《梅子與恰可拜》〔註1〕

    董立勃的《梅子與恰可拜》，表面看是「一個女人和三個男人的故事」：鎮長、黃成和恰可拜與梅子的故事。梅子在亂世來到了新疆，一個19歲的女知識青年，她的故事可想而知。梅子雖然長得嬌小，但她有那個時代的理想，於是成了標兵模範。在一個疲憊至極的淩晨，險些被隊長、現在的鎮長強姦。但這卻成為梅子此後生活轉機的「資源」：改革開放初期，很多人想利用公路邊一個廢棄的倉庫開酒館，但鎮長都不批。梅子提出後，鎮長不僅批了而且還給她貸了兩萬元的款；當梅子後來有了孩子需要一間房子時，梅子又找到鎮長，鎮長又給了梅子一間房子。鎮長當年的一時失控成了他揮之難去的噩夢。這件事情梅子只和一個叫黃成的大學生說過。黃成是一個還沒畢業的大學生，在文革中因兩派武鬥，失敗後從下水道逃跑，一直流落到新疆。他救

〔註1〕董立勃：《梅子與恰可拜》，載《小說月報》原創版2015年第一期。

起了當時因遭到凌辱企圖自殺的梅子，於是兩人相愛並懷上了孩子。黃成試圖與梅子在與世隔絕的邊地建構世外桃源，過男耕女織的生活。但黃成還是被發現了，他被幾個帶著紅袖章的人拖進了一輛大卡車。在荒無人煙的荒野裏，恰可拜看到——

> 轉過了臉的男人，不但是想讓他記住他的長相，更想讓恰可拜記住他的話。他聽到那個男人朝著他大聲喊著，兄弟，請幫個忙，到乾溝去，把這些吃的，帶給我的女人。你還要告訴她，說我一定會回來，讓她等著我，一定等著我，謝謝你了。

> 起初恰可拜還以為他是喊給另一個人聽的。他朝四下看看，發現空曠的荒野上，除了他再沒有別的人了，他這才明白那個男人把一件很重要的事託付給他了。

> 不等他作出回答，他們就把那個男人扔進了汽車。不過那個男人被扔進去的，又爬起來，就在車子開動時，把頭伸出了車廂外，對他喊著，拜託你幫我照顧一下她，她有了身孕了，兄弟，求你了，兄弟……

> 大卡車走出很遠了，兄弟兩個字還在空曠的大戈壁裏迴蕩著。

> 走過去，拾起了那個男人扔下的口袋。看到裏面裝的盡是吃的。

> 翻身騎到馬上，接著一行猝然中斷的腳印，向乾溝的方向走去。

這是小說最關鍵的「核兒」。「承諾和等待」就發生在這一刻。於是，恰可拜「一諾千金」，多年踐行著他無言的承諾，他沒有任何訴求地完成一個素不相識人的託付，照顧著同樣素不相識的梅子。梅子與黃成短暫美麗的愛情也從此幻化為一個「等待戈多」般的故事。黃成僅在梅子的回憶中出現，此後，黃成便像一個幽靈一樣被「放逐」出故事之外；鎮長因對梅子強姦未遂而一直在故事「邊緣」。於是，小說中真正直接與梅子構成關係的是恰可拜。恰可拜是一個土著，一個說著突厥語的民族。他是一個獵人，更像一個騎士，他騎著快馬，肩背獵槍、掛著腰刀，一條忠誠的狗不離左右。從他承諾照顧梅子的那一刻起，她就是梅子的守護神。一個細節非常傳神地揭示了恰可拜的性格：他每天到酒館送來獵獲的獵物，然後喝酒。但是：他「一杯伊犁大曲牌的燒酒，他每回就喝這麼些決不再多也決不再少。」恰可拜的自制自律，通過喝酒的細節一覽無餘。這確實是一個可以而且值得託付的人。

梅子是小說中有譜系的民間人物：她漂亮、風情，甚至還有點風騷。但她也剛烈、決絕。她是男人的欲望對象，也是女人議論或妒忌的對象。她必然要面對無數的麻煩。但這些對梅子來說都構不成問題，這是人在江湖必須要承受的。重要的是那個永遠沒有消息的幽靈般的黃成，既是她生活的全部希望又是她的全部隱痛。等待黃成就是梅子生活的全部內容，這漫長的等待，是小說最難書寫的部分。但是，董立勃耐心地完成了關於梅子等待的全部內容。當然也包括梅子幾乎崩潰的心理和行為。當她迷亂地把恰可拜當作黃成的一段描寫，也可以看成是小說最感人的部分之一。因此，黃成在小說中幾乎是一個幻影，他與梅子短暫生活的見證就是有了一個女兒；但是，恰可拜與梅子幾乎每天接觸，人都是這樣，就是日久生情。恰可拜後來也結了婚，但很快就離了。無論是那個女人還是恰可拜心裏都清楚是什麼原因導致他們離異的。因此，後來恰可拜進城找黃成久久不歸時，梅子從等一個男人變成了等兩個男人。而且小說最後寫到

> 可不知為什麼，這個時候，在南方女人梅子的內心深處，如果有人要問她，她更希望走來的這個人是誰時，她一定會說，非要在兩個人中選一個的話，她更希望走來的這個人並不是黃成，而是恰可拜……

這裡的合理性是不言自明的。當然，如果不是梅子說出這句話，讓讀者去猜想可能會更好。無論梅子還是恰可拜，等待與承諾的信守都給人一種久違之感。這是一篇充滿了「古典意味」的小說。小說寫的「承諾和等待」在今天幾乎是一個遙遠甚至被遺忘的事物，我們熟悉的恰恰是誠信危機或肉欲橫流。董立勃在這樣的時代寫了這樣一個故事，顯然是對今天人心的冷眼或拒絕。在他的講述中，我們似乎又看到了那曾經的遙遠的傳說或傳奇。

二、習而不察的發現：《地球之眼》〔註2〕

如果說董立勃是在追懷一種情懷或操守，追懷一種已經遠逝的可以託付的人心，那麼，石一楓的《地球之眼》呈現的恰恰是當下世風日下的道德危機。小說也是在人心的層面展開的。這應該是三個男人的故事：我——莊博益、安小男和李牧光，三人是同學關係。不同的是安小男是理工男，學的是

〔註2〕石一楓：《地球之眼》，載《十月》2015 年 3 期。

電子信息和自動化。安小男一出場就是一個「異類」：一個學理工的學生，一定要和歷史系的莊博益討論歷史問題，並且異想天開地要轉系，要把歷史系的課從本科聽一遍。轉系風波還導致了歷史系與電子系「槓」上了。這時歷史系的「名角」商教授出場了，這個輕佻的教授儘管見多識廣，但他在安小男「歷史到底有什麼用」、「研究歷史是否有助於解決中國的當下問題」的追問下王顧左右時，安小男一字一頓地說：「我認爲您很無恥。」——

　　接著，安小男便抬起了一隻手，手指尖利地指著商教授的鼻子，開始了滔滔不絕的大鳴大放大批判。他質問道，中國社會已經淪落到了怎樣的一個地步，難道您沒有看到嗎？難道您不憂慮嗎？如果是一般的人也就罷了，但您作爲一個學者，一個在公共領域擁有話語權的知名人士，居然選擇了鴕鳥策略甚至是睜著眼睛說瞎話，這是何種用心？安小男還說，他之所以對歷史產生了濃厚的興趣，正是由於認爲比起中文、哲學和社會學等等其他人文學科，歷史最有希望解決他的「核心問題」，但今天看來他錯了。中國的歷史學家並沒有他所希望的那樣高大，他們歸根結底還是一群「沒用」的傢夥。

　　誰能想到，安小男的歷史研究之路沿著湯因比、費正清和布羅代爾等等大師繞了一圈兒，又繞回了在那個盛夏之夜和我討論的領域。他揮斥方遒地發表了十來分鐘的演說，直到商教授也面色鐵青地溜走了，會場上空無一人，才喘息著停下來。據說此時的他已是滿臉熱淚，他居然哭了。

　　這個木訥、羞怯甚至有些自卑的安小男，真誠而天真地希望通過歷史來解決他的困惑，而他一直糾纏當下道德問題不是沒有原因的，當然這是後話。安小男沒有轉系當然他也不可能轉了。他雖然在文科同學那裏名聲大噪，但他的處境和心情可想而知。

　　李牧光一入學就與眾不同，這朵「奇葩」痴迷地熱愛睡覺，能夠進入名校學習不是因爲他嗜睡的天才。歷史系一個被灌醉的老師起了底：「他父親是東北一家重工業大廠的一把手，專門在廠裏爲我們學校設立了一個理工科的「創新基地」，說白了就是贈送一塊地皮，供學校在當地開辦形形色色的收費班，販賣注水文憑；而這麼做的條件，是學校要給李牧光一個免試入學名額，並且保證他順利畢業。」李牧光出手闊綽，性情隨和，除了嗜睡沒有讓人不愉快的毛病。於是大家相安無事。他與講述者莊博益上下鋪，真正發生關係

是大四快畢業的時候：嗜睡的李牧光終於也有睡不著的時候了：他父親又如出一轍地通過「慈善款項」安排他去美國繼續讀書，雖然不用考試但必須交一篇專業論文。李牧光出兩萬元錢請莊博益幫忙。莊博益利用安小男和自己的前女友郭雨燕，一個寫一個翻譯，各給五千元，莊博益自己落下一萬元本來就皆大歡喜了，畢業就是各奔東西。但是三人的關係恰恰是畢業之後又有了不解之緣：莊博益幾經折騰去了一家地方電視臺下屬的節目製作公司，在拍「校漂」紀錄片時，莊博益與安小男又不期而遇。這時的安小男租了掛甲屯破舊的一間房子，身世也逐漸清楚了：安小男十歲出頭的時候，父親去世了，母親在肉聯廠洗豬腸子。天長日久，母親的手已經被鹼水燒壞了，眼睛也被薰得迎風流淚，視力大不如前。莊博益雖然口無遮攔滿嘴胡唚，但他有口無心心地很善良，他很想幫助安小男。這時李牧光從天而降──他從美國回來了。從美國回來的李牧光已經是一家玩具批發公司的老闆了。幾經周轉，安小男終於成了李牧光在中國雇傭的雇員。他為李牧光監控遠在美國的倉庫，他的專業和敬業受到李牧光極大的讚賞。安小男自然也改變了落魄的處境。但是，安小男通過監控錄像發現了李牧光巨大的問題：李牧光的玩具生意根本不賺錢，他的巨大財產是其父轉移到國外貪污的巨款，李牧光是利用國際貿易洗錢。巨大的問題終於暴露了。這時對三個人都是一場巨大的考驗：李牧光要莊博益阻止安小男的進一步行動能夠實現嗎；莊博益偏軟的底線是否能守得住；安小男是否一定破釜沉舟？

安小男如此希望解釋道德問題是事出有因：安小男的父親曾是一位土木工程師。他十歲以前，家裏的日子很好。父親很年輕就被提拔成了公司的副總，但厄運從此也來了。進了管理層之後，發現公司的幾個領導沒有一個不貪的。他們把鋼筋的標號降低，用來路不明的劣質水泥代替品牌貨，居然連地基的深度也敢改，剋扣下來的錢都揣進個人腰包裏了。那些人還拉他入夥他不敢答應，然後成了眾矢之的。後來終於出事兒了，他們公司承建的一個會展中心發生了垮塌，砸死了幾個工人。事故的原因是使用了不合格的建築材料，可那幾個領導卻買通了監察部門，還走了上層關係，硬把責任扣到了這位工程師頭上，說是他的設計方案不合理導致的。父親就地免職，還被公安局的人監控了起來。最後父親從十九層辦公樓跳了下去。父親臨死前和安小男最後的一句話是：「他們那些人怎麼能這麼沒有道德呢？」於是，一個巨大的困擾在安小男那裏揮之難去：

「剛開始我和我媽一樣，恨的只是我爸生前的那些領導和同事。但後來漸漸就變了，我覺得我爸所說的『他們』並不是那幾個具體的人，而是世界上的所有人；我爸講到的『道德』也不是一件事情上的對與錯，而是籠罩著整個兒地球的神秘理念。但道德究竟是什麼呢？它既然那麼重要，為什麼又會被人輕而易舉地忘卻和拋棄呢？一看到這個詞我就想哭，一說到這個詞我的心就會發抖，在我看來，我爸不是死於自殺也不是被人害死的，他是為一個浩浩蕩蕩的宏大謎團殉葬了……為了解開這個謎，我曾經求助於歷史和人文學科，可最後還是失敗了。你還記得我寫過的那篇文章嗎？我在裏面說中國人已經沒有道德可言了，但那只是在承認失敗，是為了讓自己認命。其實我不是那麼想的，因為那種痛徹骨髓的感覺仍然存在。在沒有道德的社會裏，怎麼會有人為了道德而疼痛呢……」

這是安小男一直追究道德問題的來自內心深處的隱痛和動因。他追究李牧光的問題，還與李牧光投資邯鄲的項目要拆遷的民居有關，那恰好是安小男母親居住的地段，母親就要居無定所，安小男又沒有能力安置母親。他內心流血的疑問是：「怎麼有人活得那麼容易，有人就活得那麼難呢……」因此，安小男追究的道德問題，從一開始就不是一個純粹的理論問題，它與個人的身世、經歷以及生存狀況都密切相關。至於安小男能做到哪一步那是另一個問題。但通過安小男的追究和行動，我們不止看到了一個青年知識分子因艱難困苦造就的孤傲倔強性格，而且通過安小男也看到了社會眾生相。因此，這篇貌似寫青年群體當下截然不同狀況的小說，本質上恰恰是一篇社會問題小說：高校教授沒有節操的無恥、學校見利忘義的沒有原則、社會腐敗瀰漫四方的無孔不入等等。另一方面，事情也誠如莊博益所想的那樣：

晚上回到家，躺在床上之後，我卻還是不由自主地想著安小男這個人。在我看來，他雖然口口聲聲地宣稱著「道德」，然而他是否能對這個詞彙做出一個哪怕是個人主觀意義上的定義呢？恐怕是做不到的。他敵視李牧光的「道德」和本科時怒斥商教授的「道德」是一碼事嗎？這兩者是否又和他拒絕銀行行長的「道德」一脈相承？安小男想必給不出答案。「道德」讓他在二十年來備受煎熬，卻又在他的腦海中長久地面目模糊。雖然他曾經用他那理科天才的大腦去剖析研究過它，但歸根結底不過是被他爸死前的一句感慨蠱惑了、

催眠了。按照我慣有的那種嘲諷性的、自以為世事洞明的思路，安
小男的生活可以被定義為一場怪誕的黑色喜劇，而我也可以一如既
往地從幾聲苦澀的冷笑中重新獲得輕鬆。

安小男可以將他監測的「眼睛」安放到地球的任何一個角落，他可以守
株待兔地洞悉地球上任何風吹草動。但是，他能夠解決他內心真實的困惑嗎？
安小男不能解決的困惑和問題，也就是我們共同不能解決的困惑和問題。小
說當然也不負有這樣的功能。我深感震動的是，石一楓能夠用如此繁複、複
雜的情節、故事，呈現了當下社會生活的複雜性，呈現了我們內心深感不安、
糾結萬分又無力解決的問題。一個耳熟能詳的、也是沒有人在意的關乎社會
秩序和做人基本尺度的「道德」問題，就這樣在《地球之眼》中被表達出來。
因此，《地球之眼》是一篇在習而不察中發現危機的作品。2014 年，石一楓發
表了中篇小說《世間已無陳金芳》。小說發表後大有一時洛陽紙貴之勢。陳金
芳大起大落的命運令人唏噓不已，那裏的詩情和人物最後的徹底轟毀，給我
們留下了揮之難去的印象。它同《地球之眼》一起，構成了當下中篇小說瑰
麗的奇觀。

三、疾病的隱喻：《較量》〔註3〕

荊永鳴一直寫外地人在北京，他寫的北京比現在有些北京作家還像北
京。荊永鳴雖然是「外地人」，但他接受的文學傳統顯然還是北京的文學傳統，
比如老舍以降的「京味小說」。他「文如其人」，小說無論是人物、情節還是
故事，鮮有怒髮衝冠或劍拔弩張。他的小說在行雲流水的講述中，在充滿了
市民生活的氣息裏透著溫婉、善意和順其自然的品性和人生態度。這也是荊
永鳴小說備受讀者和批評界青睞的原因之一。

但是，讀了他新近發表的中篇小說《較量》，發現荊永鳴筆鋒一轉，他離
開了自己一直書寫的生活領域，他從北京的市民生活轉向了更複雜、更豐富
當然也更隱秘的人的心理和魂靈世界。這是一個更加難以把握、難以表達的
領域。但是，這卻使他的小說更吸引人、更有力量、更具社會批判性當然也
更具當下性。值得注意的是，關於這一領域的書寫，我們在現代派或後現代
小說中經常遭遇，人的心理或靈魂世界的隱秘性、不確定性，可能在多種表

〔註 3〕 荊永鳴：《較量》，載《人民文學》2015 年 10 期。

達方法那裏更適於展現。比如卡夫卡的《變形記》、加繆的《局外人》、薩特的《噁心》等，這類作品在西方文學中和中國 80 年代的小說中佔有很大的比重。但是，荊永鳴的《較量》仍然堅持他的寫實主義的方法，他沒有用諸如意識流、荒誕、誇張以及變形等手法講述他的人物和故事。這也使荊永鳴的《較量》實現了在變中有不變、不變中有變的探索性。

　　《較量》寫的是一家市級醫院的兩個業務骨幹——談生和鍾志林從友誼到交惡的故事。鍾志林希望自己能夠成為一個純粹的技術知識分子，做一個專業意義上的醫生。因此，在老院長即將退休的時候，他謝絕了老院長試圖提升他當院長的美意，年屆 50 依然選擇了去美國進修；談生則順理成章地當上了院長。矛盾從鍾志林回國後逐漸發生並升級。這裡當然有談生的問題，這是個世故老道、心機極深、處事遊刃有餘的技術官僚。兩人的矛盾由他引起，他卻坐觀風雲起，毫髮未損。所以《較量》不是官場的較量。小說集中寫的是醫生鍾志林。這是個有知青背景的醫生，專攻與心理疾病有關的專業。曾系統地研究過森田正馬的理論體系，對「森田療法」耳熟能詳；他有良好的口碑，精湛的醫術，良好的道德和職業操守。但他首先是一個人。小說一開始就寫了他因各種瑣事而遲到的情節。這些瑣事是一個強迫症病人的病症：

> 出於職業經驗與敏感，從近期發生在自己身上一連串的事情上看，他意識到自己的神經出了問題。雖不能說就是 OCD 或是強迫症，但至少也是一種神經質了。一個曾經治愈過無數患者的精神科專家，自己卻遭遇了神經質。

當然，這只是鍾志林患有心理疾病的開始。從美國回來後，他看不慣談生的頤指氣使、見利忘義的個人品行和所謂「改革」。也不能容忍談生皮裏陽秋、不陰不陽對自己的侮辱和歪曲：自己做公益講座，被談生認為是以個人名義到社會進行學術交流，幫助其他醫院分文不取的會診，被談生指認為「走穴」，而且還有「泄露商業秘密，挑撥醫患關係，煽動社會情緒」等問題。談生試圖通過自己的權術將書生鍾志林湮滅在另一種目光和議論中。起初——

> 鍾志林沒有抗拒，封殺就封殺。我又不是什麼影視明星，我是個醫生，沒想靠嘴皮子去出名，去撈取外快，更沒想用一把手術刀去解剖社會，我沒有那個野心，也沒有那個能力。我只是出於一個醫生的人格與良心說了我應該說的話。此後，鍾志林再也沒去做過什麼學術

交流或專題報告。奇怪的是，他也沒再接到過任何部門的邀請。

事情爆發於一個窮困潦倒的患者王二甲的「逃單事件」。王二甲住院剛有好轉便不辭而別，住院七天花了一萬多元錢。談生不依不饒，一定讓責任醫生和責任護士追回欠款。但是，當鍾志林等終於找到王二甲家裏時他們驚呆了。他們從來沒有見過如此貧困的家庭。不僅沒有追回欠款，反而幾人湊了兩千多元錢留給了王二甲。作爲院長的談生的態度可想而知。於是矛盾爆發升級。鍾志林終於逐漸將個人精力集中在蒐集談生的「材料」上。他屢次狀告到有關部門，但因材料「不具體」而沒有結果。這更激起了鍾志林越挫越勇屢敗屢戰的決心。小說還有一個艷體插曲：年輕、貌美、風騷的護士蘇麗婭毫不掩飾地表達過對鍾志林的愛慕。但是，鍾志林棄絕了個人的身體欲望──這意味著他的力比多必須找到另一個宣泄渠道。他眞的找到了──這就是與談生的戰鬥。遺憾的是，攝於院長談生的權力，沒有人願意向鍾志林透露任何情況。當鍾志林獲得了某些證據後，他找政府，政府不管他找信訪局──

> 鍾志林與周圍的人越來越格格不入。在許多人眼裏，他不再是一位權威的主任醫師，而是一個喜歡告狀的人。在信訪局，他仍然是一個異類。在這裡，沒有一個上訪者像他那樣，穿著一身講究的西裝，並優雅地繫著領帶；沒有一個上訪者像他那樣溫文爾雅，甚至像個領導。因此，他一旦出現在上訪的人群裏，就會立即成爲眾人矚目的中心，以致讓一個初次上訪的老太太鬧了個天大的誤會，一見到鍾志林，竟然抱住他的大腿哇哇大哭。

作爲著名醫生的鍾志林，「最初，信訪人員對鍾志林也是肅然起敬的，他畢竟是個誰都有可能用得上的醫生。可『敬』過幾次之後，他還來，總是嘮嘮叨叨地講他那點事。他這個醫生就不是那麼回事了，他貶值了，沒多久，信訪工作人員誰見到他都煩。」一個被人尊重的權威醫生，就這樣淪落到了這一地步。而且他終於病得住了醫院。住院期間──談生「不但親自來看望鍾志林，他還背著手，淡定的神態中浮現出親切的笑容，彷彿他們彼此之間根本就不存在什麼矛盾，或者有過矛盾也已經達成了諒解。至此鍾志林才發現，他和談生的摩擦與較量，如同一場曠日持久的馬拉松比賽，只是賽場上卻只有他一個人在跑──他跑得氣喘吁吁，疲憊不堪──而對手卻只是站在原點，以微笑的姿態等著他。」

　　小說以兩人的共同退休結束。當鍾志林明白了這多無謂爭鬥的時候，一切都成爲過去了。小說似乎是對人生的一聲悠長的感慨或歎謂，大有過來人「何必當初」的慨歎。但是，《較量》不是一部宗教小說，既不是勸善懲惡，也不是明清白話小說的喻世明言。它首先是一部社會批判小說，是一部用「越軌的筆致」介入當下社會生活、揭示社會整體病態的小說。他延續的是魯迅先生：「所以我的取材，多採自病態社會的不幸的人們中，意思是在揭出病苦，引起療救的注意」的傳統。如果是這的話，那麼，我認爲荆永鳴如果僅寫了這一部小說，他就是一個了不起的作家。

四、練達與悲憫：《西北偏北之二三》〔註4〕

　　林白，是這個時代最具浪漫氣質的小說家之一。她早年的《一個人的戰爭》是女性小說，但說它是浪漫主義小說也未嘗不可。近年來，她的《北去來辭》《長江爲何如此遠》等，其浪漫主義氣質仍未褪去，甚至更爲鮮明。這篇《西北偏北之二三》進一步證實了我的看法並非虛妄。在我看來，林白的小說是最「沒有章法」的小說，她似乎興之所至信馬由繮，這種表面的「沒有章法」，恰恰是她的「章法」。她的那些看似閒筆枝蔓的筆致，猶如神來之筆爲她的小說平添了一種妖艷和嫵媚，猶如女人不經意的一個手勢或回眸一笑。

　　《西北偏北之二三》，寫一個曾經的詩人賴最峰要去內蒙的額濟納，去尋找失蹤的暗戀的女人春河，也乘機出去換一下個人的心境。於是他踏上了漫漫長途。行走，是一個常見的小說講述方式，浪漫主義小說更是精於此道。但是，重要的是賴最峰在這個過程中遇到了什麼。賴最峰是詩人，但他喜歡的都是女性詩人，茨維塔耶娃、阿赫瑪托娃、狄金森、普拉斯、畢巧普等，作家也是喜歡女的──麥卡勒斯，弗蘭納里·奧康納。於是作爲男性的他便不再寫詩；更有趣的是，賴最峰一路上發生關係的，也都是女性：他尋找的是失蹤女友春河、第一個認識的是北京驢友兼志願者齊援疆、在小飯館吃飯邂逅服務員翹兒。一個孤旅男人的故事從女性開始也結束於女性。小說前半部幾乎沒有故事，它更像是一篇沒有完成的關於旅途的散文：夜晚看星星、白天觀賞胡楊林、吃當地食物，西北的自然景觀和風情風物盡收眼底。

〔註4〕林白：《西北偏北之二三》，載《收穫》，2015年5期。

故事真正開始是賴最峰遇到了小飯館服務員翹兒。而翹兒才是小說真正的主角兒：這是一個經歷遠遠超出年齡的女孩，因為年輕，複雜的經歷沒有在臉上寫滿滄桑，苦難在她的講述中亦猶如他人。她篤信賴最峰是好人，把自己的身體也給了賴最峰。女孩兒唯一的資本只有自己的身體，她報答好人的方式也只能是「以身相許」。賴最峰當然不是壞人，他要幫助翹兒也只能是多付錢給她。這一切結束後可以相安無事，但翹兒一定跟了賴最峰去北京，去北京是為了找媽媽，她已經九年沒見到媽媽了。一輛在暗夜中奔跑的列車上，通過翹兒的講述，底層生活的狀貌點滴地呈現出來。林白善於用「閒聊」的方式（她曾寫過《婦女閒聊錄》），這一看似漫不經心，但每個細節顯然都經過精心設計——

　　賴最峰說，我要把你賣了怎麼辦呢？翹兒說，有本事你就賣唄。她又說，又不是沒被賣過。這話聽得賴最峰心中一震，一個人的黑暗經歷，他人無從知曉。拐賣，逃跑，到達遙遠的額濟納，來歷不明的張哥，叫姑姑的老闆娘。賴最峰試圖把這些已知的點連成一道稍稍清晰的線，他馬上發現，這並不是件容易的事，每個點，你碰到它的時候它都會腫漲成一塊巨石，像鐵一樣沉，它纏著那些飄忽的線飛速墜入深淵。

翹兒小小年紀的經歷可能遠遠超出了人到中年詩人賴最峰的經歷。他在感慨自己鮮有「嫖」的經歷時候，翹兒十一歲就被人強姦了，他要通過旅行換一下心境，翹兒已經被迫幾經輾轉，她的人生之旅可能永無終點。但她還沒有學會體驗和傾述苦難，她有限的記憶資源，每每想起都如節日，她講到華桂、張哥、爺爺還有多筷。翹兒的媽媽還會見到翹兒嗎？但所有的讀者都見到了翹兒。林白的這篇小說寫得練達又充滿了悲憫，生活不過如此，只因見得多了。每個人都有自己的命運，不必大驚小怪。即便如此，心潮仍然未平。小說結束時——

　　四面黑沉沉的。旅客人人都睡著覺，只有賴最峰一人坐在黑暗中。他在窗玻璃上抹了一把，看見外面下起了雪。大雪落在，我銹跡斑斑的氣管和肺葉上，／今夜，我的嗓音是一列被截停的火車，／你的名字是漫長的國境線。是帕斯捷爾納克寫給茨維塔耶娃的詩。詩句猝不及防地冒出來，如同春河的名字和面容。她也浮在黑暗中，浮在雪中。你的名字是漫長的國境線，無論經歷的是星空還

是肉體，你的名字仍是無法拔除的一根刺。賴最峰在黑暗中費勁地
回憶這首詩的其他句子，最終，他想起了結尾的兩句：我歌唱了這
寒冷的春天，我歌唱了我們的廢墟／……然後我又將沉默不語。

小說結束於帕斯捷爾納克寫給茨維塔耶娃的詩。林白沒有將底層的苦難
寫得淚水連連痛不欲生。但她通過賴最峰的隻身孤旅鉤沉出的「西北偏北」
那遙遠一隅的故事，已將一種悲憫隱含在小說的字裏行間，翹兒當然不會理
解「你的名字是漫長的國境線」意味著什麼，但我們分明深切感到，作家在
這個大雪紛飛夜晚的無盡思緒，一如那輛列車，尖利地劃過暗夜呼嘯而來。

這幾部中篇小說無疑是 2015 年比較優秀的作品，他們講述的無一不是中
國故事。也就是我們的優秀作家都在密切關注中國現實的土地上都在發生著
什麼、或期待發生什麼。這個傳統是五四以來至今未變的主流傳統，這當然
很好。而且這幾部作品是如此的不同。無論寫當下、寫過去，寫的都是看到
的或希望看到的。但我要說的是，在更多的作品那裏包括中篇小說，它的題
材、人物以及關注的問題，都會給我們以巨大震動或感動；但是，這些作品
都與現實膠著得難以分開大概就是問題了。我總覺得小說也應該是飛翔的文
體形式，它和現實的關係應該在似與不似之間，它要寫可能性，但它更要寫
不可能性。這一點上述幾部小說就顯得與眾不同，它們寫得是不可能性，寫
了詩性也寫了詩性對面的事物，而不是沉浸在極端個人主義的所謂「詩性」
裏。當然，任何看法的堅持都會導致它的反面，而我要說的是，希望我們已
經站在當代中國文學高端的中篇小說，能夠更多姿多彩而不是一個面貌。

面對我們時代的精神「難題」
——2015 年的長篇小說

對文學而言，時代的難題是與人有關的難題。與人有關的無非是生存難題和精神難題。敢於面對時代的難題，是考驗一個作家文學良知和社會擔當的一個重要方面。因此，這樣的長篇小說與《甄嬛傳》或《琅琊榜》沒有關係。在我看來，2015 年的長篇小說無論在文學性還是題材上，都有很大的突破的重要表徵，就是作家對當下的時代難題敢於正面書寫或正面強攻。比如陳彥寫邊緣群體的《裝臺》、東西的《篡改的命》；周大新寫官場官人的《曲終人在》、弋舟寫情感困境的《我們的踟躕》、曉航寫混亂城市生活的《被聲音打擾的時光》、遲子建寫家族歷史和地域特徵的《群山之巔》、周瑄璞寫情與欲的《多灣》、陳應松寫荒誕詭異的《還魂記》、張者寫校園生活的《桃夭》等，就是這樣的作品。

一、在生活的末端

對「底層寫作」的研究和評論，集中爆發在 2004、2005 年間。這兩年，南帆、王曉明、張韌、張清華、劉繼明、李雲雷等先後發表了與這個文學潮流有關的文章。「底層寫作」一時風起雲涌蔚為大觀。從 1993 年「人文精神」大討論十一年之後，當下文學再次走進了公共論域，進入了公眾視野。隨著問題的深入，這一文學潮流的問題也逐漸浮出水面。一時間對「底層寫作」的不同看法和相關問題也成為十年來批評界討論的核心話題之一。另一方面，由於作家對中國現代性和現實生活理解的深入，對如何書寫當下包括底層生活在內的「中國經驗」，做了積極的探索。他們在書寫底層生活艱難困窘

的同時，也將其作爲一個時代難題面對。於是便有了陳彥的《裝臺》、東西的《篡改的命》。

《裝臺》是一部充滿了人間煙火氣的小說，說它是民間寫作、底層寫作都未嘗不可。重要的是《裝臺》的確是一部好看好讀又意味深長的小說。「裝臺」作爲一個行當過去聞所未聞，可見人世間學問之大之深。因此，當看到刁順子和圍繞著他相繼出現的刁菊花、韓梅、蔡素芬、刁大軍、疤子叔、三皮等一干人物的時候，既感到似曾相識又想不起在哪見過——這就是過去的老話：熟悉的陌生人。

以刁順子爲首的這幫人，他們不是西京丐幫，也不是西部響馬，當然也不是有組織有紀律正規的團體。他們是一個「臨時共同體」，有活兒大夥一起幹，沒活兒即刻鳥獸散。但這也是一群有情有義有苦有樂有愛有痛的人群。他們裝臺糊口沒日沒夜，靠幾個散碎鈔票勉強度日。在正經的大戲開戲之前，這個處在藝術生產鏈條最末端的環節，上演的是自己的戲，是自己人生苦辣酸甜的戲。如果僅僅是裝臺，刁順子們的生活還有可圈可點之處，他們在大牌導演、劇團團長的吆五喝六之下，將一個舞臺裝扮得花團錦簇五彩繽紛，各種「角兒」們粉墨登場演他們規定好劇情的戲，然後「角兒」和觀衆在滿足中紛紛散去。這原本沒有什麼，社會有分工，每個人角色不同，總要有人裝臺有人演戲。但是，問題是刁順子們也是生活結構中的最末端。他們的生活不是享受而是掙扎。刁順子很像演藝界的「穴頭兒」或工地上的「包工頭」。他在這個行當有人脈，上下兩端都有。時間長了還有信譽，演出單位一有演出需要裝臺首先想到的就是刁順子；他的弟兄們也傍著他養家糊口。在裝臺的行當中，刁順子無疑是一個中心人物。但是，生活在生活結構末端的刁順子，他的悲劇性幾乎是沒有盡頭的：女兒刁菊花似乎生來就是與他作對的。刁菊花三十多歲仍未婚嫁，她將自己生活的所有的不如意都歸結爲「蹬三輪」的老爹刁順子身上：她視刁順子第三任妻子蔡素芬爲死敵，蔡素芬無論怎樣忍讓都不能化解。她終於將蔡素芬攆出了家門；她也不能容忍刁順子的養女韓梅，知書達理的韓梅也終於讓她逐出家門遠走他鄉；她還殘忍地虐殺了小狗「好了」，其手段無所不用其極。但刁順子面對菊花除了逆來順受別無選擇，他的隱忍讓菊花更加看不起他這個爹；除了刁菊花他還有一個哥哥刁大軍。這個哥哥是十里八鄉大名鼎鼎的人物，揮金如土花天酒地——他終於衣錦還鄉了。他的還鄉除了給刁菊花一個離家去澳門的幻覺之外，給刁順子帶來的

是無盡的麻煩和煩惱。刁大軍奢賭如命，平日裏呼朋喚友大宴賓客。糟糕的是刁順子經常被電話催去賭場送錢餐廳買單，一次便是幾萬。刁順子的賺錢方式使他不可能有這樣的支付能力，刁順子每當聽到送錢買單消息的時候，內心的爲難和折磨可想而知。更要命的是，刁大軍在賭場欠了近百萬賭資後連夜不辭而別，刁順子又成了債主屢屢被催促還賭債。刁順子的日子眞眞是千瘡百孔狼狽不堪。

當然，刁順子也不只是一個倒霉蛋，他也有自己快樂滿足的時候，特別是剛把第三任妻子蔡素芬領到家的時候，讓他飽嘗了家的溫暖和男歡女愛。但對刁順子來說，這樣的時光實在太短暫了。他沒有時間也沒有機會去體會享受，每天裝臺不止、亂麻似的家事一波三折，他哪裏有心情享受呢。果然好景不長，蔡素芬很快被菊花攆的不知所終；菊花也和譚道貴遠走大連；刁大軍病在珠海，被刁順子接回西京後很快一命嗚呼。讀到這裡的時候，情不自禁會想到「冤冤相報實非輕，分離聚合皆前定」，「好一似食盡鳥投林，落了片白茫茫大地眞乾淨！」。《紅樓夢》是瓊樓玉宇，是高處不勝寒。在高處望斷天涯路不易，那裏的生活大多隱秘，普通人難以想像無從知曉；而陳彥則從人間煙火處看到虛無虛空，看到了與《好了歌》相似的內容，這更需事事洞明和文學慧眼。

看過太多無情無義充滿懷疑猜忌仇恨的小說之後，再讀《裝臺》有太多的感慨。刁順子的生活狀態與社會當然有關係，尤其將他設定在「底層」維度上，我們可能有很多話可說。但是，看過小說之後，我們感受更多的還是刁順子面臨的人性之擾，特別是女兒菊花的變態心理和哥哥刁大軍的混不吝。刁順子能夠選擇的就是無奈和忍讓，他幾乎沒有個人生活。這是刁順子性格也是他的宿命。我更感到驚異的是作家陳彥對這個行當生活的熟悉，順子、墩子、大吊、三皮、素芬、桂榮等人物，或粗鄙樸實、或幽默狡詐，都栩栩如生躍然紙上；對如何分配裝臺收入、裝臺人如何相互幫襯體諒，都寫的細緻入微滴水不漏。當疤子叔再次見到病入膏肓的刁大軍時，他的眼睛一直在刁大軍的脖子、手腕、手指上游移，那裏有金項鏈、玉鐲子和鑲玉的金戒指。疤子叔的眼睛「幾乎都能盯出血來了」。寥寥幾筆，一個人內心的貪婪、凶殘形神兼具。於是，當這些人物在眼前紛紛走過之後，心裏眞的頗有失落之感。好小說應該是可遇不可求，這與批評或呼喚可能沒有太多關係。我們不知道將在那裏與它遭逢相遇，一旦遭逢內心便有「喜大普奔」的巨大衝動。

陳彥的長篇小說《裝臺》就是這樣的小說，這齣人間大戲帶著人間煙火突如其來亦如颶風席捲。

東西寫作的速度非常緩慢，他發表的三部長篇小說，都是十年一部。《篡改的命》，是他距《後悔錄》發表十年之後的作品。小說封面介紹這部作品時說：「有人篡改歷史，有人篡改年齡，有人篡改性別，但汪長尺篡改命。」汪長尺就是小說的主人公，他要篡改的不是自己的命，是他的兒子汪大志的命。篡改歷史、年齡、性別，儘管有的合法有的不合法，但都有可能做到。命，如何篡改？小說的題目充滿了悲愴和懸念──究竟是什麼力量要一個人冒險去篡改自己的命。

汪長尺是一個農家子弟，高考超過上線二十分不被錄取。不被錄取的理由是「志願填歪了」。汪長尺的父親汪槐決定去找「招生的」理論，經過幾天靜坐示威抗議，但汪長尺的大學夢還是沒有解決。汪槐從招生辦的樓上跌落摔成重傷。從此，汪長尺就命定般地成了屌絲命。為了還債、養家糊口、也為了改變下一代的命運，他決定到城裏謀生。但他不知道，城裏不是為他準備的。生存的艱困使他踐行了遠遠超出個人的想像：替人坐牢、討薪受刀傷、與文盲賀小文結婚後，為了生計賀小文去按摩店當按摩師，然後逐漸成了賣淫女。破碎的生活讓汪長尺眼看到，汪大志長大後就是又一個自己。於是他鋌而走險把兒子汪大志送給了富貴人家。賀小文改了嫁，汪長尺多年後死於非命。這是一齣慘烈的悲劇。小說具有鮮明的社會批判性。權力關係和貧富懸殊使底層或邊緣群體的生存狀態日益惡劣不堪。而底層邊緣群體的特徵之一就是它的承傳性。貧困使這個群體的下一代少有接受良好教育的機會，沒有良好的教育，就沒有改變命運的可能。這是汪長尺要篡改汪大志的命的最重要的理由。但篡改汪大志的命，只是汪長尺的一廂情願。且不說汪大志是否從此就改變了命運、是否就能過上汪長尺期待想像的生活，僅就汪長尺、賀小文失去汪大志之後的日子和心境，就是汪長尺想像不到的。不只他失魂落魄魂不守舍，賀小文壓根就不同意將汪大志送人。當汪大志被送人之後，賀小文也棄汪長尺而去改嫁他人。

近十年來，長篇小說中著名的來自底層的人物，一個是賈平凹《高興》中的劉高興，一個是陳彥《裝臺》中的刁順子。劉高興雖然是一個「拾荒者」，但賈平凹並不是悲天憫人地書寫他無盡的苦難和仇怨，劉高興等也並非是結著仇怨的苦悶象徵，他們以自己的生活方式在城市生活著。賈平凹在塑造劉

高興時，有意使用了傳統「才子佳人」的敘事模式，劉高興是落難的「才子」，妓女孟荑純是墮入風塵的「佳人」。兩人都生活在社會的最底層，但這都不重要，重要的是賈平凹以想像的方式讓他們建立了情感關係，並賦予這種情感以浪漫色彩。賈平凹顯然繼承了中國古代白話小說和戲曲的敘事模式；刁順子是西京土著，居有定所。但無固定收入，靠一個「臨時共同體」為劇團「裝臺」為生。刁順子的困境還不在於生存，而是家庭內部的惡劣環境。刁順子逆來順受忍辱負重，一直在不堪的生活中掙扎。這兩個人物都是底層寫作有代表性的人物。

東西不是在劉高興和刁順子的路徑上塑造汪長尺，而是突發奇想地用「篡改命」的方式結束汪長尺家族或血緣的命運。汪長尺當然是異想天開。但是，作為底層的邊緣群體，還有一個重要的特徵是他們缺乏或者沒有實現自救的資源和可能性。這一特徵決定了他們的承傳性。因此，東西設定的汪長尺「篡改命」的合理性就在這裡。汪大志的命在汪長尺這裡被「篡改」了，但是，汪大志真的能夠改變他的命運嗎？作為小說，值得一提的是東西對偶然性和戲劇性的掌控。汪長尺高考被人頂替、進城替人坐牢、討薪身負重傷、被人嫁禍殺人、結婚妻子做了妓女、兒子送給的竟是自己的仇家⋯⋯。一系列的情節合情合理，但又充滿了偶然性和戲劇性。這是小說充滿懸念令人欲罷不能的藝術魅力。這方面足見東西結構小說的藝術才能。

二、中年的情義困擾

「問世間情是何物，直教生死相許？天南地北雙飛客，老翅幾回寒暑。」這是元好問《雁丘詞》中的千古名句。也是文學創作千古不衰的永恒的主題。當然，其間如何理解愛情、如何守護愛情、愛情與政治、經濟、文化等社會歷史的關係等，亦經歷過長久的探討。但無論如何，情與愛是人類不能或缺的，也是文學創作永遠關注、讀者永遠期待的永恒主題。但是，近些年來我們發現，情愛、情義在我們的文學作品開始發生了巨大的變化：情愛、情義正在悄然消失、正在變成生活中的累贅、負擔甚至更不堪的身心折磨。我們的生活到底發生了什麼？

弋舟的《我們的踟躕》只有十二萬多字，在如此短小的篇幅裏弋舟要處理的卻是當下最困難的精神問題──中年的情愛危機。小說腰封有一段被迴避已久的發問：「是什麼，使得我們不再葆有磊落的愛意？是什麼，使得我們

不再具備生死契闊的深情？」這也是小說試圖回答和處理的問題。小說的情感糾葛主要集中在李選、曾鍼、張立均三人之間。李選與曾鍼是小學同學，三十年後的曾鍼已經是個畫家，李選偶然聯繫純屬出於好奇。此時的李選是單身母親，和公司老總張立均保持著身體交易關係和若即若離的情感關係，這種關係完全處於地下狀態。

這是小說人物關係的基本圖景。李選各方面條件並不優越，但在公司有較高薪水，張立均選擇李選作為身體交易對象，看重的也只是李選各方面比較可靠和穩妥。作為女性的李選自知與張立均沒有可能性，但她又確實需要婚姻和男人，於是，與曾鍼的關係從三十年的小學同學開始陞溫並大有明確之勢。三人情感關係越發明朗於一個突發的車禍事件：曾鍼駕車撞了一個名叫楊麗麗的女人，李選頂替肇事者而曾鍼逃逸。面對一個突發事件，三人關係更加微妙起來：張立均通過各種關係安撫受害人並試圖用金錢擺平此事，曾鍼則暗中將錢給了李選。張立均因李選解決了錢的問題頓感失落，曾鍼通過事件則明瞭了與李選的不可能。

三人的關係本質上還是利用或佔有關係：當張立均聽李選說四十萬已交給受害人、受害人保證不再追究其他責任時，突然狂躁起來。他覺得李選仰仗的是自己，而李選解決了錢的問題自己就成了事情的局外人。而街頭監視器告知了肇事者不是李選，那麼，是什麼關係使李選能夠挺身而出頂替肇事者？從事情本身來說張立均的憤怒不是沒有道理，但從張立均對待事情的心理狀態說，顯然與愛情沒有關係。李選決然離去也在意料之中；曾鍼逃逸後到了海口，在與前妻戴瑤的討論中，他發現了李選背後一定有一個男人，這使曾鍼頓時感到與李選並沒有生活在一個情感世界裏。於是，曾鍼與李選的情感糾葛也到此結束。小說在醒目處提出的那「磊落的愛意」和「生死契闊的深情」還是沒有到來。那麼，三個中年人「踟躕」的究竟是什麼呢？三個人物沒有回答，但所有讀者都知道了。這真是一部意味深長的小說，這個時代還會有真情義嗎？

三、官場官人和人性

官場小說應該是 90 年代以來圖書市場上具有核心地位的小說類型。但是，多年過去之後，在這個小說類型中，我們還沒有發現具有大作品氣象的小說。這裡原因無論多麼複雜，有一點是沒有問題的，這就是「官場小說」

過於注重市場訴求，過於關注對陰謀、厚黑、權術以及以權力為中心的交易，而忽略了對人性豐富性和複雜性的理解和發掘。

周大新的長篇小說《曲終人在》的出版，無論在哪個意義上都注定了它無可避免的引人注目：一方面，毀譽參半的官場小說風行了幾十年，面對過去的官場小說，他是跟著說、接著說，還是另起一行獨闢蹊徑；一方面，「反腐」已經成為這個時代的關鍵詞或日常生活的一部分。官場生涯幾乎就是「高危職業」的另一種說法，那些惴惴不安的貪腐官員如履薄冰夜不能寐早已耳熟能詳。這時，周大新將會用怎樣的態度對待他要書寫的歷史大舞臺上的主角、而且——這是一個省級大員、一個「封疆大吏」。如果這些說法成立的話，那麼，我們就可以指認《曲終人在》確實是一部「官場小說」；但是，小說表達的關於歐陽萬彤的隱秘人生與複雜人性，他的日常生活以及各種身份和關係，顯然又不是「官場小說」能夠概括的。因此，在我看來，這是一部面對今日中國的憂患之作，是一位政治家修齊治平的簡史，是一位農家子弟的成長史和情感史，是一部面對現實的批判之作，也是主人公歐陽萬彤捍衛靈魂深處尊嚴、隱忍掙扎的悲苦人生。

《曲終人在》，是一個「仿真」結構，在「致網友」的開篇中，作家以真實的姓名公佈了本書的完工時間以及類似出版「招標」的廣告；虛擬的被採訪的 26 個人，以「非虛構」的方式講述了他們與歐陽萬彤省長的交往或接觸。這個「仿真」結構背後有作家秘而未宣的巨大訴求：他試圖通過不同人物的不同講述，多側面、多角度地「復活」已經死去的省長歐陽萬彤，而這不同的講述猶如推土機般強大，它將塑造出一個立體的、難以撼動的、真實的歐陽萬彤的形象。這些被採訪者的身份不同，與歐陽萬彤的關係也親疏輕重有別。通過這些講述我們看到，歐陽萬彤除了「省長」這個巨大光環的身份之外，他同時還是父親、繼父、丈夫、前丈夫、朋友、舅舅、兒子、下級、病人、同鄉、男人、男主人、被暗戀者等。這不同的身份和「省長」就這樣一起統一在一個叫歐陽萬彤的人身上。這也是判斷《曲終人在》不僅是「官場小說」的重要依據。

歐陽萬彤的從政的經歷，應該說是非常謹慎，對自己有嚴格要求的。他曾說：「我們這些走上仕途的人，在任鄉、縣級官員的時候，把為官作為一種謀生的手段，遇事為個人為家庭考慮的多一點，還勉強可以理解；在任地、廳、司、局、市一級的官員時，把為官作為一種光宗耀祖、個人成功的標誌，

還多少可以容忍；如果在任省、部一級官員時，仍然脫不開個人和家庭的束縛，仍然在想著為個人和家庭謀名謀利，想不到國家和民族，那就是一個罪人。你想想，全中國的省部級官員加上軍隊的軍級官員能有多少？不就一兩千人嗎？如果連這一兩千人也不為國家、民族考慮，那我們的國家、民族豈不是太悲哀了？！」如果按照黨內原則來說，這番話未必多麼冠冕堂皇高大上，但是我們卻能夠感受到其中的誠懇，或者這裡隱含了無奈的「退一萬步說」的「底線」承諾。

但是，這只是歐陽萬彤政治生涯的一個方面。他人生更重要的經歷是那些隱秘的、不為人知或不足為外人道的「人與事」。這些「人與事」是通過歐陽萬彤「辭職」前後披露出來的。「辭職」事件，在小說的整體結構中非常重要：一方面，通過「辭職」呈現了歐陽萬彤的執政環境、人際關係以及大變革時代瞬息萬變的不確定性特徵；一方面，作為「後敘事」視角的講述方式，使小說懸疑迭起疑竇叢生，小說的節奏感和可讀性大大增強。歐陽萬彤為什麼辭職一直是一個謎，也是小說的核心情節之一。小說最終也沒有直接說明他為什麼辭職，但在所有當事人的講述中，呈現出了歐陽萬彤辭職的具體原因。當然，歐陽萬彤不是一個完人，他也有他的缺點和人性的複雜性，他也有意亂情迷的時候。面對演員殷倩倩的萬種風情，他也難以自持。那雖然是一段「英雄救美」的古舊橋段，但情節的可讀性卻可圈可點。歐陽萬彤可以用喝了酒一時糊塗來搪塞，但那顯然沒有說服力，那個弱點是男性共同的弱點，他能夠淺嘗輒止而沒有誤入歧途已經很了不起；還有，當歐陽萬彤談起與兒子歐陽千籽不和諧關係時非常在意和傷感，他不只一次說他是一個很失敗的父親。作為一個高級幹部，小說更著意書寫了他的胸懷和眼光，比如他對購買美債問題、網絡安全問題、稀土出口問題、GDP 問題等的看法，顯示出一個政治家應有的獨立判斷能力；將《新啓蒙》雜誌舒緩地變為市委內參智庫，顯示了他處理理論問題和知識分子不同意見的遠見卓識和水平。

因此可以說，《曲終人在》是一部對當下中國幹部制度有深入研究、對執政環境複雜性多有體認的作品。小說與此前所有的官場小說大不相同，它不是展示官員如何腐敗、如何權錢、權色交易、如何膽大妄為肆無忌憚亂用職權。這樣的作品我們從和珅到官場現形記到當代官場小說早已耳熟能詳。如何寫出更有力量更符合生活邏輯和作家理想的小說，是《曲終人在》的追求之一。作為小說，它要提供的是既與現實生活有關，同時又要對生活有更高

提煉或概括的想像。因此也才能更本質地揭示出生活的眞面目。更重要的是，小說是一個虛構的領域，如何塑造出有新的審美價値的人物，才是小說的根本要義。周大新說：「官員也有各自的苦衷。他們作爲一個人生活在這個環境裏並不容易，甚至很艱難。前些年我沒有注意到官場上的精神氛圍，官員看上去非常光鮮，但他們背後其實有很多可以同情、悲憫的地方。」「原來看過一些官場小說，純粹揭露黑暗，把當官的過程寫得很詳細，其實帶有教科書的性質，我不願意那樣寫。」因此，在我看來，《曲終人在》綿裏藏針，它不僅講述了艱難的執政環境，同時也講述了入仕做官的全部複雜性，它是一部書寫大變革時代人間萬象和世道人心的警世通言。它既是過去「官場小說」的終結者，也是書寫歷史大舞臺主角隱秘人生和複雜人性的開啓者。小說是一種講述，但講述什麼或怎樣講述，都掌控在作家手裏。所以，小說最後寫的還是作家自己，如果是這樣的話，那麼，歐陽萬彤這個人物，顯然寄託了周大新的個人理想。歐陽萬彤那理想化的人格、作爲以及忍辱負重、壯志未酬的悲苦人生，隱含了周大新對人生理想和抱負、對人性、對男女、對親情、對朋友等的理解。如果是這樣的話，那麼，我們就可以認爲，周大新通過對歐陽萬彤這個人物的塑造，同樣表達了他用文學書寫官場人生的新的理解。

四、發現城市的「秘密」

曉航一直生活在北京，他是眞正的「城市之子」。因此，曉航自從事小說創作以來，一直以城市生活作爲他的書寫對象。他的諸多中篇小說，爲當下城市小說創作提供了重要經驗，也受到廣泛好評。《被聲音打擾的時光》，是曉航新近發表的長篇小說。這部長篇之所以重要，就在於曉航努力探究和發現這個時代城市最深層的秘密，用他的眼光和想像打撈這個時代城市最本質的事物——那是我們完全陌生的人與事。這是一部荒誕卻更本質地說出了當下城市生活秘密的小說。小說從建造城市觀光塔寫起。城市觀光塔的建造本身就是一個隱喻：這個荒誕的決定一如這個荒誕的時代，一個突發奇想的官員爲了金錢的目的，在酒足飯飽之後發現了天空的價値。因爲城市該開發的項目基本都開發了，他在空中看到了希望——他要建造一個城市觀光塔。這個官員落馬之後，接任者不僅完成了觀光塔的建造，並且通過事件化的方式轉移了市民不滿的議論和目光。如此荒誕的決定發生在城市管理階層，那麼，這個城市所有離奇古怪事情的發生就順理成章不足爲怪了。

　　於是，我們看到了最先出現的主人公之一衛近宇選擇的「備胎人生」：「職業備胎」的任務是為婚介所中超白金會員提供專業的陪伴服務，負責為她們在尋找結婚對象的活動中，提供各種建議，解答各種疑惑，談論人生，還包括參與她們的一些休閒、社交和出遊活動，直到她們找到稱心的伴侶為止。衛近宇看著獵頭羅列的條件，他明確地知道，他是一個非常合適的人選。衛近宇的第一單生意的對象是青年女性馮慧桐：24 歲，碩士畢業，身高 1.70 米，是這個時代典型的「白富美」。陪伴這樣一個年輕貌美的單身女性並進入她的個人生活，已經預設了險象環生的過程或結局。事實也的確如此。但是，我們預料的那個結局只是其中的一部分，而且不足以表達這個時代的最大秘密。這個時代最大的秘密，從馮慧桐一開始要求陪伴服務起就公之於眾了。她說：「我很需要男朋友，如果我能找到一個適合的男朋友並且結了婚，我就會騙到一大筆錢，它夠我花一輩子。」馮慧桐需要男朋友是因為她可以得到一大筆錢。於是，「演出就這樣開始了，馮慧桐在衛近宇的指引下，投入到廣泛的城市生活當中。衛近宇給她指向的並不是權貴們與暴發戶們的生活，而是廣大城市青年樂此不疲的。他讓馮慧桐參與了網上發起的各種各樣的活動，比如，團購，去一個老四合院吃一個老先生烙的餡餅；比如參加某個下午的集體朗誦；比如周末去美術館聽一堂有關現代派美術的講座。當然也包括各種戶外運動，跟驢族們一起划船，遠足，登山，衛近宇還和馮慧桐參與了幾次城市快閃，一次是關於音樂，一次關於環保，還有一次是關於機械的安裝。」但是，當兩人的關係不斷升溫並已經成為戀人關係時，衛近宇突然反悔了：「是我不好，不該拉你去度假村趟那趟渾水，我想我們將來還是保持業務關係為好。」衛近宇異常艱難地說。衛近宇中斷戀人關係的最終考慮的還是金錢成本。這與馮慧桐後來的性夥伴劉欣沒有區別，劉欣和馮慧桐已經上床了，可劉欣還是按捺不住地向馮慧桐推薦一款理財產品。他們的方式不同，但本質上都與他們的價值觀聯繫在一起。

　　城市生活最大的秘密，集中地表現在「日出城堡」所有的人際關係上。從城堡的主人萬青一直到秦楓、吳愛紅等，每個人無時不在為金錢絞盡腦汁。「日出城堡」從打造一直到易主，它的隱形之手就是金融資本，「日出城堡」真正的主人是金錢。而宰制或掌控小說所有人物的主，也從來沒有離開金錢。曉航所揭示的當下城市生活的最大秘密，就是金錢至上的價值觀。當年泰納在《巴爾扎克論》中指出：巴爾扎克的小說，金錢問題是他最得意的題目……

他的系統化的能力和對人類明目張膽的偏愛創作了金錢和買賣的史詩。從巴爾扎克時代到今天，城市生活的價值觀和宰制者沒有發生革命性的變化。因此，曉航無論在小說技法上有多少吸收或借鑒，但在這個意義上可以說曉航堅持和延續的還是巴爾扎克的傳統──通過對金錢的態度，他洞穿了當下城市生活最隱秘的角落。

《被聲音打擾的時光》也是一部具有鮮明批判意識的小說。「日出城堡」是一個無所不有的地方，也是一個欲望的集散地。無論城堡內外，資本是掌控這個世界的主，利益是永恆原則。情感在今天已經淪落為不堪的愚昧之舉，沉迷於兒女情長就是不可雕的朽木，就是難成大器的萬惡之源。小說與現實的關係在似與不似之間，但它比我們感知的現實世界更本質地接近現實。它有一股籠罩於現實之上未名的氣韻──形象而深刻地昭示了現實究竟是什麼樣子。這就是曉航的小說；對拜金主義尖刻而辛辣的嘲諷，是小說從未妥協的承諾。另一方面，小說又不止是簡單的批判。簡單的批判雖然站在道德制高點占據了道德優越性，但是，它還沒有能力回答城市現代性帶來的全部疑難問題，包括它的複雜性和混雜感。因此，這樣的批判是沒有力量的。在我看來，恰恰是曉航表達出的束手無措的無奈感，更深刻體現了我們面對當下的困境──我們已經沒有能力改變這個現實。這才是讓我們感到驚訝和震動的所在。

五、在歷史與現實之間

遲子建的《群山之巔》以兩個家族相互交織的當下生活為主要內容：這兩個家族因歷史原因而成為兩個截然不同的家庭：安家的祖輩安玉順是一個「趕走了日本人，又趕走了國民黨人」的老英雄，這個「英雄」是國家授予的，他的合法性毋庸置疑。安玉順的歷史澤被了子孫，安家因他的身份榮耀鄉里，安家是龍盞鎮名副其實的新「望族」；辛家則因辛永庫是「逃兵」的惡名而一蹶不振。辛永庫被命名為「辛開溜」純屬杜撰，人們完全出於沒有任何道理的想像命名了「辛開溜」：那麼多人都戰死了，為什麼你能夠在槍林彈雨中活著回來還娶了日本女人？你肯定是一個「逃兵」。於是，一個憑空想像決定了「辛開溜」的命名和命運。「英雄」與「逃兵」的對立關係，在小說中是一個難解的矛盾關係，也是小說內部結構的基本線索。這一在小說中被虛構的關係，本身就是一個荒誕的關係：「辛開溜」並不是逃兵，他的「逃兵」

身份是被虛構並強加給他的。但是這一命名卻被「歷史化」，並在「歷史化」過程中被「合理化」：一個人的命運個人不能主宰，它的偶然性幾乎就是宿命的。「辛開溜」不僅沒有能力為自己辯護解脫，甚至他的兒子辛七雜都不相信他不是逃兵，直到辛開溜死後火化出了彈片，辛七雜才相信父親不是逃兵，辛開溜的這一不白之冤才得以洗刷。如果這只是辛開溜的個人命運還構不成小說的歷史感，重要的是這一「血統」帶來了令人意想不到的後果。「辛開溜」的兒子辛七雜因老婆不育，抱養了一個男孩辛欣來。辛欣來長大成人不僅與養父母形同路人，而且先後兩次入獄：一次是與人在深山種罌粟、販毒品而獲刑三年，一次是在山中吸煙引起森林大火又被判了三年。出獄後他對家人和社會的不滿亦在情理之中，但沒有想到的是，他問養母王秀滿自己生母名字未被理睬，一怒之下將斬馬刀揮向了王秀滿，王秀滿身首異處。作案後的辛欣來儘管驚恐不已，但他還是扔掉斬馬刀，進屋取了條藍色印花枕巾罩在了養母頭上，他洗了臉換掉了血衣，拿走了家裏兩千多元錢，居然還抽了一支煙才走出家門。關鍵是，他走出家門之後去了石碑坊，強姦了他一直覬覦的小矮人安雪兒後，才亡命天涯。於是，小說波瀾驟起一如漫天風雪。

　　捉拿辛欣來的過程牽扯出各種人物和人際關係。辛開溜與辛欣來沒有血緣關係，但他自認還是辛欣來的爺爺。辛欣來強姦安雪兒之後，安雪兒居然懷孕並生下了孩子。辛開溜為逃亡的辛欣來不斷地雪夜送給養，為的是讓辛欣來能夠在死之前看到自己的孩子；而安平等捉拿辛欣來，不僅因為辛欣來有命案，同時也因為他強姦的是自己的獨生女；陳慶北親自坐鎮緝拿辛欣來，並不是要給受害人伸冤，而是為了辛欣來的腎。因為他父親陳金谷的尿毒癥急需換腎。陳慶北不願意為父親捐腎，但他願意為父親積極尋找腎源。而通過唐眉陳慶北得知，辛欣來的生父恰恰就是自己的父親陳金谷——當年與一上海女知青劉愛娣生的「孽債」。是辛七雜夫婦接納了被遺棄的辛欣來。辛欣來作為陳金谷的親生兒子，他的腎不用配型就是最好的腎源。權力關係和人的命運支配與被支配的關係，是小說揭示的重要內容。辛欣來確實心有大惡，他報復家人和社會就是緣於他的怨恨心理。但是辛欣來的控訴能說沒有道理嗎。小說在講述這個基本線索的同時，旁溢出各色人等和諸多複雜的人際關係。特別是對當下社會價值混亂道德淪陷的揭示和指控，顯示了小說的現實批判力量和作家的勇氣。比如飯館罌粟殼做火鍋底料；唐眉給同學陳媛在引用水裏投放化學製品，致使陳媛成為生活不能自理的廢人；比如警察對辛欣

來慘無人道的行刑逼供；部隊劉師長八萬元與劉大花的「買處」交易；竊賊到陳金谷家行竊，雖然沒有拿到錢財，但卻竊得一個主人記載收禮的記錄本等，雖然隱藏在生活的皺褶裏，但在現實生活中早已是未作宣告的秘密。

當然，小說中那些溫暖的部分雖然還不能構成主體，但卻感人至深。比如辛開溜對日本女人的不變的深情，雖然辛七雜也未必是辛開溜親生的，因為秋山愛子當時還同兩個男人有關係。但辛開溜似乎並不介意。日本戰敗，秋山愛子突然失蹤，「辛開溜再沒找過女人，他對秋山愛子難以忘懷，尤其是她的體息，一經回味，總會落淚。秋山愛子留下的每件東西，他都視作寶貝」；秋山愛子對丈夫的尋找和深愛以及最後的失蹤，讓我們看到了一個日本女人內心永未平息的巨大傷痛，她的失蹤是個秘密，但她沒有言說的苦痛卻也能夠被我們深切感知或體悟；還有法警安平和理容師李素貞的愛情等，都寫得如杜鵑啼血山高水長，那是小說最為感人的片段。甚至辛開溜為辛欣來送給養的情節，雖然在情理之間有巨大的矛盾，但卻使人物性格愈加鮮活生動。

另一方面，小說的後記《每個故事都有回憶》和結尾的那首詩非常重要。或者說那是我們理解《群山之巔》的一把鑰匙。後記告訴我們：每個故事都有回憶，那是每個故事都有來處，每個人物、細節，都並非空穴來風。不說字字有來歷，也可以說都有現實依據而絕非杜撰；最後的那首詩，不僅含蓄地告白了遲子建對創作《群山之巔》的詩意訴求，更重要的是，這首詩用另一種形式表達了遲子建與講述對象的情感關係。這個關係就是她的「未名的愛和憂傷」。她的這句詩讓我想起了艾青的「為什麼我的眼裏常含淚水，因為我對這土地愛得深沉。」遲子建的故事、人物和講述對象一直沒有離開東北廣袤的平原山川。這個地理環境造就了遲子建小說的氣象和格局。

2015年的長篇小說，在面對當下的精神和生存難題方面，做了新的努力和嘗試。在強化長篇小說現實性和當下性的同時，也極大地提高了小說的可讀性。